龍應台

大江大海一九四九

圖片提供／Getty

向所有被時代踐踏、汙辱、傷害的人

致敬

他們曾經意氣風發、年華正茂；
有的人被國家感動、被理想激勵；
有的人被貧窮所迫、被境遇所壓，
他們被帶往戰場，凍餒於荒野，曝屍於溝壑。
時代的鐵輪，輾過他們的身軀。
那烽火倖存的，一生動盪，萬里飄零。

也正因為，他們那一代承受了，
戰爭的重壓，忍下了離亂的內傷；
正因為，他們在跌倒流血的地方，
重新低頭播種，
我們這一代，得以在和平中，
天真而開闊地長大。

如果，有人說，他們是戰爭的「失敗者」，
那麼，所有被時代踐踏、汙辱、傷害的人都是。
正是他們，以「失敗」教導了我們，
什麼才是真正值得追求的價值。

請凝視我的眼睛，誠實地告訴我：
戰爭，有「勝利者」嗎？

我，以身為「失敗者」的下一代為榮。

獻給

美君　槐生

新版序

逝水行船 燈火燦爛

《孩子你慢慢來》寫了八年，《親愛的安德烈》寫了三年，《目送》寫了四年，《大江大海一九四九》從起心動念算起，走了二十年。如果時光是匆匆逝水，我們就是那疾行船上的旅人，而人生的疾行船只有一個不許回頭的方向。眺望逝水滾滾，來時路層層漸漸籠罩於蒼茫，可是回首船艙內，燈火燦爛、人聲鼎沸，與江上不斷後退的風景光影交錯。

其實我們都活得熾熱，因為誰不明白那逝水如斯、那行船如光。所有的愛和懸念，所有的怨和不捨，所有的放棄和苦苦尋找，都因為是在逝水上、行船中發生，所以熾熱。

《孩子你慢慢來》看見天真、欣喜、驚詫的啟航，《親愛的安德烈》看見中段對江山起伏、雲月更迭的思索，《目送》是對個人行深情的注視禮，在他步下行船之際，在他的光即將永遠熄滅、化入穹蒼的時刻。《大江大海一九四九》則是對我們最虧欠恩情的一整代人的脫帽致敬。可以想像落日平野大江上百萬艘行船朦朧中沉浮，無聲、無光，只有風聲濤聲，我們發誓要認識他們，用認識向一個時代告別。

我是個隨性的旅人，隨著江上風景想寫就寫，向來沒有規劃寫作這件事。二十年後回頭，才赫然發現，喔，四本書之間竟然是同一個逝水行船、燈火燦爛的脈絡，從生到離，從死到別，從愛到惆悵，從不捨到放下，從小小個人到浩蕩家國，從我到你。

行船如光，滅在即刻。所以，四本書，如果在船行中點上一盞燈，三代人燦爛燈火下並肩共讀，就著時間的滔滔江水聲，那真是好。

湧動

一年半以來，收到太多的讀者來信，
來自不同年紀閱歷的世代，來自全世界各個不同的地方。
《大江大海》像黑色深海中鯨魚以震動微波發出的密碼
——
有些失散半世紀的親人，找到了；
有些完全淹沒的歷史，浮出了；
有些該算沒算的帳、該謝沒謝的恩，找到了遺失多年的投遞地址；
有些背了一輩子的重擔，放下了。
這不是走到民國百年了嗎？
開啓一封一封來信，每一封信都帶著熱流，
像大河穿過大地，像血液流過血管。
民國百年的土壤，一定是鹹的，有多少人的眼淚和汗。

書出當時只有「跋」，沒有「序」，在書出版一年半以後，離散的「民國三十八年」更為人知了，而書中很多涉過大江大海的人，也走完了人生的旅程，回到他曾經用眼淚和汗澆過的大地。

捧著這把我無以回報的信，就以一篇短序，來跟讀者做個很難及格的「進度報告」吧。

1

二〇〇九年秋天，《大江大海》出版，好像有一道上了鎖，生了鐵鏽的厚重水門，突然之間打開了，門後沉沉鬱鬱六十年的記憶止水，「嘩」一下奔騰沖洩而出，竟然全是活水。

老人家在電話上的聲音非常激動，大江南北各地的鄉音都有，他們的聲音很大，可能自己已經重聽；他們的敘述混亂而迫切，因為他們著急：一通電話怎麼講清一輩子？

一位八十八歲的長者說，他無論如何要親自把手寫的自傳送過來，現在就送過來，因為，他說，「他們馬上要送我進老人院了，一進老人院，大概就沒人找得到我了……」

「他們」是誰？我不知道，也不忍問，只是想到，人生的不由自主，除了十八歲時可能被送上一條船而就此一生飄零之外，竟然還包括在八十八歲時被送進一輛不知所終的車。

無數的自傳到了我的手裡，很多是手寫的，有的童拙，每個字都大手大腳跨出方格，雜以錯白字，憨厚可愛；有的，卻是一筆有力的小楷書法，含蓄雅致。字體大小錯落，墨跡深淺斑駁，可以想見都是花了很長時間，晨昏相顧，一再琢磨的掏心之作。我將大大小小的自傳手稿在地板上攤開，夕陽的懶光照進來，光束裡，千百萬粉細的塵粒翻滾，一部民國百年史，是否也包含這些沒人看見的自傳呢？

更多的信件，來自和我同代的中年兒女們。

我在父親的遺物中看見一個臂章，寫著某某「聯中」的字樣，從來不知道那是什麼，其實也沒在乎過，懶得問。讀了你的書，才知道自己的父親竟然是那八千個孩子中的一個，他竟然是這麼走過來的。想起從前每次他想跟我談過去時，我就厭煩地走開……開放之後，他一路顛簸回到老家，只能拜倒在墳前哭得死去活來，太遲了，太遲了……

讀你的書，我也才認識了父親，可是也太遲了……

在戰後和平歲月出生的這一代，也都六十歲了，已經懂得蒼茫，凝視前一代人逐漸消瘦，逐漸模糊的背影，心中有感恩，更有難以言說的疼。火車錯過，也許有下一班，時光錯過，卻如一枚親密的戒指沉入大海，再多的牽掛惆悵也找不回來。

年輕的一代，很多人真的拿著錄音機磨蹭到祖父母身邊，請他們「說故事」。香港珠海學院的學生為長輩拍紀錄片，小學生回家問外公外婆「當年怎麼來香港的」，問出連自己父母都嚇一跳的身世。宜蘭羅東高中的學生遍訪鎮上的眷村長輩，一個一個做口述歷史。但是被封藏的記憶並不僅止於流離的難民，在自己的土地上，記憶也有「流亡」的可能：

外公很恨外省人，媽媽嫁給外省人他一直都不高興。我和媽媽去他家，他拿出他做日本兵的照片給我看，很得意說，你看，日本兵制服多神氣，哪像中國兵那麼爛。我對他反感得要命，但是，現在我有點明白了：他在南洋打仗，很多年輕時的好朋友都死在南洋，他喝醉唱歌，其實是在想念過去，就像爺爺一天到晚說他的老家山東如何如何……

2

《大江大海》至今在大陸未能出版，但是在一個防堵思想的社會裡，「未能出版」等於得了文學獎，人們於是花更大的工夫翻牆尋找。對於內戰的「勝利者」而言，六十年來「失敗者」被罩在一個定型的簡單的「敵我意識」硬殼裡頭，攤開《大江大海》，猶如撬開那個硬殼，看見的卻是渾身傷痕一個又一個的普通人——原來所謂敵人也不過就是當年鄰村的少年。讀他人史，澆自己愁，「勝利者」自己心中多年深埋的傷，也開始隱隱作痛。

您的書我讀得很慢，讀時淚流滿面，無法繼續，只能掩卷使自己平靜下來才能再讀下去，有時，需平靜數日才能續讀。抗日戰爭勝利的一九四五年，我已經是讀小學四年級的少年了。今年，我是一個行將就木的老人了，我的家鄉是在東北吉林省的一個小山城……

隱忍不言的，是一個深不見底的傷口。北京作家盧躍剛給我一封長信，說的是「勝利者」的傷，其實比「失敗者」還痛：

失敗者「轉進」到了台灣，臥薪嘗膽，蝸居療傷。勝利者的行徑卻著實怪誕。他們不是像歷史上所有改朝換代的勝利者那樣，輕傜薄賦，獎勵耕織，休養生息，而是按照革命的血統論，把中國人嚴格地階級成分等級化……先是向農民翻臉……把幫助自己打下江山的自耕農變成了農奴；次之向知識分子翻臉，向民主黨派、工商界人士翻臉，把過去的同盟者打成自己的敵人……

國共內戰，死個幾百萬人暫且不算，戰爭本來就是血腥的。我們要問，中共建政後，和平時期冤死了多少人？

在「失敗者」飄搖度日，倉皇求存的時候，「勝利者」卻開始進入「白骨露於野，千里無雞鳴」的時代。學者最新的研究成果把大躍進時期的饑荒死亡人數定在四千五百萬人，其中絕大多數是底層農民。

3

《大江大海》出版後，求全的責備是不少的。大陸讀者說，為什麼對大陸的著墨那麼少？為什麼不寫解放軍裡頭「人」的故事？為什麼不寫後來被送去韓戰死在雪地裡的「志願兵」？為什麼不寫大陸的一九四九？台灣的讀者說：為什麼沒寫血淚交織的滇緬孤軍？為什麼沒寫受盡委屈的東海部隊？為什麼沒寫被俘虜而飽受折磨的敵後情報員？為什麼二二八的部分那麼少？為什麼？

《大江大海》是一個母親對她十九歲馬上要徵召入伍的兒子所說的故事。這個母親說：

我沒辦法給你任何事情的全貌，飛力普，沒有人知道全貌。而且，那麼大的國土、那麼複雜的歷史、那麼分化的詮釋、那麼撲朔迷離的真相和快速流失無法復原的記憶，我很懷疑什麼叫「全貌」……

所以我只能給你一個「以偏概全」的歷史印象。我所知道的、記得的、發現的、感受的，都只能是非常個人的承受，也是絕對個人的傳輸。（頁二一三）

面對那麼多的「悖論、痛苦和痛苦糾纏、悖論和悖論牴觸」，這個母親幽幽然說：

我其實是沒有能力去對你敘述的，只是既然承擔了對你敘述的，我稱之為「愛的責任」，我就邊做功課邊交「報告」。（頁三五）

面對大歷史，我是個小學生。《大江大海》的十六萬字，是一則初步的引言，一個敞開的邀請，而我果真不是唯一在課堂上修課的人。書一出版，一個「全球大勘誤大校對」的行動就開啟了。

第四一三頁您所提及的「拉讓江」，應該是「砂拉越河」，古晉只

有一條河，就是砂拉越河。（馬來西亞）

我覺得「四十一師團二三九連隊」應該是「聯隊」，不是「連隊」。日軍部隊序列通常稱「聯隊」，敬請查核。（北京）

第一二七頁的「棲風渡」就在我家鄉北面，是京廣線上一個小站，可是應該是「棲鳳渡」才對，您可以跟張玉法院士再確認……（湖南）

「馬英九母親在香港的工資三十元」的說法也許不一定對，五〇年代我父親在茶樓看帳，月薪大約二百元，我家女傭是三十元，而且是因為供膳宿才這麼低。所以馬英九母親工資可能是三百元。（香港）

第二九三頁第三行「艦上懾人的十六管魚叉飛彈」不太可能，因為

那時還沒有十六管魚叉飛彈，附件是二戰期間的軍艦武器列表，供您參考。（台北）

青島大撤退都說是完美的整齊撤退，可是我困惑的是，當時聽見親身從青島撤退的人說，混亂中多少人從船上掉進海裡，還有人被夾慘死，您的敘述……（紐約）

錯字校對，史實勘誤，記憶商榷的信件，從全世界各地源源不絕地進來。編輯不斷地協助我核實，不斷地修訂，每一個新版都再度經過新一輪的勘誤和校訂，也就是說，至今沒有一版是百分之百一樣的。讀者自地理的遠方、記憶的深處，把自己對歷史的認識提出來慷慨分享。我的「以偏概全」的「報告」，先是得助於前行者的耕耘——譬如沒有張正隆的《雪白血紅》就不會有長春圍城那一章；然後受惠於全球讀者——包括很多專家——的校正和勘誤。大江大海，在一個持續湧動的歷史推浪中。

浪，一陣一陣打來。潮水上來，潮水下去。

以戰犯身分被判死刑後來服了七年徒刑的台籍日兵柯景星，二戰中擔任俘虜營的監視員時，曾經冒險把雞蛋送給囚禁中的中國領事卓還來夫人，讓她餵養懷中的嬰兒。二〇〇九年，卓還來的家人，特地從美國飛到台灣，找到柯景星親自謝恩。柯景星不久就去世。

被送到新幾內亞戰俘營的游擊隊長李維恂，在我當初找到他時，第一句話就是：

我知道為什麼我的戰友都死在拉包爾，但我李維恂獨活到今天。我在等今天這個電話。

國防部迎回拉包爾的抗日國軍英靈之後，李維恂被邀請到台北忠烈祠參加中華民國國軍的春祭。他滿頭白髮，拄著拐杖，站立在拉包爾犧牲將士的牌位前，靜默許久，然後深深鞠躬。

李維恂，兩個月前過世。民國百年第一道淡淡的曙光，照在蘭嶼。

二〇一一年一月二十五日

目錄

第二部 江流有聲，斷岸千尺

第三部　在一張地圖上，和你一起長大

第四部　脫下了軍衣，是一個良善的國民

第五部　我磨破了的草鞋

第六部　福爾摩沙的少年

第七部 誰丟了他的兵籍牌？

第八部 隱忍不言的傷

找到我

行道樹

我真的沒有想到，飛力普，你是認真的。

你把錄音機架好，小心地把迷你麥克風夾在我白色的衣領上，「這樣，收音效果最好。」你說，然後把筆記本攤開，等著我開講。

我注意到，你還記下了錄音機上顯示的秒數，方便回頭做索引。

這都是歷史課教的嗎？

我實在受寵若驚。這世界上怎麼會有十九歲的人對自己的父母感興趣呢？

我自己十九歲的時候，父母之於我，大概就像城市裡的行道樹一樣吧？這些樹，種在道路兩旁，疾駛過去的車輪濺出的髒水噴在樹幹上，天空漂浮著的濛濛細灰，靜悄悄地下來，蒙住每一片向上張開的葉。

行道樹用腳，往下守著道路，卻用臉，朝上接住整個城市的落塵。

如果這些樹還長果子，它們的果子要不就被風颳落、在馬路上被車輪輾過，要不就在掃街人的咒罵聲中被撥進垃圾桶。誰，會停下腳步來問它們是什麼樹？

等到我驚醒過來，想去追問我的父母究竟是什麼來歷的時候，對不起，父親，已經走了；母親，眼睛看著你，似曾相識的眼神彷彿還帶著你熟悉的溫情，但是，你錯了，她的記憶，像失事飛機的黑盒子沉入深海一樣，縱入茫然——她連最親愛的你，都不認得了。

行道樹不會把一生的灰塵回倒在你身上，但是它們會以石頭般的沉默和冷淡的失憶來對付你。

你沒把我當行道樹；你想知道我的來歷。這是多麼令人驚異的事啊！

休息的時候，你靠到窗邊去了，坐在地板上，舒展長長瘦瘦穿著牛仔褲的腿，然後把耳機塞進耳朵，閉起了眼睛，我看見陽光照亮了你濃密的頭髮。

因為你認真，所以我打算以認真回報你。

我開始思索：歷史走到了二〇〇九年，對一個出生在一九八九年的人，一個雖然和我關係密切，但是對於我的身世非常陌生，對於我身世後面那個愈來愈朦朧不清的記憶隧道幾乎一無所知的人，一個生命經驗才剛剛要開始、那麼青春那麼無邪的人，我要怎麼對他敘述一個時代呢？那個記憶裡，有那麼多的痛苦、那麼多的悖論，痛苦和痛苦糾纏，悖論和悖論牴觸，我又如何找到一條前後連貫的線索，我該從哪裡開始？

更讓我為難的是，當我思索如何跟你「講故事」的時候，我發現，我自己，以及我的同代人，對那個「歷史網絡」其實知道得那麼支離破碎，而當我想回身對親身走過那個時代的人去叩門發問的時候，門，已經無聲無息永遠地關上了。

所以說，我其實是沒有能力去對你敘述的，只是既然承擔了對你敘述的、我稱之為「愛的責任」，我就邊做功課邊交「報告」。夜裡獨對史料時，山風徐徐穿過長廊，吹進室內，我感覺一種莫名的湧動；千軍萬馬繼續奔騰、受傷的魂魄殷殷期盼，所有溫柔無助的心靈仍舊懸空在尋尋覓覓……

我能夠敘說的，是多麼的微小啊，再怎麼努力也只能給你半截山水，不是全幅寫真。但是從濃墨淡染和放手凌空之間，聰慧如你，或許能夠感覺到一點點那個時代的蒙住的心跳？

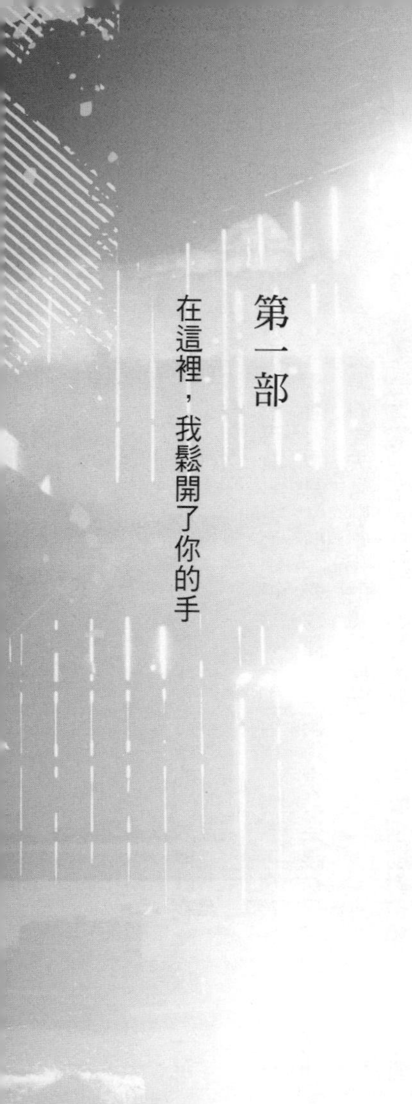

第一部

在這裡，我鬆開了你的手

1 美君離家

美君是在一九四九年一月離開淳安古城的，大概就在「太平輪」沉沒之後沒有多久。

她才二十四歲，燙著短短的、時髦俏皮的鬈髮，穿著好走路的平底鞋，一個肉肉的嬰兒抱在臂彎裡，兩個傳令兵要護送母子到江蘇常州去，美君的丈夫是駐常州的憲兵隊長。

已經是兵荒馬亂的時候，美君倉促上路，臨別前對母親也就是平常地說一句：「很快回來啦。」跨出家門，頭都不曾回過一次，雖然知道那瘦弱的母親，裹著小腳，就站在那老屋門邊看著她走。

美君也沒有對淳安城多看兩眼。

庭院深深的老宅，馬蹄達達的石街，還有老宅後邊那一彎清淨見底的新安江水，對美君而言，都和月亮星星一樣是永恆不變、理所當然的東西，時代再亂，你也沒必要和月亮星星作別吧？人會死，家會散，朝代會覆滅，但是一個城，總不會消失吧？更何況這淳安城，已經有一千五百年的歷史。美君向來不是個多愁善感的人，她聰明、果決、堅強。城裡的人都知道，應家這個女兒厲害，十七歲就會獨自押著一條船的貨，從淳安沿水路送到杭州城裡去做買賣。

有一回，買賣做完，回程上，一個家族長輩裝了滿船的鹽，從杭城運回淳安；半路上突然出現緝私隊的士兵，攔下船準備檢查。船上的人緊張得就想跳水，長輩臉色發青，美君才知道，這一船的鹽，大部分是私鹽。

她看長輩完全亂了方寸，揣度了一下形勢，便作主指揮，說，「速度放慢。」

她要工人立即把兩袋合法的官鹽拖到船板的最前端，然後要工人那年輕豐滿的媳婦，坐到存放私鹽的船艙入口的門檻上，脫掉外衣，只留身上的小胸兜。美君像導演一樣告訴她坐在哪裡，怎麼坐，然後盯著她看看，又說，「把簪子拿掉，頭髮放下來。」

船緩緩停下，緝私船靠近來，抱著槍的士兵一躍而上。美君先請他們檢查船板上的兩袋官鹽。士兵打開袋子，檢查標籤，抓一把鹽在手心裡聞聞看看，然後轉身要進艙房，可是一轉身，就看見那年輕的江南女子坐在船艙入口，好像正要穿衣服，她大半個牛奶色、光滑的背，是裸的，士兵登時嚇了一跳，美君就說：「對不起對不起，嫂子剛剛在給孩子餵奶……」

緝私隊長忙不迭地說，「那就不要打擾了。你們快開船吧。」

淳安的長輩們在對我敘述這故事時，美君就坐在旁邊咯咯地笑。

最後一次離開淳安時，後來美君跟我說，她確實回頭看了一眼那城門兩邊的石獅子，一邊一隻，已經在那裡好多、好多朝代。她走的那一天，石獅子就蹲在那裡，不讓你有任何的懷疑或動搖，它們會在那裡天長地久。

淳安，是三國時吳國的大將賀齊所開墾設置，當時的淳安人被稱為「山越」，在土地上刀耕火種，逐漸發展成吳國的文明小城，明朝著名的清官海瑞，在這裡做縣令，淳安人為他建了個「海公祠」，是美君小時候每天經過的地方。

美君會描述她家裡的家具：柏樹做的八仙桌，有一種撲鼻的清香味；母親的床，木頭上全是雕花；天井裡頭的黑陶大水缸，一大缸一大缸養著高高挺挺的粉紅色風荷。家的大堂正中掛著三代的祖宗畫像，誰是誰她不知道，但是她很驕傲地說，「最下面那一排穿著清朝的官服，是高祖，他是同治年間鄉試的武舉，後來還是衢州府的留守呢，官很大的。」

我問她，「『留守』是什麼官？」她歪著頭想想，說，「不知道，大概是……嗯，警察局長吧？」

2 躲雨

離開淳安之後就是一路的狼狽遷徙，從火車站到火車站，過江過河過大山。一年半以後，自己都弄不清是怎麼回事，美君發現自己已經站在海南島一個混亂騷動的碼頭上，洶湧的人潮拚命地要擠上大船，丈夫在另一個港口，失去了聯繫。

海南島的正式大撤退，是一九五〇年的五月，中華人民共和國已經在半年前成立，但是在沿海、在西南，還有戰事。很多的國軍部隊，是在解放軍的砲火一路追擊下被逼到了碼頭邊。奉命負責掩護撤退的部隊，邊打邊退，好不容易最後到達了碼頭，卻只能在岸上看著軍艦迅速起錨逃離。砲火直接射到了船舷，船上的人，不得不淚眼汪汪看著掩護自己上船的袍澤被拋棄。碼頭上的傷兵絕望地倒在地上放聲痛哭，沒負傷的兵，像是到了地球的邊緣，後面是家鄉阻隔在萬里烽火之外，前面是完全背棄了你的汪洋大海。

上了船的國軍部隊，這時也傻了。徐蚌會戰中犧牲慘重的六十四軍，三月間在海南島緊急上了船，七千官兵中還有一千多個是一路「抓」來的青壯少年。

急難中，船要開往台灣了，可是，台灣在哪裡？開軍艦的人都不知道。

在砲火射程外的安全海面上，海軍拿出地圖來找台灣的位置。

士兵問長官，「什麼時候才到那個地方啊？」

軍官說，「我也不清楚，反正到時候你就知道了，到的那個地方叫『台灣』，我沒去過，你也沒去過，聽說那地方不錯。」[1]

六十四軍的軍官簡步城安慰惶惑的士兵，但是心裡慌得厲害。他自己都不知道台灣是在東西南北哪個方位。從冰天雪地如蘇武牧羊的絕境中一路打到海南島，心力和體力的透支，已經到了人的極限。安慰了士兵，他再來安慰自己：人生的路，太累了，反正去那個叫「台灣」的地方，只是暫時「躲躲雨」吧，也好。

1 簡步城，聯勤總部決策顧問。此段回憶收錄於「時代話題編輯委員會」所編的《離開大陸的那一天》，第一五〇頁。

他作夢都沒想到的是，這一場「雨」啊，一下就是六十年。

臉色蒼白的美君在碼頭上，才從產房出來沒幾天，懷裡抱著熟睡的嬰兒，但是，別搞錯，從淳安抱出來的那個孩子，已經帶到湖南的老家，讓奶奶保護，此刻在懷裡安然閉著眼睛的，是在海南島出生的應達。

叫他「應達」，是想，只有在這樣的亂世裡，方才明白，要「到達」自己想去的地方，是件多麼不容易的事；就讓這嬰兒帶來「到達」的希望吧。

大船無法靠岸，無數的接駁小船擠在港內碰來撞去，亂烘烘地來回把碼頭上的部隊和眷屬接到大船邊，然後人們攀著船舷邊的繩梯大網像蜘蛛一樣拚命往上爬。很多人爬不動，抓不住，直直掉下海，「慘叫啊，一個一個撲通撲通像下餃子一樣」，美君說。

砲聲聽起來就在咫尺之處，人潮狂亂推擠，接駁小船有的翻覆了，有的，快到大船邊了，卻眼睜睜看著大船開動，趕不上了。港內的海面，到處是掙扎著喊救命但是沒人理會的人頭，碼頭上一片驚惶，哭聲震天。

如果你站在碼頭上望向海面，用想像力變魔術「咻」地一聲倒退一百米，彷彿電影默片，你看見那水面上，全是掙扎的人頭，忽沉忽浮，浮起時你看見每一雙眼睛都充滿驚怖，每一張嘴都張得很大，但是你聽不見那發自肺腑的、垂死的呼喊。歷史往往沒有聲音。

皮箱，無數的皮箱，在滿布油漬的黑色海面上沉浮。

3 碼頭上

高雄，一個從前沒聽說過的都市，那兒的人皮膚曬得比較黑，說一種像外國話的方言。丈夫在動亂中失去聯繫，卻有兩個兵跟著她，臂彎裡是吃了就睡，醒了就吃的應達。

美君打量一下周遭：滿街擠著面孔悽惶、不知何去何從的難民。五月天，這裡熱得出奇，但是很多難民身上還穿著破爛的棉衣，脫下來，裡面是光光的身體，不好看；留在身上，又濕熱難熬。一場急雨打下來，碼頭上的人群一陣狼狽亂竄，其實沒有一片屋簷可以逗留，於是乾脆就坐在地上，大雨傾盆。

部隊散了，丈夫走失，美君不再有「軍眷」的身分，一下碼頭就沒有人管她了；兩個傳令兵，也是家鄉的莊稼子弟，沒有兵籍。美君，其實不明白什麼叫歷史的大變局，但是她很快地察覺到事態的嚴重，此時此刻，除了自己，別無依靠了。

美君掏出身上藏著的五兩黃金，找到一個叫苓雅市場的地方，頂下一個八台尺見方——也就是二米四乘二米四——的菜攤子，開始獨立生存。晚上，兩個莊稼少年睡在地上，她就摟著嬰兒躺在攤子上，共蓋一條薄被。

早上天還沒亮就起來，她指揮著兩個少年去買了幾個大西瓜回來，切成薄片，放在一片木板上，要少年到碼頭上去叫賣。碼頭上，撤退的部隊和難民像潰堤的大水般從一艘一艘的大船流向碼頭；她計算的是，在碼頭上熱天賣西瓜，一方面可以掙錢，一方面可以尋人——丈夫如果還活著，大概遲早會在碼頭上出現。

美君的小攤擴張得很快。這個淳安綢緞莊的女兒冷眼旁觀，很快就發現，難民在建築自己的克難之家。他們需要竹片、釘子、鐵鎚、繩子等等「建材」，於是她的攤子就多了五金。她也發現，山東人特別多，於是她的攤子上馬上有一袋一袋的麵粉。南腔北調的難民進到市場，知道來美君這個攤子不但什麼都可能找到，而且這個攤子的女主人能說國語，活潑大方，能言善道。

美君脫下了細腰身的旗袍，開始穿寬鬆的連衣裙，給孩子餵奶，也做肩挑手提的粗活。

但是能言善道的美君也有沉默的時候。她常一個人騎著那輛送貨的男用腳踏車，來到碼頭。把車停在一個巨大的倉庫大門前，她就倚著腳踏車望向碼頭和海港。軍艦緩緩進港，軍艦緩緩出港；人潮匯入碼頭，人潮一會兒散盡。汽笛聲迴旋在海港上頭，繚繞不去。

穿著制服的港警，巡邏時經過倉庫大門，看到這個體型纖弱的年輕外省女人，不免多看一眼。

4 美君回家

美君從此不能見河，一見河，她就要說：「這哪裡能和我們老家的河比……」我從小就聽她說：「新安江的水啊，」她總是絮絮叨叨地說，「是透明的！」第一層是細細的白沙，第二層是鵝卵石，然後是碧綠碧綠的水。抓魚的時候，長褲脫下來，站進水裡，把兩個褲腳紮緊，這麼往水裡一撈，褲腿裡滿滿是魚……美君說完，總還要往我看看，確定我是不是還聽著，然後無可奈何地嘆一聲氣：「唉！對油彈琴啦，講給你聽，你也不會相信，你根本就沒見過那麼清的水嘛！」

牛，她總說「油」，所以「牛奶」，就是「油來」。

她沉默一會兒，又說：「有一天，有一天要帶你回去看看，你就知道了。」聲音很小，好像在說給她自己聽。

我這個高雄出生的女兒，對長江、黃河都無從想像，但是自小就知道有那麼一條新安江——江在哪裡其實也毫無概念，連浙江在江蘇的上面還是下面，左邊還是右邊都不十分清楚——但我知道，新安江水是世界上最乾淨的水。

這個女兒長大以後，帶著美君去看阿爾卑斯山裡的冰湖，去看萊茵河的源頭，去看多瑙河的藍色風光，美君很滿意地發出讚美：「歐洲實在太漂亮了！」然而還沒走出幾步，她就要輕輕嘆一口氣。我故意不回頭，等著，果然，她說：「可是這水啊，跟我們新安江不能比……」

美君在台灣一住就是六十年，學會了當地的語言，也愛上了亞熱帶的生活，異鄉已經變成了故鄉。那新安江畔的故鄉嘛，一九五九年建水壩，整個古城沉入千島湖底。她這才相信，原來朝代可以起滅、家國可以興亡，連城，都可以從地球上抹掉，不留一點痕跡。

一九八七年，台灣政府終於允許人們回鄉探看以後，鄉親們紛紛結伴還鄉；也許人事全非，但故鄉，總歸是故鄉吧，可是淳安來的美君卻冷冷地說：「回去？回去看什麼呢？」

「看不到城，」美君的女兒，我，說，「看人總可以吧？」

距離美君離開淳安半個世紀之後，一九九五年九月，七十歲的美君，第一次回到了淳安，不，現在叫千島湖鎮了，而且是個新興的小鎮，「樹小、牆新、畫不古」的新興的小鎮，在一個小島上。

「島？千島？」美君不悅地糾正我，「以前都是山，千山啦，什麼千島。」當然，水淹上來，老城沉進水底，山頂突出成島，千島湖曾是千山鄉，美君確實沒想到五十年的「滄海桑田」竟是如此具體！

「這次回來，我一定要找到我父親的墳，」美君說，「做了水壩，墳遷走了，遷去了哪裡？好幾年，我都夢見他，他從墳裡出來，臉是綠的，水草的顏色，他說，女兒啊，我冷啊，你一定要想辦法把我遷走……」

一圈圍坐著的親戚突然安靜下來，我從一張臉望向另一張臉：這真是極複雜的安靜；美君的話，在他們耳中簡直「迷信」得駭人，卻又不好傷老人家的感情。

「湖很大，一千多個島，」他們猶豫地說，「我們只記得一個大概的範圍，墳怕不好找……」

「可以試試看。」美君說。

一個親戚說，「我們這兒是可以遙祭的，就是對著那個方向祭拜，大姊你遙祭也可以吧？」

我看看美君，她也正瞧著我。啊，我知道這個剽悍的女生要發作了。

「我在台灣遙祭了五十年，」美君頓了一下，臉色很不好看，然後一口氣說出來：「我遙祭了五十年，你們覺得，我今天人千里迢迢到了淳安，是來這裡遙祭的嗎？」

又是一陣安靜。

「……火燒船事件以後，」親戚面有難色，「租船管制很嚴……」

「我是淳安的女兒，」美君還是寒著臉孔，說，「找父親的墳是天經地義的。」

第二天，終於找來了一艘汽艇，還雇來了一位熟識水路的船夫，船夫帶著老城的記憶，彷彿心中有一個隱藏的導航系統，看穿湖水，將每一座島回復成山，認出哪座山在哪座山的什麼方位。

汽艇在六百平方公里的水面上穿梭，掠過一個又一個大大小小的島，煙波浩渺，千島湖看起來素樸純淨，原始自然，但是我們的眼睛看山不是山，看水不是水，那無數個聳立水面的荒島，其實既非島，也不荒，那曾是山，母親年幼時攀爬過、野餐過的地方。水面下，曾經是一片又一片的果園，母親曾經讓大人牽著手去收租的地方。這一片荒野素樸，曾經是沃土富饒，水面上看起來洪荒初始，水面下曾有綿延千年的人文繁華。

我們看起來像遊客，我們不是遊客。

水花噴濺，滴在手上覺得潤涼。猴島，很多猴子，想上去看看嗎？不想。蛇島，很多蛇，想看看嗎？不想。

我們只想看一個島，尋找一個島，在這一千個島中。

船噗突噗突慢下來，船夫認為應該在附近了，親戚們三三兩兩站在船頭眺望水面，前面有一個不起眼的小島；美君的表妹皺著眉注視，猶疑了一會兒，然後說，「這裡，」她指著那個島，「就是這裡。」

她指的這個小島還沒一個房頂大，雜草叢生，近水處是一片禿禿的黃土。我們跳上泥濘的灘。參與了當年遷墳的表妹邊回憶邊說，「那個時候，是小表哥挑上來埋在這裡的，原來以為已經遷得夠高了，沒想到……」

沒想到水漫淹到山的頂尖，現在美君看見的是兩塊破磚頭泡在水裡，就在水面接觸黃土的那條波線上。風很大，吹得人睜不開眼，美君的白髮凌空飛揚，我緊緊扶著美君，滿耳呼呼的風聲，還有美君模糊的、破碎的語音，「……爸爸——我來了，我就知道，你明明跟我說你很冷……」

湖浪挾著些許水草，打著若隱若現的磚塊。那磚浸泡已久，土紅的表面已有綠苔。一炷香燒了起來，青色的煙像柔弱無骨、有所祈求的手臂，隨風沒入天水無色之中。

離開淳安，我們經由山路往建德，這是那年緝私船檢查私鹽的地方。小汽車在石子路上顛簸，爬上一個陡坡，又急急盤旋而下，車後一團灰塵，路邊的樹木也蒙著一層灰白，但千島湖的水光不斷地透過樹影閃爍。或許累了，美君一路上不太說話，我推推她：「喂，你看，這也是新安江水啊，水多清啊！」

她望向車窗外，疲倦地把頭靠在玻璃上，輕輕地說，「是嗎？」

我伸出手去環著她瘦弱的肩膀。

5 上直街九十六號

這幾年，美君不認得我了。

我陪她散步，她很禮貌地說，「謝謝你。有空再來玩。」

每隔幾分鐘，跟她說一遍我是誰，她看看我，閃過一絲困惑，然後做出很有教養的樣子，矜持地說，「你好。」

奇怪的是，連自己的獨生女兒都不記得了，她卻沒忘記淳安。

開車帶她到屏東的山裡去，她一路無言，看著窗外的山景，突然說，「這條路一直下去就會到海公祠，轉一個彎，往江邊去，會經過我家。」

從後視鏡裡看她，她的面容，即使八十四歲了，還是秀麗姣好的。

我問她，「你是應美君嗎？」

她高興地答，「是啊。」

「你是淳安人嗎？」

她一臉驚喜，說，「對啊，淳安人。你怎麼知道？」

天黑了，帶她上床，幫她蓋好被子，她怯怯地問，「我爸爸在哪裡？我媽媽呢？」

我決定去一趟淳安，找余年春。

美君此生看不見的故鄉，我去幫她看一眼。

余年春，是美君的同村同齡人。幾年前三峽建水壩，中國政府為百萬人的遷移大費周章，建新村、發償金，還有老居民死守鄉土不退。余年春看得熱淚盈眶，看不下去了。

他回想起一九五八、五九年，淳安人是在什麼情況之下被迫離開祖輩已經生活了一千多年的故鄉的。

毛澤東在一九五七年提出「超英趕美」的口號，在共產黨八大預備會議中，他熱切地說，共產黨要「完全改變過去一百多年落後的、被人家看不起的、倒楣的那種情況，而且會趕上世界上最強大的資本主義國家，就是美國。這是一種責任。否則我們中華民族就對不起全世界各民族，就要從地球上開除你的球籍。」

在這種思維的推動下，開發新安江成了急切的重大項目。三十萬淳安人，為了「國家」整體的進步，必須遷走。一個個村子化整為零，一個個大家族被拆開，從薪傳千年的家鄉土壤發配到百里千里以外分散各省的窮鄉僻壤。

結果就是，到了任何一個陌生的村子，淳安人在當地人眼中，都是一群語言不通、形容憔悴、貧無立錐之地的「難民」了。家裡沒有一張八仙桌可以帶得出來，也無法跟當地冷眼瞧著你的人解釋：「嘿。我家餵狗的碗，都是宋朝的瓷器！」一向以「詩書傳家」為榮的淳安人，如今一身孑然，滿腹辛酸，淪為困頓襤褸的新移民，又從刀耕火種開始。

如果美君在一九四九年沒離開淳安，她就會和她今天仍舊思念的爸爸媽媽，還有她自己的孩子，經歷被迫遷徙的這一幕：

諫村是淳安遠近聞名的大村，全村二一四戶，八八三人，也是一個非常富裕的地方，村莊臨溪而築，依山而建，黛牆青瓦，雕梁畫棟。一九五九年三月，通知我們移民，一只雕花大衣櫃收購只給一元二角八分錢。一張柏樹古式八仙桌只賣六角四分……到了四月三日，搬遷的那天，拆房隊已進了村，邵百年的母親坐在椅子上呼天嚎地哭叫著不肯走，拆房隊繩子捆上他家房子的棟梁，幾位拆房隊的人把這位老人連人帶椅子一起抬出門外，房子也就頃刻倒下了。[2]

帶著一點不甘心和不服氣，七十幾歲的余年春費了五年的時間，把千島湖水底的淳安城一筆一筆畫出來。故鄉的每一個祠堂、寺廟、學校、政府建築，每一塊空地、每一條溝渠、每一條街和巷弄，以及街上的每一戶人家和店鋪——哪一家比鄰哪一家，哪一家的主人姓誰名誰、店鋪什麼名號，鉅細靡遺，一點不漏。余年春找出零落四方的鄉親老人，一個一個詢問，一件一件比對，然後用工筆，像市政府工務部門的官方街道圖一樣，細細地還原了被奪走的故鄉風貌。

2 童禪福，《國家特別行動：新安江大移民（遲到五十年的報告）》，北京人民文學出版社，二〇〇九年，第九十—九十一頁。

打開在我眼前的，是一幅卷軸，淳安古城的「清明上河圖」，我第一次，看見屬於美君的新安江畫像。

面對著這張不可思議的圖，我問，「您知道美君的家在哪裡嗎？」

「知道，」余年春說，「上直街九十六號。」

他彎腰，把上直街九十六號指給我看；真的，如美君所說，就在新安江畔。

「不會錯吧？」我問。

「絕不會錯，」老人十分篤定地說，「你看，美君的父親叫『應芳苟』，這圖上寫著嘍。」

彎下腰細看，上直街九十六號的那一格，果真寫著「應芳苟」三個字。

「那麼，」我沉思著，「美君在一九四九年離開的城門，有兩個石獅子守著的那座城門，走向杭州，然後從此回不了頭的，會是哪一個城門呢？」

「在這裡。」老人用手指在畫上標出城門的位置。

三米長的卷軸，張開在一張狹窄的木床上，窗外的光，因為窗子老舊，也只能透進來一點點。在這侷促而簡陋的房間裡，連一張書桌都沒有，他顯然得跪在地上作畫。余年春一筆、一筆，畫出了全世界沒有人在乎，只有他和美君這一代人魂縈夢繫的水底故鄉。

回到千島湖畔的飯店，我開始看那水底淳安的錄影帶。

當地政府為了觀光的需要，派了攝影隊潛入幾十公尺深的湖底，在古城沉沒四十年之後，去看看水草中閉著歷史的眼、沉睡的淳安。湖底深處，一片地心的漆黑；攝影隊的燈，在無邊無際的幽暗中，像一只太小的手電筒，只能照亮小小一圈。鬱鬱的水藻微顫，一座老屋的一角隱約浮現，精琢的雕花，厚重的實木——這，會是美君當年天涯漂泊、如今至死不渝的雕梁畫棟嗎？

緩慢的光，沒照到城門口那對石頭獅子，但是我總算知道了：它們仍在原來的位置，美君一九四九年冬天回頭一瞥的地方。

6 追火車的女人

美君緊緊抱著嬰兒離開淳安，在杭州上車時，火車站已經人山人海；車頂上綁著人、車門邊懸著人、車窗裡塞著人、座位底下趴著人、走道上貼著人。火車往廣州走，但是在中途哪一個荒涼的小鎮，煤燒光了，火車不動了。於是有軍官出來當場跟乘客募款，蒐集買煤的錢。

火車又動了，然後沒多久又會停，因為前面的一截鐵軌被撬起來了，要等。等的時候，美君說，旁邊有個媽媽跟一路抱在懷裡的四、五歲大的孩子說，「寶寶，你等一下哦，不要動。」

女人爬過眾人的身體，下了車，就在離鐵軌幾步之遙的灌木後頭蹲下來小解，起身要走回來時，車子突然開了。

「我們就眼睜睜看著那個女人在追火車，一路追一路喊一路哭一路跌倒，她的孩子在車廂裡頭也大哭，找媽媽，但是誰都沒辦法讓火車停下……」

「你記得她的臉嗎？」我問。

「我記得她追火車的時候披頭散髮的樣子……」

美君半晌不說話，然後說，「我常在想：那孩子後來怎麼了？」

火車到了湖南衡山站，美君跟兩個傳令兵抱著孩子擠下了車。想到那個追火車的女人，她決定把懷裡的嬰兒交給衡山鄉下的奶奶。這樣的兵荒馬亂，孩子恐怕擠也會被擠死，更別說在密不通風的車廂裡得傳染病而暴斃。一路上，死了好幾個孩子和老人。

應揚，讓奶奶抱著，在衡山火車站，看著美君的火車開走。他太小，連揮手都還不會。

美君繼續南下，到了廣州。丈夫，帶著憲兵隊，駐守著廣州天河機場。

7 不能不遇見你

我到了廣州。

問廣州人，「聽過天河機場嗎？」

搖頭。沒有人知道。

問到最後，有個人說，「沒聽過天河機場，但是有個天河體育中心。」

到了天河體育中心。龐大的體育館，四邊的道路車水馬龍，哪裡還有一點點軍用機場的影子？可是一轉身，大馬路對面有一片孤零零的老牆，旁邊是個空曠的巴士轉運站，而這堵老牆上寫的字，讓我吃了一驚。「空軍後勤廣州辦事處」，好端端寫在那裡，竟然是中華人民共和國不再使用的正體字。

好了，那真的是這裡了。

美君的丈夫龍槐生，帶著他的憲兵隊嚴密防守天河機場。不多久，他認為是自己一生最光榮的任務來了：「一九四九年五月，先總統搭中美一號蒞天河機場，時有副總統李宗仁、行政院長閻錫山等高級首長在機場相迎，在此期間夜以繼日督促所屬提高警覺，以防不測。」

我翻著槐生手寫的自傳，心想，爸爸，一九四九年五月，蔣介石已經下野，不是總統了，而且，五月的時間你也記錯了吧？那時首都南京已經易幟，上海即將失守，蔣介石搭著太康艦和靜江輪來回於浙江沿海和台灣各島之間，到處考察形勢，思索將來反攻的據點要如何布置，五月他沒去廣州啊。你看，一九四九年五月十八日，蔣的日記寫的是他對澎湖的考察：

昨晡在賓館附近沿海濱遊覽，瞭望對岸之漁翁島，面積雖大但其標高不過五十公尺，亦一沙灘樹木極少，植物難產。聞動物除印牛種較壯大外，餘亦不易飼畜，以其地鹹質甚大，無論動植皆不易生長，而且颱風甚多。惟其地位重要，實為台灣、福州、廈門、汕頭之中心點，不惟台灣之屏障而已。初到忽熱甚悶，入浴晚課，聽取夏功權廈門情形報告，後十時就寢。[3]

3 「蔣介石日記手稿」，一九四九年五月十八日。原件收藏於史丹佛大學胡佛研究院。

三十歲的憲兵連長龍槐生在認真駐守天河機場的時候，自然不會知道，那巨大的歷史棋盤，已經定局，他也是一個過了河的卒子。但是他看到人潮，逃難的人潮，流過天河機場前面的大馬路，往黃埔碼頭湧過去。他並不知道，在他眼前湧過去的人潮裡，有來自山東的幾千個中學生，流亡了幾千里，他們的校長們正在和國軍的將領協商，孩子們要怎樣才能搭上前往台灣的船。那個「其地鹹質甚大，無論動植皆不易生長，而且颱風甚多」的澎湖島，正張口等著他們到來。

這年，香港科技大學的校長、創下高溫超導世界新紀錄而著名的物理學家朱經武，才七歲，喜歡玩泥巴、抓泥鰍、把破銅爛鐵亂湊在一起發熱發電。他跟著父母兄弟姊妹一家八口，加上一個老祖母，從武漢坐船搭車，一路南下，臨出門前還把一隻小黃狗抱在身上，帶著走天涯。沒想到狗一上火車，從窗口一躍而出，不見蹤影，小小經武差點哭了出來。

朱爸爸是美國華僑，上波特蘭的航空學校，學習飛機駕駛。一九三一年九一八事變爆發，二十六歲意氣風發的朱甘亭熱血奔騰、日夜難安，於是決定人生大急轉：他把自己心愛的哈雷重型機車送給一個好友——好友被他的「壯士斷腕」嚇了一跳；朱甘亭轉身就離開了舊金山，飛到南京，報名加入了中國空軍。

一九四九年五月的這個時候，朱家到了廣州；朱甘亭上尉讓家人先到黃埔碼頭，直接在船上等候，因為他負責剩餘物資的處理，必須押一箱空軍後勤的黃金上船。他說，我隨後就趕到，船上相會。

「可是，」經武說，「我們在船上一直等一直等，等到半夜，爸爸一直不來。碼頭上滿滿是上不了船、露宿的難民，而船馬上要開了，爸爸還不見。我媽又急又怕，祖母也滿臉憂愁。到最後，清晨兩點，爸爸終於出現了，氣急敗壞的，趕得滿頭大汗。原來，爸爸的吉普車，經過天河機場時，不知怎麼裝黃金的箱子掉了下來，散了一地，被駐守天河機場的憲兵隊給攔住，不管怎樣就是不讓他帶走，他交涉到半夜，還是不放行，最後只好空手趕了過來。」

「什麼？」我問，「你是說，天河機場的憲兵隊？」

「對啊，」經武答說，「那一箱黃金就被憲兵隊拿走了。他自己也差點脫不了身。他如果沒趕上船，我們大概從此就拆散了，一家人以後的命運——包括我自己，很可能就兩樣。」

「慢點慢點朱經武，」我說，「你是在講，我爸爸搶了你爸爸一箱黃金？」

他笑了，有點得意，「可以這麼說。」

「不要笑，我記得龍爸爸的自傳好像有提到黃金。你等等。」

在港大柏立基學院的寫作室裡，我從書架上把父親的自傳重新拿下來，找到了天河機場那一頁：

一九四九年五月，在廣州停留待命，負責天河機場警戒。並在機場到香港的沿路加派雙哨，以確保機場安全。時有一走私集團劉姓首腦，拿出黃金五百兩私下賄賂，要我放行二十輛卡車私貨，我雖未負緝私任務，但立即嚴詞拒絕，並報請上級處理。

我指著這一段，一字一句念給朱經武聽，然後反問他：「怎樣？朱爸爸那時不姓劉吧？」

8 追火車的小孩

在夜車裡，從廣州東站駛往衡陽站。晚上十一點發車，清晨五點鐘可到。總路程五百二十一公里。這個里程數，我開過。一九八七年，第一次去柏林，就是開車去的，從法蘭克福開到仍在圍牆中的柏林，是五百六十公里。

一進入東德區，所謂公路其實就是一條被鐵絲網、探照燈和監視塔所圍起來的一條出不去的隧道。接近關卡檢查哨時，看到穿著制服的邊境守衛，有一種恐怖的感覺。

都是回鄉的人吧？廣州東站的候車室裡，起碼有上千的人，聚在一個大堂裡，聽見的全是熟悉的湖南話。很多民工，帶著鼓鼓的麻袋——都是那種紅藍白三色條子的大口麻袋，大包小包的，全身披掛。出來打工的人，這很可能是兩三年才一次的回鄉。家裡的孩子，可能都認不得自己了。

人們安靜地上車，一入廂房，放好行李，爬上自己的鋪位，就把燈滅了。燈滅掉的那一刻，整個世界就沒入鐵輪轟轟隆隆的節奏裡。行駛中的夜行火車永遠是浪漫的，車廂像個祕密的、無人打擾的搖籃，晃著你疲倦的身體；韻律勻勻的機械聲，像一頂溫柔的蚊帳，把你密密實實地罩在搖籃裡。

美君從廣州站上車，李佛生，那兩位淳安一同出來的莊稼少年之一，陪著她走。廣州半年，美君看見了更多的生死離散；她決心回到衡山，無論如何把孩子帶出來，繫在身邊。可是，她還沒想到，分隔半年，孩子也不認得她了。

我在二〇〇九年走的這五百二十一公里鐵路，就是一九四九年九月美君走過的鐵路。

美君的火車在清晨到了衡陽，不走了。前面到衡山的鐵軌被爆破，斷了。火車裡的人，心急如焚，面臨抉擇：是坐在車裡等，還是下車走路？

那個時代，每一個小小的、看起來毫不重要的片刻的決定，都可能是一輩子命運的轉折點。

清晨五點，我跨出衡陽火車站，冰涼的空氣襲來，像猛烈的薄荷，一下子激醒了我。大霧鎖城，一片白茫茫。天色猶暗，車站前廣場上已經站了很多人，這時紛紛湊上前來，口裡低低呼著地名：

攸縣！攸縣！

祁陽！祁陽！

常寧！常寧！

永州！永州！

永州？我趕快看那個呼喊「永州」的人，迷霧裡站著一個駝著背的老先生。

怔怔地站在那裡，我看著他：如果現在跟著他走，沒多久我就會到了永州，那是柳宗元寫〈永州八記〉、〈捕蛇者說〉的地方啊。為了柳宗元，我特別跟著這老先生走了一小段路，在廣場邊那個寫著「永州」的牌子前，深深看一眼。

應揚來接我。車子駛出了有路燈的衡陽市區，進入鄉間公路，車燈照出去，像在濕漉漉的雲裡游泳一樣，上下前後遠近，只有茫茫霧氣，路都看不見。如果突然有個大坑，車子會直衝進去。

美君很快地做了決斷：下車走路。

她帶著佛生，下了火車，開始沿著鐵軌往北走。從衡陽到衡山，沿著鐵軌走，大約是四十公里。美君和佛生一直走、一直走，在路上看見，鐵軌斷成一截一截的，枕木燒得焦黑。美君走得腳起泡，佛生就把臂膀伸出來，讓她扶著走。走到第二天，遠遠看見了衡山車站，她心裡一鬆懈，腿就軟了下來，摔在鐵軌上。

我沒有想到，二〇〇九年的衡山火車站，和美君所描述的一九四九年的衡山火車站，幾乎一樣。木頭窗子一格一格的，玻璃上一層多年累積陳舊的灰，從外面望進去，朦朧朦朧的，有一個老人拿著掃把畚箕專心地掃地。冬日淡淡的陽光，從窗格子裡射入，把那人的影子拉得好長好長，一直長到剪票口。剪票口，也不過是兩條木頭扶手。

這時南下北上都沒車。候車室裡一個人也沒有，靜悄悄的，牆上一個大壁鐘，我想，我幾乎可以聽見那分針繞圈遊走的聲音，也看得見那陽光在地面上移動的速度。

我穿過空空的剪票口，像旅客一樣，走到月台上，立在鐵軌邊，看那鐵軌往前伸展，伸展到轉彎的地方。這就是美君和應揚分手的月台。

我有一種衝動。

我想跳下月台，站到那鐵軌上，趴下來，耳朵貼著鐵軌，聽六十年前那列火車從時光隧道裡漸漸行駛過來、愈來愈近的聲音。

然後它愈走愈遠。

美君和佛生離開了鐵軌，沿著泥土小路到了山凹裡的龍家院。那兒滿山遍野是油桐樹，開滿了花苞，還沒有綻放。水田現在已乾，稻子半高，但是荒蕪的不少。走在田埂上，迎面而來幾個鄉親，美君不認得他們，他們卻認得這是槐生的杭州媳婦，咧開嘴來笑著和她打招呼。一個肩上用一根扁擔扛著兩隻水桶的族兄，還把水桶擱下來，就在那狹小的田埂上，問槐生族弟是否平安，也問她戰爭打到了哪裡。

我站在龍家院的田埂上，應揚跟挑水過來的大嬸介紹：「這是我妹妹。」他說「妹妹」的時候，第二個「妹」字也用四聲，說得很重，聽起來就是「這是我妹魅」。不一會兒，就圍了一圈龍家院的族人，都姓龍。應揚一個一個介紹給我：

這一位，是你的哥哥。

這一位，你應該叫表姊。

這一位，是你的叔叔……

圍了一圈人，各種親屬的稱謂，全用上了。

「我記得你媽媽，杭州小姐，燙了頭髮的。」一個老婆婆說。

「對，我也記得，她還從城裡帶了一個收音機來。」一個叔叔說。

「她很好，穿旗袍，來這裡住破房子，一點也不嫌。」

我站在那棟門窗都空了的紅磚房子前面，看了很久，已經沒有人住，茂盛的野草長在屋頂上，也長在屋前和屋後的野地裡，就是這一棟頹敗的紅磚房，美君來接她的孩子龍應揚。

可是孩子躲在奶奶的後面，死命抓住奶奶的手，滿面驚恐地瞪著眼前這個要帶他走的女人。他又哭又鬧，又踢又打，怎麼也不肯接近她。

第二天，又回到衡山火車站。鐵軌延伸到轉彎的地方，剪票口這邊南下的月台上，火車已經進站了，又是人山人海，弧形的車頂皮上，爬滿了人。在門邊，有人用一隻手緊緊抓著門上的鐵桿，身體吊在車外。每一個車窗，都被人體堵塞。

美君心亂如麻，伸手要接過孩子，孩子就像觸電一樣大哭。奶奶本來就捨不得，眼看著火車要開了，老人家乘機說，「那……那孩子還是留下來比較好吧？」

向來果敢的美君，看看孩子哭得發漲的紅臉，看看火車裡大難臨頭的擁擠，這時猶疑了。她把手伸出去，又縮了回來，縮了回來，又伸出去。

哨聲響起，火車要動了，千鈞之重，都在一瞬間。

美君鬆開了手。

她對佛生說，「那，我們上車吧。」

然後轉身拉起奶奶的手，說，「我們——很快就回來。」

佛生把她，像貨物一樣，從車窗塞進去。

龍家院的族人一會兒重新挑起扁擔幹活去了，我和應揚走在田埂上，邊吃橘子邊談天，我問應揚，「後來，你對媽媽有任何記憶嗎？」

應揚一下子就紅了眼眶，六十歲的人了，一說到衡山火車站，還要哽咽。

「只有一個印象留下來，就是——媽媽在火車裡，頭髮捲捲的。後來，長大一點，看到別人都有媽媽，只有我沒有，很難過。開始的時候，奶奶還騙我說，我就是你的媽媽，後來當然騙不住了。」

應揚的眼睛深凹，特別明亮。一九八五年第一次找到他的時候，我從美國特地飛到廣州去「認」這個失落的哥哥。在滿滿的人群中，第一眼看到他，我就知道：「是他，這就是他。」應揚皮膚黝黑，穿著農民的粗布，帶著底層人民的謙抑神情，過了一輩子挑扁擔、耕土地的生活，但是他臉上有美君的一雙深凹、明亮的眼睛，在洪水般湧動的人潮中，我一眼就認得。

應揚抑制著情緒，停了一下，然後繼續說：「小時候，每次在外面受了委屈，譬如講，老師跟同學指著你的鼻子說，『你爸是國民黨！』那就像拿刀砍你一樣，我總是想，如果媽媽在，多好，隨時可以回家對媽媽痛哭一場，可是一想到這裡，就更難過。每次火車從衡山站裡開出來，經過龍家院速度都還很慢，我老遠就從屋子裡衝出去，拚命往鐵軌那邊跑，往火車跑過去，我去追火車，一路追一路喊媽媽媽媽媽媽……我看到任何一個短頭髮燙得捲捲的女人，都以為那是我媽——可是我媽永遠在一輛開動的火車裡，我永遠追不上……」

9 最普通的一年

和應揚走在田埂上，幾株桃樹，枯枝椏上冒出了一粒粒嫩色的苞，襯著後面灰色的天空和黛色的山巒起伏，像一個超大的美麗畫布，前景還有一隻水牛坐在空地裡，悠悠晃著尾巴趕果蠅，一派恬靜悠閒的農村風光。槐生，一個中國農村的孩子，非常具體的，就在現在我踩著田埂的龍家院的土地上長大。

一個出生在一九一九年的湖南小孩，他的這片土地，是怎樣的一片土地呢？

我翻開《衡山縣志》[4]。

槐生出生的前一年，民國七年，等著他到來的世界是這樣的：「四月，北洋軍閥吳佩孚部隊與南軍在湘江、洣河沿岸混戰，姦淫擄掠。青壯男女進山躲兵，成片稻田荒蕪。七月，苦雨、兵災、水災交加，

4 本節內關於衡山資料，參見「湖南省衡山縣志編纂委員會」所編的《衡山縣志》，長沙岳麓書社，一九九四年。

農民苦不堪言，拖兒帶女，外出逃難。」

槐生兩歲那一年，衡山「五十多天不雨，田土俱涸」，「飢民成群外出乞食，或以野草充飢」。

五歲那年，大水滾滾從天上來，「湘江、洣河沿岸民房未倒塌者寥寥無幾，災民露宿兩三個月之久」。

十二歲那年，「大雨兼旬，山洪驟發」。

十五歲那年，「久晴不雨，大旱成災……飢民採野草、剝樹皮、挖觀音土充飢。秋，旱災慘重，近百所小學停辦」。

十七歲那年，山洪爆發，「農民外出成群乞討」。

十八歲那年，絲蟲病流行，湘江、洣河暴漲，衡山重災。

一九四五年抗日戰爭勝利那一年，大旱，加上兵燹，大部分田土失收。秋天，瘧疾流行，衡山死亡兩千多人。國共戰爭全面爆發、烽火焦土的一九四六年，縣志是這麼寫的：

衡東境內發生嚴重饑荒……飢民覓食草根、樹皮、觀音土，霞流鄉餓死一百八十九人，沿粵漢鐵路一線有數以萬計的人外出逃荒。

六月，天花、霍亂流行。秋，患病率達百分之二十四，死亡率逾百分之五，邊遠、偏僻山區缺醫少藥，情況更為嚴重。莫井鄉八三五五人，患瘧疾的達四二一一人。

唉，我再往前翻翻，看看比槐生早生十幾年的湖南孩子怎麼長大，縣志說的簡直就一模一樣：

民國三年，軍閥作戰，衡山境內初等小學由一百六十所減至十八所。

宣統元年（一九〇九），水旱蟲災交加，農民靠樹皮、野草充飢，成群結隊出外乞討，賣兒鬻女，死於溝壑者比比皆是。

光緒三十二年（一九〇六），連降暴雨，湘江、洣河橫流，發生「光緒丙午」大水災。

光緒二十一年（一八九五），大旱災。災情慘重。

沈從文這個湖南孩子就比槐生大十七歲，一九〇二年出生在湘西鳳凰鎮。

九歲那一年，也就是一九一一辛亥革命的時候，野孩子沈從文看見的家鄉是「一大堆骯髒血汙的人頭，還有衙門口鹿角上，轅門上，也無處不是人頭」。[5]

革命失敗了，官府到處殺造反的人。刑場就挑在沈從文常逃學玩水的河灘上。每天殺一百個人左右，看熱鬧的大概有三十個。抓來殺頭的，基本上都是無辜農民，後來殺的實在太多了，就把犯人趕到天王廟大殿前，擲筊。順筊開釋，陰筊殺頭。該死的農民，自動走向左邊去排隊，該活的，走向右邊。沒有人抱怨。

調皮的孩子每天到河灘上去看砍頭，一二三四屈指數屍體，要不然就興高采烈地跟著犯人到廟前看擲筊。[6]人頭砍下之後，地上一攤血，那看熱鬧的大人們，欣賞殺頭之後，品頭論足一番，還要前去用腳踢踢那屍體，踹踹他肚子，最後覺得玩夠了，無聊了，便散開去。

一九一八年，十六歲的沈從文已經從軍，跟著地方部隊去「清鄉」。「清鄉」就是去鄉下搜索所謂的各路「土匪」。一到，成群的農民就被繩子捆了來，先打一頓皮開肉綻的板子，再加一頓呻吟慘叫的夾棍；酷刑之下，超過半數的人畫了供，第二天俐落地推出去砍頭。

沈從文在一年多一點的時間裡，看了七百個人頭噴血落地。前兩年，地方道尹已經殺了兩千多人，一九一七年的黔軍司令，又殺了三千人。現在輪到沈從文的衛隊，「前後不過殺一千人罷了！」[7]

水災、旱災、大饑荒，加上連年的兵災，人民成群外出逃難。中國廣闊的大地上，路在山與山間迴轉，路上，全是移動的難民，倒在路旁的屍體，綿延數里。

這回來衡山之前，我以為，一九四九年是如何慘烈、如何特殊的

5 沈從文，《沈從文自傳》，台北聯合文學雜誌社，一九八七年，第二三頁。
6 同前註，第二四—二五頁。
7 同前註，第五五頁。

年代，翻開縣志，燈下夜讀，每一個字都在呼喊，我才知道，啊，一九四九年，多麼普通的一年啊！

10 扛著鋤頭聽演講

來到湘江畔一個寂寥的渡口。

剛好是黃昏，江面上開始起霧，薄薄的陽光融進霧氣，一種朦朧的溫柔色調使對岸的民居映在水色天色裡，一片空靈。

一千年前，大學者朱熹和張栻就是在這條大江的一個渡口上岸，「朱張會講」的消息轟動士林，使得湘江畔「一時輿馬之眾，飲池水立涸」。

也是在這條大江的一個渡口，二十三歲的長沙師範學生毛澤東，在一九一六年的夏天，和好友蕭瑜用一把雨傘挑著一個小包袱，故意不帶錢，用「叫化子」的方式步行千里去認識自己的土地，去鍛鍊自己。想想，這不就是民國初年版的「嘻皮」hitchhiking 走天下嗎？兩人又哄騙又耍賴地讓船夫渡他們過江。

徒步到了益陽，家鄉的農民情狀，蕭瑜記錄下來：

毛澤東和我上了船，但覺河水暴漲高與天齊。整個景色全然改觀，無數房屋、樹木給淹沒了，在洶湧的洪水中僅能見到樹梢和屋頂。船上擠滿了人，哭聲震天，母親呼叫兒女，兒女哭叫父母。[8]

毛澤東對農民的苦難，是不陌生的。

步行千里之後，兩人的衣服和草鞋都破爛不堪了，分手時，毛澤東急著回家，因為父母「給我做了兩雙鞋子，他們一定在等著我哩。」[9]

三十二歲那一年，一九二五年，毛澤東對著湘江的煙波浩渺，一揮而寫〈沁園春・長沙〉：

獨立寒秋，湘江北去，橘子洲頭。看萬山紅遍，層林盡染；漫江碧透，百舸爭流。鷹擊長空，魚翔淺底，萬類霜天競自由。悵寥廓，問蒼茫大地，誰主沉浮？

一九二六年二月，國民黨領袖汪精衛支持毛澤東出任新成立的國民黨農民運動委員會的委員，還兼任廣州農民運動講習所的所長；在毛的主導下，講習所開始到各個鄉村去鼓動農民，成立「農民協會」，教導窮人起來鬥爭地主和富人，隨著國民黨的北伐軍占領湖南，湖南的農民運動如野火騰空，一下燃燒開來。

長沙的孩子在巷子裡玩的時候，稚嫩的童音唱的歌是「打倒列強，打倒列強，除軍閥，除軍閥……」這首歌，六十年後的孩子也會哼，只是歌詞不同，他們唱的是「兩隻老虎，兩隻老虎，跑得快，跑得快……」

我和應揚坐在湘江的一葉小船上，老船夫把篙放下來，讓船在湘江的水上自由漫蕩。

「爸爸的自傳說，」我問應揚，「他七、八歲的時候，常常跟著他媽到處跑，去聽演講、參加群眾聚會什麼的，還說，他媽到過上海紗

---

8 蕭瑜，《我和毛澤東行乞記》，香港明窗出版社，一九八八年，第二四一頁。
9 同前註，第二四七頁。

廠做工。」

脫下鞋襪，把腳伸進湘江水中，涼涼的，我想跟應揚求證的事很多。「祖母那麼一個湖南的農村婦女，又不識字，怎麼會去聽演講？怎麼有能力在一九二七年從衡山這種鄉下跑到上海紗廠去做工呢？」

應揚回說，「因為奶奶參加了農民協會，她是共產黨員啊。」

我嚇一跳，「奶奶在二〇年代就加入了共產黨？」

「對，」應揚很稀鬆平常的樣子，「她跟我說過，她去聽毛澤東演講，還帶著七、八歲的爸爸。」

「啊？」我聽呆了。

「毛澤東到衡山來對農民演講，鼓動革命。祖母扛著鋤頭去聽演講，而且加入農民協會，跟群眾闖進地主家裡，打地主，她都做了。後來鬧得太凶了，人家地主回頭要來抓這些農民，黨才協助祖母這些貧農逃亡到上海。」

我明白了。

一九二七年初，毛澤東到衡山一帶實地考察了三十二天，結束以後提出了經典之作〈湖南農民運動考察報告〉，對湖南農民的打砸殺燒所作所為，是這麼描述的：

將地主打翻在地，再踏上一隻腳。「把你入另冊！」向土豪劣紳罰款捐款，打轎子……土豪劣紳的家裡，一群人湧進去，殺豬出穀。土豪劣紳的小姐少奶奶的牙床上，也可以踏上去滾一滾。動不動捉人戴高帽子遊鄉……[10]

然後毛澤東斬釘截鐵地說，這些農民做的，「好得很」，因為，「革命不是請客吃飯，不是做文章，不是繪畫繡花，不能那樣雅致，那樣從容不迫、文質彬彬，那樣溫良恭儉讓……每個農村都必須造成一個短時期的恐怖現象，非如此絕不能鎮壓農村反革命派的活動。」扛著鋤頭的農村婦女，帶著身邊六、七歲的孩子，到廣場上聽毛澤

10 毛澤東，《湖南農民考察報告》，香港求是出版社，一九四七年，第八頁。

東演講。槐生，原來你也在那裡。

但是沒多久，七歲的槐生，開始上學了。他沒鞋子穿，打著赤腳走山路，只有在下雪的時候，媽媽給他納好的粗布鞋，穿在腳上保暖。他每天要走好幾個小時的山路，到湘江支流洣河畔的城南小學去上學。

槐生開始識字，沒多久就和一班極度貧窮但是天真爛漫的孩子們，一同讀《古文觀止》，清朗的幼童讀書聲，款款的湘楚之音，當農民荷鋤走過洣河畔時，遠遠都能聽見。

11 百葉小學

家裡常常沒飯吃，正在發育的槐生，有時餓得暈眩，但是他不敢說——他知道在家裡等著他的母親，比他還餓。貧窮的孩子，太早學會體恤。

後來，他常跟我們說，有一次，他放學回家，下大雪，冷得手發紫、腳抽筋，餓得發昏，跑了幾里的結冰的山路回到家，一踏進門——我們，槐生在海島長大的兒女們，就用混聲合唱，充滿嘲諷，回說——「你媽就拿出一碗熱騰騰的白米飯……」

我們的意思是，天哪，這故事你已經講一萬遍了，跟你求饒吧！

但是槐生渾然不覺兒女的嘲諷，繼續說，而且還站起來，用身體和動作來具體化當天的情景：

「我進門，媽媽站在那裡，高興地看著我，手裡拿著那碗白飯，我心裡想，平常連稀飯都不見得吃得到，今天怎麼竟然有白米乾飯。我就伸手去接，可是，因為眼睛被白雪刺花了，才接過來要放桌上就掉在地上了，嘩一聲打碎在地上……」

我們像希臘悲劇合唱團一樣插入旁白，「然後你媽就哭啦——」

槐生沉浸在他緊密的記憶隧道裡，接著說，「對啊，她誤會我了，以為我生氣，因為只有白飯沒有菜，而且她自己一天都沒吃，就為我省這一碗飯……」

我們還要繼續混聲合唱，槐生已經淚流滿面。他從西裝褲袋裡拿出他那一輩人會用的手帕——疊成四方塊，印著格子的棉手帕。

見父親泣不成聲，我們才住手，不吭聲。

反正，也不是第一次看他哭。

他每次從抽屜裡拿出那雙布鞋底來的時候，也哭。

槐生這個獨子，十五歲離家。那是一九三四年，正是《衡山縣志》上說「飢民採野草、剝樹皮、挖觀音土充飢。秋，旱災慘重，近百所小學停辦」的那一年。一根扁擔挑著兩個竹簍到市場去買菜，槐生看到火車站前面憲兵在招「學生隊」，這半大不小、發育不良的十五歲的少年，不知道心裡怎麼想的，把扁擔和菜簍交給龍家院同來的少年叫「冬秀」的，就兩手空空地跟著憲兵走了。冬秀回來說，槐生冒充十八歲。

六十年後，當我讀到前輩作家王鼎鈞的自傳《關山奪路》時，我才能想像，喔，那一天，在衡山火車站，槐生大概看見了聽見了什麼。

一九四五年，那時槐生已經是憲兵排長了，十九歲的中學生王鼎鈞也聆聽了一個憲兵連長的「招生」演講。連長說，「憲兵是『法治之兵種』，地位崇高，見官大一級。憲兵服役三年以後，由司令部保送去讀大學。（連長）很懂群眾心理和演講技巧，引得我們一次又一次熱烈鼓掌。」[11]

入伍之後，才知道，完全不是這麼回事。王鼎鈞說，這是「以國家之名行騙」；以後的幾十年中，他都無法原諒這場龐大「騙局」的製造者——國家。

槐生脫離了民不聊生的家鄉，沒想到，在憲兵隊裡卻同樣吃不飽。

11 王鼎鈞，《關山奪路：王鼎鈞回憶錄四部曲》，台北爾雅出版社，二〇〇五年，第二十頁。

每天餓著肚子上課、出操、打野外，地位「崇高」的國家「法治之兵種」滿地找花生地瓜、偷野菜來充飢。有一次打野外回來，一半的人口吐白沫，暈倒在地上。

槐生最後一次看見自己的母親，就是一九四九年，乘著一輛火車，路過衡山，匆匆要母親來車站一會。十五歲離家的兒子，這時已經是憲兵連長，帶著整個憲兵隊，經過衡山但無法下車回家。

槐生的農民母親從山溝裡的龍家院走到衡山火車站，一看滿車官兵，蓄勢待發，慌忙中，她從懷裡掏出個東西來，是一雙白色的布鞋底。槐生要路過的消息來得太晚，她來不及做好整隻鞋，只好把鞋底帶來。一針一線縫出來的，粗粗的線，紮得非常密實。

在客廳裡，爸爸把我們叫到他跟前，手裡拿著那雙布鞋底，走過大江大海大離亂，布的顏色，已經是一種蒼涼的黃色。槐生說，我要你們記住，這雙鞋底，是你們的奶奶親手縫給我的……

我們無所謂地站著，哎，這是哪裡啊？這是一九六四年的台灣苗栗縣苑裡鎮耶，誰見過布鞋，誰管它是誰做的、誰給誰的什麼啊？

槐生從褲袋裡掏出那方格子手帕，開始擦眼淚。

等兄弟們都被允許「解散」了，我這唯一的女生又單獨被留下來。

槐生坐進他那張矮矮的圓形破藤椅，雖然有個破電扇開著，他還是搧著一把扇子，說，「來，陳情表。」

十二歲的龍應台，站在她父親面前，兩手抄在背後，開始背那篇一千七百年前的文章第一段：

臣密言：臣以險釁，夙遭閔凶。生孩六月，慈父見背；行年四歲，舅奪母志。祖母劉，愍臣孤弱，躬親撫養。臣少多疾病，九歲不行。零丁孤苦……

城南小學早已拆了，聽說，就遷到了龍家院的山坡上，現在叫做「百葉小學」。我說，應揚，那陪我去看看。

到了山坡上的百葉小學，老師聽說我是為了十五歲就離家的槐生而來的，年輕的老師把〈陳情表〉第一段工整地用粉筆抄在黑板上，一班四十個孩子，坐在牆壁斑駁的教室裡，清清朗朗地念出來：

臣密言：臣以險釁，夙遭閔凶。生孩六月，慈父見背……

這是第一次，我聽見〈陳情表〉用湘楚之音朗誦；童聲的混合音，從校門口田埂走過的農民也聽見了。那抑揚頓挫之處，跟槐生當年念給我聽的，竟是一模一樣。

12 潮打空城

槐生真正滿十八歲的時候，是一九三七年，中國決定全面抗戰的那一年。

十八歲的槐生，長得特別英挺帥氣，碰上的，正好是整個中日戰爭中最可怕、最激烈、規模最大的戰爭：淞滬會戰和南京保衛戰。

一九三七年八月十三日爆發的松滬戰役，日本動員二十五萬人，中國動員七十五萬人，日夜不停的綿密戰火，打了三個月以後，中國軍隊死傷幾近二十萬人，是日軍傷亡的四倍半。前敵總指揮陳誠給蔣介石的報告中說，國軍三十六團第二連，守衛火藥庫，「死守不退，致全部轟埋土中。」[12]

當日軍繼續從淞滬戰場往南京挺進的時候，槐生已經是駐守第一線雨花台的憲兵團的一員。

12 中國第二歷史檔案館編，《抗日戰爭正面戰場》，南京江蘇古籍出版社，一九八七年，第三五六頁。

我們固守南京雨花台一線，殺敵無數，無奈守將唐生智無能，使保衛首都數十萬大軍，在撤退時互相踐踏，加上日人海空掃射，真是屍橫遍野，血流成河。

自傳的這一段，也是槐生說過的「橋段」之一。我們稍大一點了，高高矮矮穿著初中高中的卡其布制服，這時會略帶輕蔑地反駁他說，「爸爸，憲兵不是只會到電影院門口檢查軍人看戲買不買票的嗎？你們憲兵哪裡會上戰場打仗？」

他就好脾氣地看著我們，本來要說下去的下一個「橋段」，被我們冷水一潑，也就不往下說了。

他本來要繼續說的是，「退到一江門，城門竟然是關的，宋希濂的部隊在城牆上架起機關槍，不讓我們出城，因為混亂到一個地步，守城門的部隊竟然沒得到通知說要撤退！我拚死爬過一江門，逃到長江邊，沒有船可以乘，日軍的砲聲已經很近，結果幾萬人堵在河灘上。

在幾乎要絕望的時候，我突生一計，就和幾個離散的士兵扛起兩根大木頭，放在水裡，然後用手做槳，慢慢、慢慢往對岸浦口划過去。」

講到這裡，他往往會再追加一句，「想知道我們划了多久才划過長江嗎？」

我們四個不大不小的子女，做功課的做功課，看漫畫的看漫畫，通常沒人答腔；我也許會裝出一點興趣，用鼻音回覆，「嗯？」

「我們划了整整一天半，才到浦口，」他自說自話地，「死的人，好多啊。」

沉靜了好一會兒，看看實在沒人理他，他大概也覺得無趣，就拿起警帽，乾脆去辦公室了。

我聽見他出去後，紗門自動彈回來輕輕「砰」一聲關上。

二〇〇九年五月十二日，我來到南京，想走一趟父親走過的路。

站在一江門的城門前，仰頭一看，看到三個大字，才知道，啊，這叫「挹江門」。

城門高大雄偉，正中央掛著橫幅，寫著巨大的字，紀念的，倒是另一件事：一九四九年解放軍渡江後直擊南京，是從挹江門打進來的！「挹江門」，代表勝利。

在城門前美麗的法國梧桐樹下，我展開手上關於憲兵參與南京保衛戰的摺頁：

……憲兵部隊到江邊時，已過午夜時分……我軍尚有萬餘人壅塞江邊，這時日軍已追蹤而來，成半圓形包抄開火。我軍在潰退中大部分已手無寸鐵，槍砲聲中紛紛倒下……憲兵部隊就地抵抗……歷五個小時激戰，憲兵部隊已傷亡殆盡……憲兵副司令蕭山令不願被俘受辱，射出最後幾顆子彈後，舉槍自盡，殺身殉國，年僅四十六歲。[13]

在退到江邊之前，英勇作戰到最後一刻的蕭山令憲兵副司令，守的就是槐生說的雨花台。翻開另一份史料：

民國二十六年十二月九日，日軍進逼南京，我憲兵動員官兵六千四百五十二人捍衛南京，由副司令蕭山令中將指揮所屬部隊，與日軍血戰四晝夜，最後因彈盡援絕，壯烈殉國者一千兩百一十人，受傷五十六人，生死不明兩千五百八十四人。[14]

史料看多了，現在我已經明白，「受傷」的兵通常不治，「生死不明」通常是「死」，因此六千多憲兵在南京的保衛戰中，其實犧牲了五分之三。

從挹江門到長江畔的下關碼頭，只有兩公里路，當年萬人雜遝的逃命路線，現在是鬱鬱蒼蒼的梧桐樹林蔭大道。

史料拿在手上，梧桐樹從車窗外映入，在我的史料紙張上忽明忽暗，我有點不能自已——在父親過世了五年之後，我才知道，他真的

13 雋義，〈南京保衛戰：憲兵代司令蕭山令喋血南京城〉，載於中國黃埔軍校網（http://www.hoplite.cn/templates/hpjhkz0068.html），二〇〇九年八月。

14 參見國軍歷史文物館網頁（http://museumold.mnd.gov.tw/specific_95_1_1.htm），二〇〇九年八月。

是從那血肉橫飛的槍林彈雨中九死一生走出來的，他才十八歲；滿臉驚惶、一身血汙逃到長江邊時，後面城裡頭，緊接著就發生了「南京大屠殺」。

我想起來，初中時，槐生喜歡跟我念詩，他常吟的兩句，是劉禹錫寫南京的〈石頭城〉：

山圍故國周遭在，潮打空城寂寞回。

如今站在下關長江邊上，長江逝水滾滾，我更明白了一件事：我們有緣跟這衡山龍家院的少年成為父子父女，那麼多年的歲月裡，他多少次啊，試著告訴我們他有一個看不見但是隱隱作痛的傷口，但是我們一次機會都沒有給過他，徹底地，一次都沒有給過。

13 四郎

台北的劇院演出《四郎探母》，我特別帶了槐生去聽——那時，他已經八十歲。

不是因為我懂這齣戲，而是，這一輩子我只聽槐生唱過一首曲子。在留聲機和黑膠唱片旋轉的時代裡，美君聽周璇的〈月圓花好〉、〈夜上海〉，槐生只聽《四郎探母》。在破舊的警官宿舍裡，他坐在脫了線的藤椅中，天氣悶熱，蚊蟲四處飛舞，但是那絲竹之聲一起，他就開唱了：

我好比籠中鳥，有翅難展；我好比虎離山，受了孤單；我好比淺水龍，困在了沙灘……

他根本五音不全，而且滿口湖南腔，跟京劇的發音實在相去太遠，但是他嘴裡認真唱著，手認真地打著拍子，連過門的鑼鼓聲，他都可以「空鏘空鏘」跟著哼。

遙遠的十世紀，宋朝漢人和遼國胡人在荒涼的戰場上連年交戰。楊四郎家人一個一個陣亡，自己也在戰役中被敵人俘虜，後來卻在異域娶了敵人的公主，苟活十五年。鐵鏡公主聰慧而善良，兒女在異鄉成長，異鄉其實是第二代的故鄉，但四郎對母親的思念無法遏止。有一天，四郎深夜潛回宋營探望十五年不見的母親。

卡在「漢賊不兩立」的政治鬥爭之間，在愛情和親情無法兩全之間，在個人處境和國家利益嚴重衝突之間，已是中年的四郎乍然看見母親，跪倒在地，崩潰失聲，脫口而出的第一句話就是，

千拜萬拜，贖不過兒的罪來……

我突然覺得身邊的槐生有點異樣，側頭看他，發現他已老淚縱橫，哽咽出聲。

是想起十五歲那年，留下一根扁擔兩個竹簍不告而別的那一刻嗎？

是想起大雪紛飛，打碎了一碗飯的那一天嗎？是想起那雙顏色愈來愈模糊的手納的布鞋底嗎？是想到，槐生自己，和一千年前的四郎一樣，在戰爭的砲火聲中輾轉流離，在敵我的對峙中倉皇度日，七十年歲月如江水漂月，一生再也見不到那來不及道別的母親？

一整齣戲，他的眼淚一直流，一直流。我也只能緊握著他的手，不斷地遞過紙巾。

然後我意識到，流淚的不只他。斜出去前一兩排一位理著平頭、鬚髮皆白的老人也在拭淚，他身旁的中年兒子遞過手帕後，用一隻手從後面輕拍他的肩膀。

謝幕的掌聲中，人們紛紛從座位上站起來，我才發現，啊，四周多得是中年兒女陪伴而來的老人，有的拄著拐杖，有的坐著輪椅，有的被人攙扶。他們不說話，因為眼裡還噙著淚。

中年的兒女們彼此不識，但在眼光接觸的時候，沉默中彷彿交換了一組密碼。散場的時候，人們往出口走去，但是走得特別慢，特別慢。

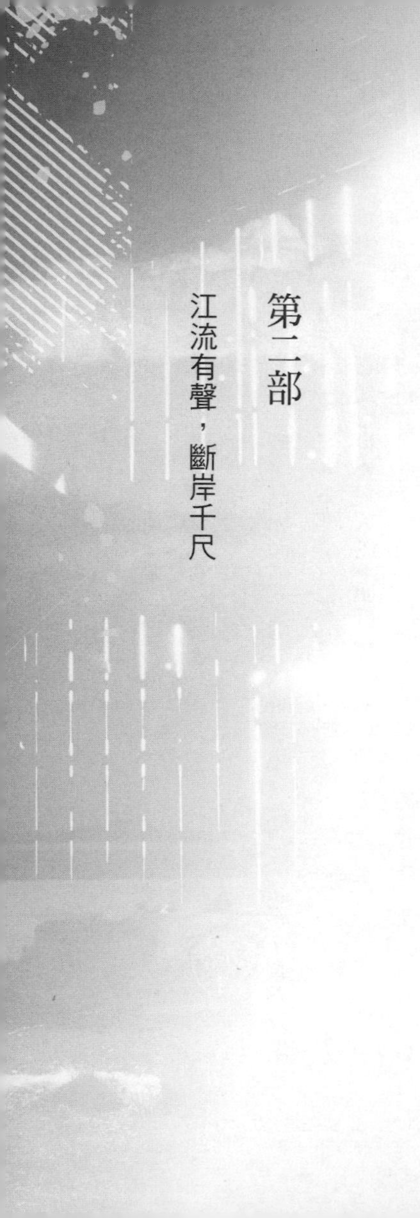

第二部

江流有聲，斷岸千尺

14 夏天等我回來

那天，在香港機場送你回歐洲，飛力普，你說，嘿，你知不知道，香港機場是全世界最大的什麼？

最大的什麼？機場面積？載客運量？每分鐘起降頻率？香港機場是我最喜歡的機場，但是，它是最大的什麼？

「它是全世界最大的一張屋頂。」你說。

真的喔？沒這樣想過。我馬上停下腳來，仰臉往天花板看，還真想乾脆在那乾淨明亮的地板上躺下來看，就像晚上躺在籃球場的平地上看星星一樣。

我的兒時記憶中，也有一個大屋頂。那是一個直通通的大倉庫，在我七歲小女孩的眼光裡，就是全世界最大的屋頂了。

裡面住著數不清的人家，每一家用薄薄的木板分隔，有的，甚至只是一條骯髒的白被單掛在一條繩子上，就是隔間。兩排房間，中間是長長的通道，男人穿著磨得快要破的汗衫，手裡抱著一個印著大朵紅花的搪瓷臉盆，趿著木屐，叭搭叭搭走向倉庫後面空地上的公用水龍頭。女人在你一低頭就看得見的床鋪上奶孩子，床鋪下面塞滿了亂七八糟的東西。大一點的孩子一旁打架、互相扭成一團，小一點的在地上爬。

下雨的時候，整個倉庫噪聲大作，雨水打在一定是全世界最大張的鐵皮上，如千軍萬馬狂殺過來；屋子裡頭，到處是碗、盆、鍋、桶、甕，接著從屋頂各處滴下來的水，於是上面雨聲奔騰，下面漏水叮咚，嬰兒的哭聲、女人的罵聲、老人的咳嗽聲，還有南腔北調的地方戲曲，嗯嗯唉唉婉約而纏綿，像夏夜的蚊子一樣，繚繞在鐵皮頂和隔間裡的蚊帳之間。

一個頭髮全白、黑衫黑褲的老婆婆，坐在小隔間門口一張矮凳子上，一動也不動。經過她前面，才發現她眼睛看著很遙遠的一個點，不知在看哪裡，你感覺她整個人，不在那兒。

那是高雄碼頭，一九五九年。

我知道他們是「外省人」，和我家一樣，但是，我都已經上一年級了，我們已經住在一個房子裡了，雖然只是個破舊的公家宿舍，而且動不動就得搬走，但總是個房子，四周還有竹籬笆圍出一個院子來，院子裡還有一株童話書裡頭才會有的圓圓滿滿大榕樹。

這些用臉盆到處接漏雨的人，他們是哪裡來的呢？為什麼這麼多人、這麼多家，會擠到一個碼頭上、一下雨就到處漏水的大屋頂下面？他們原來一定有家——原來的家，怎麼了？

然後我們又搬家了，從高雄的三號碼頭搬到一個海邊的偏僻漁村。我們住在村子的中心，但是村子邊緣有個「新村」，一片低矮的水泥房子，裡頭的人，更「怪」了。他們說的話，沒人聽得懂；他們穿的衣服，和當地人不一樣；他們吃的東西，看起來很奇怪；他們好像初來乍到，馬上要走，但是他們一年一年住了下來，就在那最荒涼、最偏遠的海灘邊。他們叫做「大陳義胞」。

到了德國之後，你知道嗎，我有個發現。常常在我問一個德國人他來自哪裡時，他就說出一個波蘭、捷克、蘇聯的地名。問他來到德國的時間，他們說的，多半在一九四五到五〇年之間，喔，我想，原來德國有這麼多從遠方遷徙過來的人，而且，他們大移動的時間，不正是中國人大流離、大遷徙的同時嗎？

你對這問題，並不那麼陌生。記得我的好朋友英格麗特嗎？就像華人會分散在新加坡、印尼、美國或拉丁美洲一樣，德人幾世紀來也分散在蘇聯、波蘭、匈牙利、羅馬尼亞……一九四五年一個冰冷的冬天，十歲的英格麗特，看著爸媽把珠寶縫進腰袋內側、把地契藏在小提琴肚子裡，用棉衣裹著幾個祖傳的瓷器，一個大銅鍋用棉被包著，裝滿了一輛馬車，一家七口上路，離開了世代居住的波蘭。沿著一條泥土路，車隊和扶老攜幼徒步的人流，遠看像一列蜿蜒的蟻群。

快出村子時，看到熟悉的老教堂了，英格麗特說，包著黑色頭巾的祖母無論如何要下車，而且固執得不得了，不准人陪。祖母很胖，全家人看著她下車，蹣跚推開教堂花園的籬笆門，走進旁邊的墓園，艱難地在爺爺的墳前跪了下來。

祖母怎麼就知道，出了村子就是永別呢？英格麗特說，我們都以為，暫時離開一陣子，很快就回來——那塊土地和森林，我們住了三百年啊。就在我爸催促著大家出門的時候，我找到了一張卡片，寫了幾個字，然後從後門死命地跑到米夏的家——到他家要穿過一片布滿沼澤和小溪的草原，把卡片塞進他家門縫裡，再衝回來，跑得我上氣不接下氣，我爸看到我直罵。

我給米夏寫的就幾個字，說，「夏天等我回來」。

事後回想，好像只有祖母一個人知道：這世界上所有的暫別，如果碰到亂世，就是永別。

戰勝者懲罰戰敗的德國，方式之一就是驅逐德人。一九四五年，總共有兩千萬德人在政治局勢的逼迫下收拾了家當，抱起了孩子、哄著死也不肯走的老人，關了家門，永遠地離開了他們一輩子以為是「故鄉」和「祖國」的地方，很多人死在跋涉的半路上。

一九四六年十月，終戰後短短一年半裡，九百五十萬個難民湧進了德國，到了一九四九年，已經有一千兩百萬，難民幾乎占了總人口的百分之二十。也就是說，街上走過來的每第五個人，就是一個「外省人」。

英格麗特跟我談童年回憶時，我總有點時光錯亂的驚異：帶著「奇怪」德語口音的「外省人」從東歐流亡到西德，怎麼住進大雜院、怎麼被在地的同學們取笑、怎麼老是從一個閣樓換到另一個閣樓、從一個學校換到另一個學校、父母總是跟一撮波蘭來的潦倒同鄉們在便宜的酒館飲酒、用家鄉話整晚整晚扯過去的事，說來說去都是「老家如何如何」……

英格麗特的祖母，到了西德的第二個冬天就死了。英格麗特自己，一生沒和波蘭的米夏重逢過。

15 端午節這一天

一九四九年六月二日，解放軍已經包圍青島，國軍撤離行動開始。十萬大軍，銜枚噤聲疾走，方向：碼頭。幾十艘運輸艦，候在青島外海。風在吹，雲在走，海水在湧動。

英國駐青島總領事習慣寫日記。他記載這一天，不帶情感，像一個隱藏在碼頭上空的錄影機：

劉將軍大約在九點四十五分啟航，留下了兩千人的部隊在碼頭上，無法上船。爆發大規模騷動。

一〇：三〇　共產黨進入四方區。

一二：〇〇　共產黨抵達碼頭，占領海關，騷動立即終止。

一三：三〇　更多共產黨穿過高爾夫球場……

一四：〇〇　得報告，兩千被遺棄之國軍強迫一挪威籍運煤船載送國軍離港，本領事館居中協調，與該國軍指揮官談判，拖延談判時間，以便共產黨有足夠時間進城，問題自然解決。

一六：〇〇　共產黨占領中國銀行與中央銀行。

一六：三〇　共產黨從四面八方湧入青島。

一八：一五　共產黨占領政府大樓，但尚未將國旗降下……顯然他們沒想到占領青島如此迅速，他們人還不是太多。

這是不可思議的安靜、和平的占領。[1]

在劉安祺將軍的指揮下，青島撤出了十萬國軍和眷屬。六十年後，到高雄小港機場搭飛機的人，如果有時間在附近走一走，他會發現，機場附近有青島里、山東里、濟南里……

國軍第二被服廠從青島撤到高雄，馬上在高雄小港重新設廠。山東逃難來的婦女，不識字的母親們和還裹著小腳的奶奶們，只要你背得動一包十件軍服的重量，就可以去領上一包，在工廠邊上席地而坐，

---

1 參考Foreign Office Files for China, 1949-1976（Public Record Office Classes FO 371 and FCO 21），二〇〇九年八月。

然後在一件一件軍服上，用手工釘上一顆又一顆的鈕扣。天真爛漫的孩子在母親和奶奶們腳邊戲耍，也在他們一針一線的穿梭中，不知憂愁地隨著歲月長大。這樣的巷子裡，從巷頭走到巷尾，聽見的都是山東的鄉音。今天你在那附近走一趟，還會看見很多老婆婆的手指關節都是粗腫彎曲的，你知道她們走過的路。

以《筧橋英烈傳》和《路客與刀客》兩部影片得過金馬獎、參與過兩百多部紀錄片的導演張曾澤，這年才十七歲，剛剛加入了青年軍陸軍獨立步兵第六團，就上了青島前線。跟部隊行軍到青島郊外，發現青島郊外四周密密麻麻全是防禦工事，鐵絲麻袋遮蓋著大大小小的軍事掩體，壕，都被挖空，變成偽裝的洞穴和壕溝。

槍聲從四方傳來，像冬夜的鞭炮。他知道，部隊要「轉進」了。

少年曾澤匆匆趕回青島市中心的家，去拜別父母。一路上街道空蕩蕩的，像個鬼城廢墟，不見行人，所有的建築門窗緊閉。到了自家門口，父母親從樓上下來為他開門，就這樣站在門口，生離死別，反而一句話都說不出來。他後來拍片的故事裡，常有無言的鏡頭。

我看看父親，他一向是個很嚴肅的人，他，站在那裡看著我一直沒說話，我也不知道該說什麼才好。我只注意到，父親的嘴唇都起泡了。站在父親後面的母親頻頻拭淚，站在母親身旁的弟弟則楞楞地看著我。就這樣，我與家人沒說一句話就分手了——這一離開就是四十年，這也是我見到父親的最後一面。[2]

一九四九年六月一日，穿著一身戎裝的國軍張曾澤，匆匆辭別父母，然後全速奔向碼頭，跟他的部隊搭上「台北輪」。張曾澤清清楚楚記得，上船那天，正是一九四九年的端午節。

那也是詩人管管一輩子都不會忘記的日子，一九四九年的端午節。十九歲，他在青島。管管有首詩，很多台灣的中學生都會背：

2 張曾澤，〈我參與青島大撤退〉，《世界日報》，二〇〇九年四月二十二日。

荷

那裡曾經一湖一湖的泥土
你是指這一地一地的荷花
現在又是一間一間的沼澤了
你是指這一池一池的樓房
是一池一池的樓房嗎
非也，卻是一屋一屋的荷花了

很多高中教師，試圖解析這詩，總是說，這詩啊，寫的是「滄海變桑田」的感慨。

那當然是的，但是，如果你知道什麼叫做一九四九，如果你知道，一九四九端午節那天發生了什麼事情，你讀這首詩的時候，大概會猜到，管管這個用心寫詩、用身體演戲、用手畫畫的現代文人，在「荷」裡頭，藏著很深、很痛的東西。

那一天，十九歲的、鄉下種田的管管，發生了什麼事？

我約了管管，說，「來，來跟我說那一天的事。」

我們在台北貴陽街的軍史館見了面。他還是那個樣子：八十歲的高大男子，長髮紮著馬尾，背著一個學生的書包，講話聲音宏亮，手勢和臉上表情的真切、用語遣字的生動，不管他在說什麼，都會使你聚精會神地盯著他看，認真地聽，就怕錯過了一個字。

我們坐在軍史館裡八二三砲戰的一個互動式的模擬戰場上，他靠在一管模擬山砲旁，我盤腿坐在一堆防禦沙包上，我們面對面。他說得激動時，身體就動，一動，那管山砲就「碰」的一聲，開砲了，把我們都嚇一跳。他就把身體稍稍挪開，繼續說，但是過一會兒，又「碰」的一聲砲響——他又激動了。

我們的談話，就在那「砲聲」中進行。

16 管管你不要哭

龍：管管你山東青島的家裡本來是做什麼的？

管：父親是賣饅頭的，對，賣饅頭……那時豆腐已經不賣了。

龍：說說被抓兵的經過。

管：我們那個村落叫田家村，在青島的東邊，現在已經變成青島市的一部分了。有一天，突然有人叫「抓兵來了」！

我媽叫我快跑。她給我做好了一個餅子，就貼到那個大鐵鍋的那個餅子，就是豌豆麵、玉米麵等等和起來，加上一點弄黏稠的餅，還是熱的咧。我包在一個洗臉的毛巾裡面，束在腰裡，就跑了。

那天跑出去二十多個人。村的東北角就是山，我經常出去砍柴最常去那個山。

我這一生十九歲離開家，替我父親母親效勞報恩哪，最後兩年就是去砍柴。

龍：家裡很窮？

管：窮得沒糧食吃。逃到山上去以後，年輕的我就把那個餅給吃了，突然「砰」一槍打過來，大家都四竄而逃。這一跑我們就四個人躲在一塊麥地了，也不敢起來。

我肚子餓了不敢進村去啊，所以我們就從中午躲在麥地裡邊一直躲到晚上。為了決定在哪個麥地裡面睡，我們還發生爭執。我說不能在很深的麥地裡面睡，因為晚上他們要搜，一定會搜深的麥地。我們就睡到小路邊隙。鄉間小路下過雨都是窄窄的不是平坦的，推車兩邊踩著這樣走動啊。

後來肚子餓，就去找什麼豌豆蒂，吃不過兩三口吧，山上「砰」又一槍，這一槍打得話我們又跑，這次我們跑到很深很深的一個麥地裡去。並排地躺下來，一、二、三、四，並排躺，距離有個三四步吧。我就在搓麥子吃，不知道吃了幾口吧，我就看到一個大腳丫，來了。

我想，「完了。」我記得這個人，一口大白牙，是個游擊隊出身。

我們四個人都抓到了。然後就被帶到一個村莊叫蛤蟆市。住在一個農家的天井裡邊，我就對他們說，你們把我們抓來讓我們給你們挑東西——其實我心裡知道，被抓來做挑夫是不可能再把我們放出去了，但我說，可不可以派個人回家給我爸爸媽媽講。不准，就是不准。

到下午四點多鐘了，突然看隔壁有個小女孩，我說，「哎呀，她老娘不是我田家村的嗎？」他們一看說是，我說那我們寫個條子叫她去送，去跟我們爸爸媽媽通知一下。結果通知了四家，統統都通知到了。

龍：你媽來了？

管：四家來了兩個媽媽。這兩個媽媽統統眼睛不好，幾乎瞎掉，而且都是纏足的。

大概是在四點多鐘太陽還沒下來，這時就看著有兩個老太太——因為我們住的那個村莊對面是有梯田的，乾的梯田——我看這兩個老太太不能走路了，從梯田那邊用屁股往下滑，碰在那個塹子，碰了以後往下滑。我一看就知道是我母親，我就大喊說，「我娘來了，我要去。」那個門口站衛兵的馬上用槍一擋，我說那個是我母親，我說我得跑過去接她。他說不成。我說，那是我母親，她不能走路，她眼睛看不見啊……

龍：管管——你不要哭……

管：……我母親就一路跌、一路爬、一路哭到了眼前。我對母親說，我跟他們講好了，就是給他們挑東西、挑行李，挑完行李就回家，你放心好了。我很快就回家。

我就拚命騙我母親。

我母親就給我一個小手帕，我一抓那個小手帕，就知道裡面包了一個大頭，就一塊大頭。這一塊大頭對我們家來講是非常重要的，因為我父親那時候窮得只有兩塊大頭。那一塊大頭給了我以後，家裡就只剩一塊大頭。

我就把這個手帕推給我母親，說，「你拿去，不成，這個不成。」她當然是哭哭啼啼，一直要我拿錢，說，「你拿錢可以買。」我心裡清清楚楚，這一路都是阿兵哥，阿兵哥會把你的錢拿走，而且你不可能回家了嘛，對不對。但是你給這個老太太這樣講，她根本不聽。她還是把手帕——

龍：管管，你不要哭……

管：我一直在騙我媽，說我給他們挑了東西就回家——

龍：管管你不要哭……

管：……馬上就要出發了，我想我完蛋了。

龍：有多少人跟你一起被抓？

管：應該有一個排，二十多、三十個左右，統統都是被抓來的。兩三點鐘吧，就說叫我們起來刷牙走了。我心裡怕死了，可能要去打仗了。我被抓的單位是八二砲連，每一人挑四發砲彈。

龍：一個砲彈有多重？

管：一個砲彈，我算算有七斤十二兩。行軍的時候，他們是兩個阿兵哥中間夾著一個被抓來的挑夫，他們講「你跑我就開槍」，其實後來我們知道，他們根本不會開槍，因為撤退是悄悄地撤退，不准許出聲的。我們完全可以逃走，可是那時候誰也不敢冒險哪。

龍：管管那時你是一個人肩挑兩邊砲彈呢，還是前後兩個人挑中間的砲彈？

管：不是，我一個人挑四發，一邊各綁兩發。

龍：然後呢？

管：然後就走，天亮的時候，從郊區走到了青島。我當時穿雙鞋，是迴力鞋，跟我現在這球鞋差不多。要過一條橋的時候，挑著砲彈，突然滑倒了。

龍：慢點啊，管管，你家裡怎麼買得起迴力鞋給你？

管：我打工，譬如美軍第七艦隊在青島的時候，我就到軍營附近賣花生，還賣一些假骨董，譬如說女生那個三寸金蓮的鞋啊，還有賣日本旗，到總部裡面去找日本旗來賣。

龍：挑著四發砲？

管：我挑了四發砲彈，然後就在海泊橋過橋時「砰」摔了一跤。我那時候以為砲彈會爆炸啊，嚇死我了。這時長官過來，啪啪給我兩個耳光。

後來我才知道這砲彈不會爆炸，但我嚇死了，你看壓力有多大。

就這樣到了青島碼頭。

就這樣……到了台灣。

17 棲鳳渡一別

粵漢鐵路是條有歷史的老鐵路了，一八九八年動工，一九三六年才全線完成，也就是說，在戊戌政變的時候開工，到抗戰快要爆發的時候完工，花了三十八年，總長一〇九六公里。

從武昌南下廣州，在湖南接近廣東交界的地方，粵漢鐵路上有個很小的車站，叫棲鳳渡。中央研究院院士、歷史學家張玉法，記得這個小站。

十四歲的張玉法和八千多個中學生，全部來自山東各個中學，組成聯合中學，跟著校長和老師們，離開山東的家鄉，已經走了一千多公里的路。搭火車時，車廂裡塞滿了人，車頂上趴滿了人。有人回憶說，孩子們用繩子把自己的身體想方設法固定在車頂上，還是不免在車的震動中被摔下來。火車每經過山洞，大家都緊張地趴下，出了山洞，就少了幾個人。慌亂的時候，從車頂掉下來摔死的人，屍體夾在車門口，爭相上車的人，就會把屍體當作踏板上下。

八千多個青少年，背著行囊。所謂行囊，就是一只小板凳，上面疊條薄被、一兩件衣服，整個用繩子綁起來，夾兩支筷子。到了沒有戰爭的地方，停下來，放下板凳，就上課。通常在寺廟或是祠堂裡駐點，夜裡睡在寺廟的地上，鋪點稻草；白天，每個人帶著一個方塊土板，坐在廟埕的空地或土牆上，把老師圍在中心，就開始聽講。用石灰，或甚至石塊，都可以在土板上寫字。

我聽著聽著不免發呆：這是什麼樣的文明啊，會使你在如此極度的艱難困頓中卻弦歌不輟？

餓了，有時候到田裡挖紅薯吃，帶著土都吃；沒得吃的時候，三三兩兩就組成一個小隊伍，給彼此壯膽，到村子裡的人家去討食。有點害羞，但是村人開門看到是逃難來的少年，即使是家徒四壁的老爺爺，也會拿出一碗粥來，用憐惜的眼光看著飢餓的孩子們。

湖南人對外省人最好，張玉法說，因為湖南人幾乎家家都有自己的兒子在外面當兵——可能是國軍，也可能是解放軍，所以他們常常一邊給飯，一邊自言自語說，唉，希望我的兒子在外面，也有人會給他飯吃。

一九四九年端午節，大軍海上撤退，管管在青島被抓伕的當天，一兩百個山東少年到了棲鳳渡。長沙也快要開戰了，他們只好繼續往南，計畫到廣州。到了廣州然後呢？沒有人知道。

棲鳳渡是個很小的站，看起來還有點荒涼，可是南來北往的火車，在這裡交錯。少年們坐在地上等車，一等就是大半天，小小年紀，就要決定人生的未來。搭南下的車，離家鄉的父母就更遙不可及了，而且廣州只是一個空洞的概念，一個舉目無親的地方。搭北上的車，馬上就回到父母身旁，但是一路上都是砲火燃燒的戰場，一定會被抓去當兵，直接送到前線，不管是國軍還是解放軍。戰死或被俘，總歸到不了父母的面前。

很多少年少女，就在那荒涼的車站裡，蹲下來痛哭失聲。

玉法的二哥，十七歲，把弟弟拉到一旁，說，我們兩個不要都南下，同一命運，萬一兩個人都完了的話，父母親就「沒指望了」，所以把命運分兩邊投注；我北上，你南下。

二哥在棲鳳渡看到招考新軍的廣告，決定北上到長沙報考。北上的火車先到，緩緩駛進了棲鳳渡。弟弟南下。哥哥北上。

五十年以後，自己的頭髮都白了，玉法才知道，二哥這一夥學生，沒抵達長沙；他們才到衡陽，就被國軍李彌的第八軍抓走了。跟著第八軍到了雲南，跟盧漢的部隊打仗，二哥被盧漢俘虜，變成盧漢的兵，跟解放軍打仗，又變成解放軍的俘虜，最後加入了解放軍。但是解放軍很快地調查發現他是地主的兒子，馬上遣送回家，從此當了一輩子農民。

在棲鳳渡南下北上交錯的鐵軌旁，深思熟慮的二哥刻意地把兄弟兩人的命運錯開，十四歲的小弟張玉法，確實因此有了截然不同的命運，但是，那純是偶然。

八所山東中學的八千個學生，從一九四八年濟南戰役、徐蚌會戰時就開始翻山越嶺、風雨苦行，一九四九年到達廣州時，大概只剩下五千多人。廣州，也已經風聲鶴唳，有錢也買不到一張船票了。為了讓五千個學生能夠離開廣州到安全的台灣，校長們和軍方達成協議：

學生准予上船，送到澎湖，但是十七歲以上的學生，必須接受「軍訓」。

七月四日，幾千個學生聚集在廣州碼頭上，再度有一批少年，上了船又走下來，走了下來又回頭上船；於是危難中命運再度分開「投注」：如果姊姊上了船，那麼妹妹就留在碼頭上。

巨艦緩緩轉身時，那倚在甲板上的和那立在碼頭上的，兩邊隔空對望，心如刀割。軍艦駛向茫茫大海，碼頭上的人轉身，卻不知要走向哪裡。

上了船的少年，不過一個禮拜之後，就面臨了人生第一次慘烈的撞擊。

一九四九年七月十三日，澎湖。

年齡稍長但也不滿二十歲的學生，以耳語通知所有的同學，「他們」要強迫我們當兵，我們今天要「走出司令部」。同學們很有默契地開始收拾行囊，背著背包走出來，卻發現，城牆上布滿槍兵，大門口架機關槍，對準了他們。

所有的男生，不管你幾歲，都在機關槍的包圍下集中到操場中心。司令官李振清站在司令台上，全體鴉雀無聲，孩子們沒見過這種陣仗。張玉法說，這時，有一個勇敢的同學，在隊伍中大聲說，「報告司令官我們有話說！」然後就往司令台走去，李振清對一旁的衛兵使了個眼色，衛兵一步上前，舉起刺刀對著這個學生刺下，學生的血噴出來，當場跪在地上。

張玉法個子矮，站在前排，看得清清楚楚刺刀如何刺進同學的身體。看見流血，中學生嚇得哭出了聲。

不管你滿不滿十七歲，只要夠一個高度，全部當兵去。指揮官拿著根指揮棒，站到學生隊伍裡，手瞬間一伸一放，就是高矮分界線。張玉法才十四歲，也不懂得躲，還是一個堂哥在那關鍵時刻，用力把他推到後面去，這懵懵懂懂的張玉法才沒變成少年兵。[3]

個子實在太小、不能當兵的少年和女生，加入子弟兵學校，一九五三年被遷到員林，變成了「員林實驗中學」。喜歡讀書深思的張玉法，後來成為民國史的專家，一九九二年，當選中央研究院院士。

為這五千個孩子到處奔波、抗議、陳情的，是一路苦難相攜的山東師長們。他們極力地申辯，當初這五千個孩子的父母把孩子託付給他們，他們所承諾的是給孩子們教育的機會，不是送孩子們去當兵。作為教育者，他們不能對不起家鄉的父老。

七月十三日操場上的血，滴進了黃沙。五個月以後，一九四九年十二月十二日星期一，上班上課的日子，所有的人一打開報紙，就看見醒目的大標題：

台灣豈容奸黨潛匿，七匪諜昨伏法

以煙台中學校長張敏之為頭，為山東流亡少年們奔走疾呼的兩位老師和幾位同學，全部被當作匪諜槍決。

去年此時，徐州的戰場上，五十五萬國軍在「錯誤」的指揮下被包

3 龍應台訪問張玉法，二〇〇九年五月七日，台北。

圍、被殲滅、被犧牲。所謂「錯誤」的指揮，後來才知道，關鍵的原因之一就是，共產黨的間諜系統深深滲透國軍最高、最機密的作戰決策，蔣介石痛定思痛之後，決定最後一個堡壘台灣的治理，防諜是第一優先。

很多殘酷，來自不安。

為了能夠平平順順長大、安安靜靜讀書而萬里輾轉的五千個師生，哪裡知道，他們闖進了一個如何不安、如何殘酷的歷史鐵閘門裡呢？

18 永州之野產異蛇

一九四八年五月，河南也是一片硝煙。中原野戰軍劉鄧兵團在五月二十日發動宛東戰役，國軍空軍出動戰鬥機，在南陽城外從空中俯衝掃射，滾滾黑煙遮住了天空。

第二天，南陽的中學生們回到學校時，發現學校已經變成一片地獄景象：從校門到走廊、教室、禮堂，擠滿了「頭破血流的傷患，腦漿外露、斷腿缺胳臂、肚破腸流、顏面殘缺、遍體鱗傷、無不哀嚎痛哭」。[4]南陽城外，國共雙方傷亡一萬多人，曝屍田野之上。五月天熱，屍體很快腐爛，爛在田裡，夏季的麥子無法收割。

這時詩人瘂弦才十七歲，是南陽的中學生。

十一月，南陽的十六所中學五千多個師生，整裝待發，他們將步行千里，撤到還沒有開戰的湖南。

4 參見《豫衡通訊》第三集，豫衡聯中在台校友會，二〇〇八年十一月四日，第一一八頁。

開拔的那一天，十一月四日，場面壯觀：五千個青少年，像大規模的遠足一樣，每人背著一個小包，準備出發。成千的父母兄弟，從各個角落趕過來找自己的孩子，想在最後一刻，見上一面。還有很多人，明明早就把銀元縫進了孩子的褲腰，明明已經在三天內和姑姑嫂嫂合力趕工，用針線納好了一雙布鞋塞進孩子的行囊裡，這時仍舊趕過來，為的是再塞給他兩個滾熱的燒餅。

一九四八年冬天的中國，灌木叢的小枝細葉，已經被白霜裹肥，很多池塘沼澤開始結冰，冷一點的地方，大雪覆蓋了整個平原和森林。可是霜地、冰川、雪原上，風捲雲滾的大江大海上，是人類的大移動：

葫蘆島的碼頭，停泊著四十四艘運輸艦，十四萬國軍官兵正在登艦，撤出東北。

八千多個山東的中學生，正在不同的火車站裡等車、上車，在奔馳的火車裡趕向南方，在很多大大小小的碼頭上焦急地等船。

當南陽這五千多個中學的孩子在雪地裡跋涉、涉冰水過河的時候，徐州戰場上，幾十萬國軍在雪地裡被包圍，彈盡援絕，連戰馬的骨頭都重新挖出來吃。

一九四八年冬天，進攻的部隊在急行軍、在追趕、在包抄、在衝鋒；撤退的部隊在急行軍、在繞路、在對抗、在奔跑。大戰場上，幾十萬人對幾十萬人；小戰場上，幾萬人對幾萬人。戰場的外圍，城市到城市之間的路上，擁擠的車隊和洶湧的難民，壅塞於道。

河南這五千多個學生，每走到一個有車站的點，就會失去一部分學生。

南下北上。一上車就是一輩子。

一個叫馬淑玲的女生，穿過了整個湖北省，到了湖南的津市，卻下定決心不走了，她要回家。脫離大隊時，留下一直帶在身上的《古文觀止》，給趙連發做紀念。

跋涉到了衡陽，十六所中學聯合起來，和衡陽的學校合併成立「豫衡聯中」，繼續讀書繼續走。

一九四九年三月八日，終於在湖南西南的零陵安頓下來。零陵，就是古時的永州。

柳宗元被流放永州是公元八〇五年秋天；一九四九年秋天，自河南歷盡艱辛流亡到這裡的四、五千個孩子，一部分，就被安頓在柳子廟裡頭。柳子廟是宋仁宗在一〇五六年，為了紀念柳宗元而建的。

和山東的孩子們一樣，背包一放下，學生就開始升旗、唱國歌、讀書、聽課。馬淑玲留下的《古文觀止》，變成顛沛流離中的珍貴教材。卷九「唐宋文」第一位作者，就是柳宗元。學生在有風吹來的長廊下朗讀柳司馬的〈捕蛇者說〉：

永州之野產異蛇，黑質而白章，觸草木皆死。

然後老師一句一句解釋：永州鄉間以捕捉毒蛇為生的人，寧可死於毒蛇而不願死於國家的錯誤政策，柳宗元用寓言來演繹孔子的「苛政猛於虎」。

十七歲的瘂弦也坐在廊下跟著老師念書，柳宗元告訴他，公元八百年時，人民過的日子就是顛沛流離、十室九空的：

……號呼而轉徙，餓渴而頓踣，觸風雨，犯寒暑，呼噓毒癘，往往而死者，相藉也。

六十年之後，當痖弦跟我細說這段蒼茫少年事的時候，他的眼淚簌簌流個不停。

永州，也是個命運轉彎的車站。痖弦在這裡，脫隊了，走上另一條軌道。

19 向前三步走

龍：流亡學生究竟是怎麼回事？

瘂：其實流亡學生的設計遠在抗戰的時候就有了，當時教育部有一個計畫，幾個中學編在一起就叫聯中，大學就叫聯大，所以聯大不只一個西南聯大，只是西南聯大最有名。在抗戰的時候，聯大、聯中是很成功的，很有韌性的，它讓自己的民族在戰爭中教育不終止照常運作，相當成功。很多聯合高中非常優秀，孩子們一邊流亡一邊念書，培養了很多人。

龍：內戰就不同了吧？誰願意自己的孩子離鄉背井啊？

瘂：對，內戰以後，政府還想用抗戰這個辦法讓學生離開，但響應的就不多，因為那時候大家認為貪汙腐敗的中央政府快完了，新興的政治勢力開始了，小孩子不懂事，你們跑到南方去幹什麼，太可笑了。所以只有河南豫衡聯中跟山東的一個聯中出來；我們到湖南的時候，湖南人也說，你們瞎跑什麼，往哪裡跑？

龍：河南人願意離開，是因為那時已經知道共產黨的土改厲害？

瘂：我們河南人，特別是豫西這一帶的人對共產黨沒什麼好印象。那時候已經開始清算鬥爭，把富人抓了以後放在火上烤，冬天的時候放在池塘裡冰。

龍：那時大部分的知識分子是左傾的，因為國民黨腐敗，為什麼南陽中學的老師們不呢？

瘂：豫衡中學很多老師比較老派，北大清華出身的，思想比較成熟，不跟新潮流起舞的那種。共產黨在那時代是很時髦的、很新穎的、很有魅力的，但是在南陽教育界有些老先生不相信這個事情。

龍：五千個學生跟著校長老師亡命千里。現在說起來不可思議。到陽明山遠足都得要家長簽書面同意呢，還要做意外保險。學生跟老師關係特別緊密是嗎？

瘂：對。老師帶著學生母雞帶小雞一路跑，都沒有跑散，因為師生之間的感情非常深厚。跟著老師走，家長很放心。孩子很多本來就是住校，老師晚上拿著燈籠去查鋪，一個一個小娃都睡在那裡，老師才去睡覺，那真的是像父兄一樣。

龍：說說一九四八年十一月四日那一天。我猜，你沒有悲傷，覺得要去遠足了還挺高興的，對嗎？

瘂：那一天，我永遠不會忘記。孩子什麼都不懂，就覺得好玩、高興，覺得不用做功課了。出南陽城時，我媽媽烙了一些油餅，跟著我們到城牆邊上，我們馬上就要開拔了嘛，鄉下的孩子最不好意思的就是爸爸媽媽讓同學看到。覺得爸爸媽媽好土，同學看到不好意思。

龍：現在也一樣啊，我兒子都不願意我被看到，他覺得丟臉。

瘂：我母親拿個油餅塞我背包上，背包裡主要是個棉被，棉被捲啊捲，然後背包的下面放一雙鞋子，鞋子挨底，背包也不會太濕掉或是太髒。我媽媽就把油餅放在我的背包上面，然後我們就開拔了。

龍：沒有回頭看她？

瘂：……就走了，沒有回頭。

龍：你媽到街頭找你，街上五千個孩子，還有撤退的部隊、傷兵，一團亂，你媽竟然找到你……

瘂：對啊，找到了，還拿著油餅。

龍：那時還沒學「訣別」二字吧？

瘂：我不知道離別的意義是什麼，不知道訣別的意義是什麼，不回頭、搖搖晃晃一個小蹦豆就跟學校的隊伍出城走了，我爹也在，我也沒跟他打招呼。

龍：你是獨生子？

瘂：對。後來走到了襄樊，爸爸還託人送來了一雙襪子給我。你知道那時候北方鄉下都不穿線襪的，線襪我們叫洋襪子，都是布縫的襪子。以後我沒有再接到他們任何消息，我再回去已經是四十二年以後了。

龍：爸媽什麼時候過世？

瘂：音訊全無啊。我上月就是到青海去找我父親的墓，沒有找到，他死在青海勞改營。我媽媽是死在家鄉，我媽媽在兒子生死不明、丈夫生死不明的情況下熬了好幾年，連病帶餓死在我家鄉。

龍：一直都沒通過信？

瘂：沒有通過信，因為那個時候大家都說，如果你寫一封信會為家人帶來大禍害。當時我也沒有香港關係，就是小兵嘛，軍中也不希望你通信，保防人員會以為你是匪諜。

龍：父親為什麼去了青海？你什麼時候知道他的下落？

瘂：我是前兩個月才知道真相的。父親做過副鄉長，所以就被弄到青海勞改營，算反革命，他們告訴我，當時有三十萬人被運去青海。沒有食物、沒有衣服和醫藥，很慘。

龍：那媽媽的處境呢？

瘂：我媽媽就在村子裡，好像也有個臂章，就是有罪的那種。我媽媽死前告訴她一起做針線活的四娘說，「我是想我兒子想死的，我兒子回來你告訴他，我是想他想死的！」

龍：……別難過，瘂弦，我們回到逃難圖吧。你們從河南走到了湖南，冬天，起碼一千公里。

瘂：你看過電影《齊瓦哥醫生》沒有？大雪原上人群一直走到天邊就是那種感覺。

龍：有沒有孩子在半途受不了死掉的？

瘂：有，有死在路上的，有的是走失了沒有跟上大隊就沒再看到他了。有人也許是老師把他帶回去了，不知道。但是到了零陵的時候，我們還有好幾千人。然後老師就開始上課了，門廊下風很大，真的是「風簷展書讀」。

龍：你怎麼會離開呢？

瘂：我們一起玩的這群同學中，有一個人說他看過一篇文章講台灣的，說台灣是東方瑞士，說那邊的甘蔗就像碗口那麼粗，他說台灣的漁民不用結網，也不需釣具，只要把船開到海上去，在船上放盞燈，魚就自己蹦到船上，漁民就在旁邊喝酒拉胡琴，等到船上蹦得差不多了，載滿船魚回去。

有一次我們已經半飢餓狀態很久了，根本沒有吃飽過，然後學校風雨飄搖還說要到廣西去。還沒有開拔之前，我們就在城裡面像喪家之犬在城邊上逛，忽然看到城牆上貼了一個招帖上寫「有志氣、有血性的青年到台灣去」，孫立人搞的，下面還接三個驚嘆號。說是什麼軍官班要招生，訓練三個月少尉任用，其實我們也走投無路了，我們就去了。

報名的時候出來一個說河南話的老鄉，我們鄉下孩子聽到他說河南話，心想這個人一定不是壞人。那個人說，「吃飯了吃飯了」，煮了一大鍋豬肉給我們吃。我們總有大半年沒有吃過肉了。吃完肉後大家我看你、你看我，就說那就報名吧！一個禮拜就走了。

龍：你瘂弦就為了一鍋肉去當了兵，不是為了愛國啊？報了名，有沒有跟老師商量？

瘂：老師說的不聽了。我還想著吃肉的時候，他們說台灣有多好。說台灣那個地方四季如春，臘月天還可以吃到西瓜，每個人到那兒以後發一床美國軍毯，美國的喔，到了假日的時候可以把美國軍毯鋪在草地上野餐，他說還發一件軟玻璃的雨衣，穿上以後裡邊的衣服還看得見，天晴了還可以摺好放在背包了。想到這些，去台灣的心就更堅決了。

一個星期後我們就已經到了廣州。那是一九四九年八月。

龍：八月，那幾千個河南出來的同學，馬上就要走上另一條路，你卻半途「下車」了。好，到了廣州。

瘂：在廣州第一次看電影，片子叫《中國之抗戰》，覺得很不習慣，怎麼一個人頭一下子很大，一下子很小。

龍：也在廣州黃埔碼頭上的船？

瘂：對。船上沒床鋪，所有的兵都坐在艙面上，太陽就那麼一直曬著，我們喝水就在船機旁邊用茶缸接機器漏下來的滴水喝。坐著坐著，就暈睡過去了，忽然聽到有人大喊「台灣到了」，一陣騷動，遠遠看到高雄的山，還有燈，愈來愈清晰。下了地，看到有很多賣香蕉的小販，有同學有錢要買，人家給他黃的他不要，他說綠色的比較新鮮。然後就看到有些人在吃一種很燙的東西，放在嘴巴裡又拿出來，冒煙，叫做冰棒，冒著煙，覺得很奇怪，怎麼回事，這麼大熱天吃這麼燙的東西。

龍：北方土包子。這時還沒自覺已經當「兵」了？

瘂：接下來，帶我們的那些人，態度就不太對了，「站好站好！」「排隊排隊！」已經到台灣了，那種笑面的就不太對勁兒了，到了鳳山五塊厝以後，有一個通信連的連長，也說河南話，說「你們如果認為自己說話還清楚，打電話人家聽得懂的人，請向前三步走」，他要為通信連選兵，通信連的兵講電話要說得清楚。而實際上他是想找一批河南青年，因為他是河南人，要找同鄉到他連上去，他又不能講「河南人向前三步走」嘛。

龍：那你有沒有「向前三步走」呢？

瘂：我和幾位河南同學一起向前三步走，於是我們就被帶開，換了軍裝，每人發一支沒子彈的步槍，從這天起，我就成了通信連的「上等兵」了。

龍：那「軟玻璃」雨衣究竟發了沒？

痙：發了，但是我們很快就發現，那魚市場裡殺魚的也都穿著啊，就塑膠雨衣嘛。

20 十萬大山

長沙的國軍將領程潛和陳明仁決定不再和解放軍繼續戰鬥的時候，黃杰接下第一兵團的指揮權，是臨危授命。接到命令時，湧上心頭的是少年時讀諸葛亮〈出師表〉的兩句話：「受任於敗軍之際，奉命於危難之間。」那是一九四九年八月初，林彪所轄的兩個軍，已經打到衡陽附近，到八月下旬，整個華中戰場，解放軍集結了十九個軍，五十五萬人，分三路向西南進攻。

西南，就是永州所在。在那裡，風簷下讀書的孩子們也愈來愈不安。

黃杰的國軍以寡敵眾，一路慘烈應戰，一路潰敗後撤，犧牲慘重；十月十一日，黃杰得到白崇禧的電令，多個據點被解放軍占領，國軍兵力需重新部署，同一天，豫衡中學則接到教育部的急電，立即遷校。

永州滂沱大雨，滿地泥濘，又是寒冬，孩子們拎起了背包，和去年離開南陽城的情景一樣，只是這回，既沒有哽咽不捨的父母，也不再有遠足的天真。

學生分兩批，冒著風雨步行到湖南和廣西的交界，第一批通過了黃沙河，第二批要通過時，黃沙河已經被解放軍占領。

五千多個孩子，到達廣西的，剩下一半。這一半，坐火車、爬車頂、過山洞，又失去一些人；到一個城鎮，碰到土共燒殺，四處奔逃，再少掉幾百；重新整隊出發時，又失散幾個學校；驚恐不已到達一個叫金城江的小車站，五千多人的聯中已經像一串摔斷在地上的珠鍊，珠子滾落不見。槍聲中還手牽手在一起的孩子與老師，夾雜在逃難的人潮、無人照顧的傷兵群、拋錨的卡車戰車、沿路丟棄的軍用物資行列中，不知道何去何從。

這時，在金城江這個地圖上都找不到的小車站，學生的命運就和國軍士兵的命運匯合成一股了。九十七軍二四六團剛好路過，願意護著學生往前走。

士兵和學生，還有成千上萬的難民，到了遷江，後面追兵砲聲隆隆，前面急湍江水滾滾。工兵搶建浮橋——用空的汽油桶綁在一起，上面放木板。先讓軍隊的騾馬輜重過河，再讓軍隊和學生過橋。橋的兩端，滿坑滿谷的人。

等候過江的軍用汽車，排起來十公里長，分批渡河，一小時只能通過四輛，而追兵已至。於是黃杰下令，除了器械及醫療藥品的車過江，所有軍用物資一律放火燒毀，避免為敵所用。

豫衡中學的孩子們在遷江岸上看見的，是烈火灼日、惡煙滾滾，爆炸聲驚天動地。這種鏡頭，在逃難中，不斷發生。雲南的二十六軍殘部撤到紅河岸要過河時，浮橋被槍砲擊斷，無數個士兵，身上還背著器械，淹死在怒濤洶湧的紅河水裡。[5]

在潰退中，學生跟著黃杰的部隊被砲火逼進了中越邊境的「十萬大山」。

「十萬大山」有十數萬大大小小的山，如雄獅擋關，一字排開，形成難以跨越的天然國界。原始叢林，瘴癘蔓延，濃密處，陽光射不進來。混亂中大家開始攀爬主峰姑姆山，翻過山嶺，就是越南。黃杰的兵團在前面砍荊棘開路，二四六團的士兵在後面掩護，中間夾著孩子們，疾疾行走。槍聲突然大作，追兵的砲火射來，天崩地裂，戰馬驚起，衝入山谷，被火炸裂的斷腳斷手像曬衣服一樣掛在雜亂的樹枝上。砲火交織、血噴得滿面，孩子在破碎的屍體中亂竄，這是十萬大山藏著毒蛇猛獸的原始叢林。追兵逼近來滿山搜索時，難民躲在山凹中，學生看見，有母親摀住幼兒的嘴，怕他出聲。再站起來的時候，孩子已窒息而死。

一九四九年十二月十三日，黃杰帶領著三萬多國軍士兵，從叢林中走到了中越邊境的隘店關卡，跟越南的法國將領取得「假道入越，轉回台灣」的協議：

同意分為五百人一組，在指定地點將武器交付封存，由法方護送至碼頭。關於所經路線，由法軍負責一切安全，我方保證軍紀嚴明，

5 龍應台訪問旅越國軍楊蓁，二〇〇八年十一月二十九日，台北。

並由我方軍官帶隊。6

協議達成以後，黃杰率著國軍官兵走在隘店的街上，一步步往國境關卡走去，他一再地回頭遠望隘店這邊的山——十萬大山，多少官兵死在山溝裡，殘破的屍體還掛在猙獰的樹杈上，指揮官的心情，揉雜著慚愧、不捨，更有孤軍深不見底的悲憤。

出了關卡，部隊五百人一組，進入越南國境。這些士兵已經經歷過的，很難跟別人說明白。連續五個月的肉搏前線，一路上的生死交關，搶灘過江、越嶺翻山，在身邊犧牲的弟兄沒法埋葬，在遠方思念的家人無能慰藉。斷了補給，他們滿面風霜、一身煙塵。他們已經極度疲憊，但是為了國家體面，還是努力挺胸，維持行列的整齊。

三萬個部隊後頭，還有很長一列斷了手、截了腿、削了臉、滿頭包著白紗布的傷兵、抱著嬰兒無奶可餵的年輕眷屬、步履不穩的難民。

當然，還有驚嚇不已的中學孩子們。

從南陽出發的五千個孩子，一年後抵達越南邊境的，剩下不到三百人。

沒有想到的是，交出武器之後，這三萬多人被法國人直接送進了鐵絲網圍著的集中營，一關，就是三年半。

集中營在越北蒙陽一個大煤礦區的空地上，沒有一個遮雨的草棚。三、四萬人，包括老人和小孩，被丟棄在那裡，從盤古開天開始，上山砍柴。鑽木取火。蒙陽對面的山坡，不到半年時間，已經出現大片亂葬崗，營養不良、疾病流傳，一病就死，每天抬出去十幾個屍體，天氣很快就開始熱起來，屍體的臭味一陣一陣傳來，令人暈眩。

6 黃杰，《海外羈情：留越國軍紀實》，台北傳記文學出版社，一九八四年，第四十頁。

21 江流有聲，斷岸千尺

有時候，在最悲壯的事情發生時，你六十年後最記得的，反而是——聽起來如芝麻蒜皮的小事。

退休以前在榮民工程處負責資料的陳麾東，跟著部隊進入越南時，才十一歲。這十一歲的小男孩，注意到，法國人沿著中越邊境滿插法國國旗來標示國界。三萬國軍過關卡時，法國軍官指揮著國軍，身上的武器全部卸下，步槍一堆，輕機關槍一堆，手榴彈另外一堆。

在這個時候，突然輪到一整個軍樂隊要過關卡了；他們身上背的、抱的、拿的，是大鼓小鼓、大小喇叭、大號小號……這軍樂隊也在戰場上跑了一千公里，翻過十萬大山。

一個樂手正要卸下他巨大的法國號，只是不知他的法國號應該屬於步槍、機關槍，還是手榴彈的那一堆，正在猶豫，那個一直在旁監督繳械的法國軍官一步踏上前來，指著樂器，說，「這不是武器，可以帶走。」

一個完整的軍樂隊，帶著他們所有的鼓、號、喇叭，就穿過了關卡，進了越南。此後的三年半裡，集中營內國歌照唱、進行曲照奏、激勵士氣的歌聲不斷，這個軍樂隊在亂世中維持禮樂。

小小的陳麗東後來雖然受苦受難，但是他不怨恨法國人。禮讓軍樂隊進入越南的那個片刻的決定和動作，在他心中留下了無法忘懷的一種價值意識：那是文明，那是教養。從戰爭的地獄中走出來，一個法國號，像是天使手中最溫柔的武器。

以後在鐵絲網圈裡生活的三年半，國軍胼手胝足建起了房舍，技術一成熟，就用木頭和茅草在金蘭灣營區建築了一個「宏偉」的「中山堂」，各種戲曲的表演，在裡頭「盛大公演」。

你絕對不會想到，在每天靠配糧、四面站衛兵的收容營裡，還有人會認認真真地成立劇團。河南出來的豫劇演員跟著國軍流離到越南，在富國島暫時安頓下來，做的第一件事，就是創設「中州豫劇團」，用最克難的方法，表演給患難同胞看。一九五三年三萬國軍被送回台灣，中州豫劇團繼續發展，培養了王海玲這樣一代又一代的藝人，就是今天台灣豫劇團的薪火傳遞者。

還記得那本《古文觀止》嗎？十七歲的馬淑玲在湖南津市留給趙連發同學的書，被趙連發一路帶到永州柳子廟，一路帶進十萬大山，一路帶進越南集中營。三百個師生和從前五千個師生一樣，坐下來就讀書。在沒水沒電的越南煤礦區空地上開學，這本從河南南陽帶出來的《古文觀止》，成為唯一的教材。校長張子靜要全校學生分頁相互抄寫，人手一份，然後嚴格要求：每個人背下三十篇。

有一次，夜裡營房失火，一團驚慌中，學生們看見校長從草屋裡急急奔出來，懷裡只抱著一個東西，就是那個海外孤本《古文觀止》——他還穿著睡衣，赤著腳。

這些河南的孩子們，在永州柳子廟時，讀的是書裡柳宗元文章，現在在異國異鄉的寂寞蠻荒裡，雖然晚上睡覺的稻草墊一翻開就有潮濕的蛆在蠕動，白天，他們卻坐在地上跟著老師朗誦：

……雲山蒼蒼，江水泱泱。先生之風，山高水長。

……江流有聲，斷岸千尺；山高月小，水落石出。曾日月之幾何，而江山不可復識矣！

從烏坵採訪反共救國軍飛回台北的航程上，和陸軍司令楊天嘯比鄰而坐。我已經習慣要問人祖宗三代的出處了，於是探詢他的出生地，他謙抑微笑答道：「越南，富國島。」

我吃了一驚：這位上將，是富國島鐵絲網裡頭出生的小孩？

我很快找到楊上將的父親，追問細節。

楊景龍，是當年九十七軍的一位營長；九十七軍的二四六團，就是在金城江車站慨然允諾帶著豫衡聯中的孩子們繼續南逃的部隊。從長沙出發時，楊景龍說，九十七軍有完整的數萬人，邊戰邊走到了中越邊境時，他的營只剩下一百多人。妻子懷著身孕，還帶著兩個孩子，已經失散。一家人的偶然團聚，是在越南的集中營裡。

鐵絲網裡頭的孤軍，三年半的屈辱和艱苦，在這樣風雨動盪中出生的一個嬰兒，六十年後，變成中華民國國軍的陸軍最高統帥——這個民族和個人的劇本，究竟怎麼寫的啊？

一九五三年六月十日，中、法、美的國際交涉終於有了結果，因內戰而孤懸海外三年半的國軍、難民、學生，在海防港搭上了軍艦，八天以後，在高雄港上了岸。

兩百零八個豫衡聯中的學生，其中還包括後來寫了《野鴿子的黃昏》的王尚義，在高雄港落地，然後被送到員林實驗中學入學。

在台灣員林，河南南陽的孩子們，和山東各地的孩子們，跨過大江大海驚濤駭浪，終於走到一起來了。陸陸續續地，更多的少年們來到這裡：香港的、澳門的、緬甸的、舟山群島的、大陳島的……內戰中被機器「絞」出來的多股殘軍、孤軍和整批撤出或零散逃出的難民，以及他們的孩子們，如涓涓細流，慢慢都匯入了員林實驗中學。

我偶然看見新聞，國防部長陳肇敏去了豫衡中學六十週年的同學會，心想，慢點，陳肇敏不是個道地的南台灣孩子嗎？怎麼會是那個學校的學生？從香港打電話問他，他笑說，是的，因為家住得近，他就去上了那個學校，所以是在那樣一個多難興邦、帶點「孤臣孽子」

的濃厚歷史情感中長大的沒錯。「否則，」他說，「我一個草地小孩怎會去投考空軍官校呢？」

有些軌跡，不知怎麼最後會自己「圓」起來。三十年後，從火災中抱著《古文觀止》赤腳往外跑的張子靜校長，在台灣將書親手奉還當年的少年學生趙連發，說，「將來兩岸開放後，你回老家時，把書帶回去給馬淑玲，告訴她，校長代表全校師生向她表示謝意。」校長流下了眼淚。[7]

六十年後，趙連發真的回到了河南，找到了馬淑玲，一本《古文觀止》，雙手奉還。

完整的一本書，沒少一頁，只是那書紙，都黃了。

7 《豫衡通訊》第三集，第三五頁。

22 魔鬼山上

香港人不太談自己的來歷。如果台灣人在一個晚餐桌上，閒聊時還可能偶爾提及「我爸是民國三十八年從青島過來」這樣的話題，因而透露了自己的出處，香港人很可能彼此在一個辦公室同事三十年，不知道彼此都是寧波人，會說上海話，而且都是一九四九年五月前後抱在媽媽懷裡過了羅湖口岸的。

他們工作的壓力太大，工作的時間太長，現實的滾動速度太快，每個人，都在當下的軌道上專心一意地拚搏向前。經濟的成就、專業的高標準、現代化的領先，是靠一種力爭上游的拚搏意志得到的。

粵文化生命力強韌，像海洋裡的漩渦一樣有巨大的吸力和同化力，一九四九年流過來的百萬人潮，一過口岸，就進入這個文化和語言的大吸器、大熔爐裡。無法融入的，或者設法離開，或者就被淘汰。融入的，六十年後，你完全看不出他是一九四九年的遷徙者。

於是，從外面看起來，七百萬香港人，就是一個整體，都是說廣東話的香港人。

你要跟他們坐下來，一個一個幾近不禮貌地打破沙鍋問到底，才赫然發現，原來每一個香港人都深藏著一個身世的故事；很多、很多的故事，都來自江海動盪的一九四九。

戰火像一團一團燃燒彈一樣在中國大陸的土地上炸開，從東北、山東到河南，一片焦土，幾千萬的難民流離於途中，香港，自然成為一個生命閥。北方每爆發一波戰爭，香港就湧進一波難民，一波一波進來。一九四九年的上環，西營盤一帶，九龍的鑽石山一帶，滿街都是露宿的難民。

一九四五年日本人撤走時，香港剩下六十萬人，一百萬人避難離去；一九五一年，島上已經有了兩百零七萬。[8]那突然冒出來的，一部分固然是逃避日本人的如今回籠，一部分，卻是國共內戰的新難民，有上海紗廠的大老闆，把整個工廠的工人都帶了來；有國民政府

8 梁華山，〈香港人口與人力資源分析〉，《自然資源》一九九七年第二期，第十頁。

中曾經身任要職的高官、國軍中曾經是抗日英雄的將領和軍官，有地方政府的縣長、局長和大學的校長，有不願意繼續跟蔣介石去台灣的立法委員、國大代表，有媒體主筆、學界泰斗、作家和藝術家，有知識界的清流，有高僧大儒，有神父和修女。然而更多的，當然是無家可歸、流離失所的普通人，攜兒帶女，還有成千上萬的傷兵，在某一次戰役中變成殘廢。

那是一個多麼熟悉的情景：斷了腿的傷兵，腋下拄著拐杖，衣服骯髒，獨自站立在陌生的街頭，不知往哪裡去；很多，還是少年。

救急救難的東華醫院出面收容難民，消息一傳開來，闖過了羅湖的人，潮水一般湧到東華。一九四九年冬天，也就是黃杰的殘部和豫衡聯中的孩子們被逼進十萬大山和越南邊境的時候，東華醫院開始照顧難民。半年之內，收容了八千兩百多人，其中殘廢的人占極高的比例，將近兩千。[9]

一九五〇年六月二十六日，剛好是韓戰爆發後的一天，七千個難民被送到吊頸嶺。極有效率的港府，一天之內全部運送完畢。

吊頸嶺在九龍半島的東端「魔鬼山」的一片荒涼山坡上。這個無人的荒地，有一個廢棄的麵粉廠；一九〇五年，加拿大籍的香港公務員倫尼，買下了這片荒地，建了一個麵粉廠，沒想到三年之後破產，倫尼就用繩子吊著自己的脖子，綁上巨石，然後還跳海。工廠所有的機器被債權人搬走，原來運貨的小碼頭荒廢，山坡上的廠房逐漸變成猙獰的廢墟，從此以後，魔鬼山本來叫「倫尼麵粉廠」的這片山坡，就被稱為「吊頸嶺」。

港府聰明的公務員，將「吊頸嶺」正式改名為「調景嶺」。

七千個人只是登記領飯票的，其實還有沒登記的五、六千人，最高峰時，近兩萬人住在調景嶺營區內，包括八百個孩子。國軍和眷屬大概占一半以上，湖南和廣東籍的最多，但是也有來自青海、西康、甘肅和熱河省的，東北的傷兵和難民也不少。

這是一個沒水沒電沒路的荒山，一切從頭開始。港府已經在山坡

9 胡春惠主訪，《香港調景嶺營的誕生與消失：張寒松等先生訪談錄》，台北國史館，一九九七年，第十三頁。

上築構了上千個A字形油紙棚，一個棚住四個人；三十個大葵棚，分婦女組、醫務組、平劇社、自治糾察隊等等單位進駐，一個大葵棚容納七十個人。社會局供給難民的配額是每天每人白米十八盎司、肉和魚二盎司、青菜八盎司、腐乳或鹹魚二盎司。每隔一天，民福電船運送麵包過來，汽笛一響，赤腳的孩子們就飛奔到碼頭上，興奮地喊著「麵包船來了！麵包船來了！」

大人則十人一組，每天兩次，排隊去領飯。飯領回來，坐下來同吃的卻有十四、五個人，那沒有飯票的，也是同鄉同學同是天涯淪落，難民互相扶持。

和一般難民營不一樣，調景嶺難民裡頭，真正的臥虎藏龍。隨便看過去，在山路上扛著一袋麵粉正迎面走下來的，可能就是個「營長」。譬如一九二〇年出生在廣東增城的陳寶善。

寶善十八歲讀高中時，日本人已經快要打到廣州了，不顧父親的反對，毅然決然去報考中央陸軍官校，考取了，跟其他幾個同學從廣州沿著溪谷，翻山越嶺，一路徒步，足足走了兩個多月，走到貴州獨山。到了獨山之後，這滿腔報國熱情的青年人才發現，報國的開始就是在荒山裡建營房。上山伐木，從山上把巨大的木頭扛下來，蓋教室、宿舍。沒有米，他們就走三十公里的山路，去扛米，如同勞役營一樣的艱苦。一九四二年，堅持下來的寶善成為正式的軍校十七期畢業生。蔣委員長發給每一個畢業生一把劍，上面寫著「成功成仁」四個字。

陳寶善開始和日軍作戰，在槍林彈雨中實踐他的愛國抱負。抗日戰爭之後，國共內戰爆發，他從山東的戰場打到徐蚌會戰。碾莊被包圍時，天寒地凍，傷兵遍野，他自己也受傷了。

這就是五十五萬國軍被「殲滅」的戰役。陳寶善帶著傷，輾轉到南京，然後是廣州，最後是香港。在調景嶺，那麼多年之後，他還會跟你說：

這幾十年來，我一幕幕回想，真是作夢也沒想到，我們會落敗到這種程度！我們在徐蚌會戰以前一直都沒打敗仗的……他們的訓練不如我們，補給也不好。我輕視他們，我會以一個營打他們的一個兵團二萬多人……我們仗打得很好，為什麼會跑到香港來呢？我能說出的原因是，軍心變了。不然怎會垮得這麼厲害呢？[10]

一九四九，在東華醫院和調景嶺，每天上午和下午分兩次，難民排隊領飯，你可能看見陳寶善在行列裡，他二十九歲，眉宇間有股掩藏不住的英氣，但是神情抑鬱；如果你不細心，你就不會想到，他曾經懷抱著多麼大的熱情，把自己奉獻給他的信念：國家。

23 山巖巖，海深深

調景嶺外頭，香港的街上，每年湧進來二十萬人。難民潮裡，有很多、很多的孩子和少年。

蒙古族的席慕蓉在灣仔上小學，多年以後，像古時候的詞，有水井的地方就有人唱，她的詩，在華文世界裡到處被人傳誦。人們問她，你的古典詩的基礎在哪裡形成？她不直接答覆你，只是淡淡地說，她在香港讀小學的時候，老師就教會了她背誦整首白居易的〈琵琶行〉。她不會講廣東話，但是六十年以後，她還可以用漂亮的廣東話把〈琵琶行〉一字不漏地背出來。

白崇禧兵退海南島之前，十二歲的白先勇已經被送到九龍避難，文靜早熟的白先勇上喇沙書院。原本沉浸在中國古典戲曲及文學的白先勇在香港第一次接觸英文世界，也開啟了他對現代文學的興趣。

10 同前註，第一五二頁。

一九三七年出生的中國孩子，幼年和少年都是流離。他看過湘桂大撤退的火海，看過南京首都的上層生活，看過上海的繁華與崩潰，如今看見一九四九的香港，看見戰爭的荒涼：「家裡住著很多人，都是需要照顧的親戚和從前的部屬。大樓外面騎樓裡、走廊下，全睡著人，街上也到處是難民。」[11]

一九五二年才到台灣，白先勇成為台灣現代文學的先驅作家。

同一個時間裡，半歲的林百里被帶到香港。他在解放軍攻進上海前一個月出生，營養極度不良。被母親抱在懷裡逃到新界，一家人租了大埔「將軍府」宅院裡頭的傭人間，後面的弟弟妹妹陸續出生在這狹窄的石頭房裡。石頭房太熱了，父親就在屋角裡種爬藤，藤的青葉蓋滿了屋頂。

「將軍府是誰的？」我問。

「翁照垣。」

我睜大了眼睛，「百里，你在大埔家的房東是翁照垣，一九三二年淞滬血戰中發出第一槍的國軍旅長翁照垣？」

是的，林百里說，他還清晰記得小時候，翁將軍把他叫到面前，給他糖果，摸摸他頭，要他努力讀書，將來好好報效國家。

林百里在一九四九年後難民充塞街頭的香港長大。父親和一百萬其他難民一樣，艱難地維生，在中環的香港俱樂部做會計。俱樂部大廳掛著水晶吊燈、鋪著華麗的地毯，白人紳士淑女從大門瀟灑地進出用餐，華人用旁邊的小門。父親告誡他，「你不可以到前廳去，那個門，是白人走的。」

父親就在側門後面那個只能放下三張小桌的房間裡工作。為了兒子的前途，父親讓長子百里跟在身邊。白天，百里去上學——搭天星小輪過海到尖沙咀，然後改搭巴士到德明中學。大半的時候，為了節省那兩角錢的巴士車資，十三歲的林百里寧可走路四十分鐘到學校。

晚上，父親看著百里做功課；夜靜了，就從辦公桌底下拉出兩張摺

11 龍應台訪問白先勇，二〇〇九年一月二十一日，台北。

疊行軍床，在三張寫字桌之間勉強撐開，父子兩人就睡在那無法轉身的小房間裡。燈一滅，香港俱樂部大廳水晶燈那華麗的光，就從門縫裡瀉進來一條細細的線。

這個一九四九年戰火中出生、流離中長大的孩子，六十年後，開創了全世界最大的筆記電腦製造公司。

我問他，「十一、二歲的時候，住在香港俱樂部的『後門』裡，不准進入前廳，一出門又總看見中環光豔奪目的精品櫥窗，你有『難民小孩』的屈辱或不平感嗎？」

「有屈辱感，尤其是看到白人和華人之間地位的差別，所以我的民族情懷是很深的，但是看到美麗的櫥窗，我沒有不平感，」林百里笑笑地說，「我只有想：有一天，我要買得起它——如果我要的話。」

秦厚修是澳門上岸的，海上很黑，大船在海上劇烈地搖晃，等小船過來接駁；從大船踏上搖晃得更厲害的小船時，踩空了，差點摔進海裡。秦厚修帶著一個還沒上小學的女兒，肚子裡還懷著一個，踏上澳門，馬上轉香港。丈夫馬鶴凌在碼頭上焦急等候。

秦厚修得馬上找工作。她和親友合夥在青山道附近頂下了一片洗衣店。然後又在一九四九年新開張的大型遊樂園——荔園，找到一份工作：收門票。

荔園開張，是一九四九的香港大事，付港幣五角，可以入場，摩天輪、碰碰車、哈哈鏡、搖搖船、過山車，還有一個香港唯一的真雪溜冰場。

「可是，應台你要知道，那時沒有票的，你丟錢進去，有一個閘門，我就坐在閘門旁邊用腳踩一個控制，一踩，繳了錢的人就可以進來，每天就做這個。一個月薪水三百塊錢，要養好多人。」秦厚修說。

荔園月薪三百塊？我想到，同一個時間點，錢穆創了新亞書院，自己的月薪是兩百塊——現在我知道那是多麼微薄了。

「滿辛苦的，」我說，「馬媽媽，可是那時你肚子裡的孩子已經出生了，你出來工作，誰管那吃奶的嬰兒呢？那時你先生也在找工作吧？」我問。

「家裡還有一個奶奶幫忙，還有姑爹，而且，逃出來的親戚那麼多，每天都有人來借錢，他們也幫忙。」

厚修的孩子在東華三院之一的廣華醫院出生了，馬家唯一的男孩。父親久久思索，在這樣的離亂不安中，對孩子如何期待？

他為孩子取名「英九」。

這孩子長大以後，成了中華民國總統。介紹自己的時候，他會笑說，我是「大陸醞釀、台灣製造、香港交貨」。

「我也記得，」秦厚修說，「有一天馬爸爸說要去調景嶺，聽說救災總會的人到那裡發救濟物資，結果回來了，也不過發了幾塊肥皂吧？那時候，也有『第三勢力』來找他，但是他沒去。」

「第三勢力」這個詞這麼順溜地從馬媽媽嘴裡冒出來，讓我吃了一驚。很少人知道這是什麼了，向來對政治沒興趣的她竟然記得。

一九四九年落腳在自由的香港，有很多關心國是的知識分子，他們既無法接受共產黨的意識形態，也不欣賞蔣介石的領導，這時美國已經開始在亞洲做大規模的反共布局，提供資源，於是一個名為「自由中國運動」的「第三勢力」，就開始醞釀了。中情局結合流亡人士，有計畫地訓練獨立於台灣之外的反共游擊隊。

調景嶺有很多年輕的國軍官兵，也有很多失學失業的青年，不管是為了生活的基本維持，還是因為胸中懷抱著經國濟世的熱情，當他們聽說有個學校招生培訓，為了建立一個美好的「自由中國」，很多人去了。

學校設在塞班島；「塞班」，是殘酷血戰的代名詞，在關島附近，面積比香港島略小，戰前是日本領土。一九四四年美軍強攻塞班，日軍戰死三萬多人，守將南雲忠一自殺。三萬居民中，兩萬多人死於戰火，另外四千多個老弱婦孺跳懸崖自殺。

受訓的年輕人學習爆破橋梁、搶灘登陸、打陣地戰等，還有跳傘。在塞班幹校訓練一年零兩個月以後，學員就被送回日本基地，最後的主要任務是：空投大陸。四人一個空投小組，選擇的空投點通常是游擊隊員的家鄉。山東流亡出來的，空投山東；湖南出來的，空投湖南，因為你必須對那個點的周遭環境，瞭如指掌。

在港大的教授餐廳裡與蔣震閒聊一九四九——對於像他這樣從一九四九年的艱辛中白手起家的人，我有一種特別的尊敬。不知聊到了哪裡，我隨意說，「我發現關於香港的『第三勢力』的資料特別少，問了很多香港人，也問不出個所以然來，好像誰都不知道似的。」然後我給自己加點咖啡。

蔣震接過去說，「是啊，自由中國運動。」

我嚇了一跳，咖啡壺在我手上懸在半空——會把「自由中國運動」這幾個字這麼不經思索說出來的，歷史學者除外，我還是第一次碰到。

蔣先生知道內情？

他看著我吃驚的神情，笑了，說，「我就去了塞班島！」

蔣震是香港極受尊敬的實業家。一九二四年出生在山東河南交界的菏澤，一個極為貧困的家庭。和千萬個與他同時代的愛國青年一樣，他也當了兵，從山東一路打到廣州，部隊潰散，他就隨難民潮來到了香港。

所有的苦工，他都做過，在碼頭上扛重物、在紗廠裡打雜、在礦場裡挖地。一九五八年，三十五歲的蔣震拿出僅有的兩百港幣，和朋友創設機器廠，發明了全世界第一部十盎司螺絲直射注塑機，奠定了他的實業王國。為了回饋鄉土，他又成立基金會，專門扶植中國大陸的工業人才培訓。

蔣震說，要從調景嶺說起，因為他也進了調景嶺難民營。

「啊……」我看著他，「沒想到。那——您原來屬什麼部隊？打過什麼戰役？」

「整編十一師。打過很多仗，譬如南麻戰役。」

我看著這位極度樸實的藹藹長者，簡直目瞪口呆，說不出話來。一說「整編十一師」，一說「南麻戰役」，我就知道他真正經歷過了什麼。我一時無法把「香港實業家蔣震」與胡璉將軍的剽悍十一師和可怕的南麻血戰做連接。

一九四七年七月，整編十一師在山東南麻就地防守，廣設防禦工事，周圍建築了上千座大大小小的子母地堡，縱橫交錯。解放軍的名將陳毅和粟裕以五倍於國軍的兵力主攻。激烈的砲火交織七天七夜，戰役結束之後，解放軍損失慘重，宣稱一萬四千人陣亡，國軍方面則公布「殲滅」兩萬人，「生俘」三千人，自己犧牲了九千人。這是粟裕少有的挫敗，從此役開始，解放軍嚴肅地檢討應付國軍子母地堡的作戰策略。

南麻七天戰役結束，荒野中留下了三萬個青年人的屍體。

實業家蔣震是從這裡走出來的。

塞班島的結業學員在空投任務前，每人發配的裝備是：手槍、衝鋒槍、彈藥、發報電台、足夠一月吃的乾糧、人民幣，然後就被飛機祕密地送到某一個省的山區，跳下去。

有的人，降落傘沒打開，當場摔死。大部分的人，一落地就被當地的居民給綁起來，送去槍斃。

我看看蔣震——他如果被空投到山東，怎會今天坐在我面前，後面是一片美麗的維多利亞海景？

蔣震笑了，他看出我眼睛裡有一百個疑問。

「我一直以為『自由中國運動』是個愛國的運動，也不知道後面有美國中情局，」他笑著說，「輪到我要被空投的時候，韓戰打完了，這個空投計畫，也叫停了。我差一點點就上了飛機。」

啊……原來韓戰還決定了蔣震的一生。

有一種人，愈是在風雨如晦的時候，心靈愈是寧靜。他能穿透所有的混亂和顛倒，找到最核心的價值，然後就篤定地堅持。在大動盪、大離亂中，錢穆流浪到香港，站在一九四九年的街頭，看見滿街都是露宿的、不知何去何從的少年。他所做的第一件事，就是辦學，開創了新亞書院。

每晚從外面回到九龍深水埗的新亞書院克難破樓前，錢穆很難上樓，因為騎樓下、樓階上，全是蜷著睡覺的人。新亞的青年學生，也蒙頭睡在走廊上。在睡著的人與人之間，錢穆小心翼翼地尋找可以踩腳的空隙。

學生交不起學費，老師買不起食物，學生和老師就拚命寫稿掙錢。當時的學生中，有一個特別聰穎沉著的，叫余英時。二〇〇六年得到美國克魯格人文與社會終身成就獎時，余英時追憶一九四九年的新亞書院，特別記得，為了生活，他自己十幾歲就開始寫稿，創辦新亞書院的恩師錢穆，也拚命寫稿，「龔定庵所謂『著書都為稻粱謀』。」余英時笑說。[12]

每一個香港人都有一個故事。那輾轉流離的一代，自己歷盡艱辛，但總是想方設法在動盪中找到一個給孩子避風遮雨的地方。

於是你就有像梁安妮這樣的發現。安妮是香港公關界的「大姊大」，我問她的「來歷」；她能說的，不多，但是，慢點，父親好像有一個日記本，我回去找找。

她找到了，手寫的，從出生到一九四九來港，是一個完整的回顧和紀錄。安妮一夜讀完，無比地震動；父親過世二十五年之後，她才知道父親的一生，他如何親身經歷抗戰中的桂林大轟炸，他如何飛越喜馬拉雅山參與了中國遠征軍的對日戰爭。

在香港，程介明這樣的孩子長大，成為有名的教育理論專家，但是他清楚地記得「流離」的感覺。即使年紀很小，他看得出父親在為養家掙扎，他記得，父親終於找到工作，第一天工只掙到七分錢。房子每搬一次，他和弟弟就要換一個學校。而房子，總是愈搬愈小，愈住愈遠，上學的路，愈走愈長。

我和程爸爸說話，談他的一九四九。老人家講到當年的艱辛，稍稍頓了一下，說，「介明這孩子很小就懂事，很體貼。」

小孩子懂事、體貼，其實就是苦難讓人早熟的意思吧。程爸爸語氣中充滿心疼。

上海出生的徐立之，記得一個小閣樓，在一個狹窄的「士多」（store）小店鋪上面，全家人就擠在這樣一個無法動彈的閣樓裡。後

12〈余英時先生與中國部分流亡知識分子座談錄：中國當代社會諸問題〉，「新世紀網頁」（http://www.ncn.org/view.php?id=71560），二〇〇七年五月七日。

來生活實在太困難了，母親只好帶著小妹重新回到當初離開的大陸老家，因為那裡生活開支比較小；相依為命的一家人，活生生被現實拆散。

立之的父親，在「保險公司上班」，其實就是「失業」的意思。

「那，父親本來做什麼呢？」我問立之。

他猶疑了一下，說，「原來家境極好，父親的毛筆小楷在浙江杭州很有名，所以蔣介石一九四八年修的家譜是他親手抄寫的。」

我飛去加州，到史丹佛大學胡佛研究院，像小學生一樣坐在一群皓首窮經的歷史學家後面，看剛剛開放的蔣介石一九四九年前後的日記。極端重視家譜的蔣介石，在東北和徐蚌會戰最慘烈、國事蜩螗的時候，仍舊在日記中不斷追蹤家譜修譜進度；徐立之父親的名字，真的在日記裡出現。

所以在四九年後的香港，你可能在九龍街頭遇見踽踽獨行的錢穆，你也可能在淺水灣的海邊，碰見四歲的徐立之和爸爸在海灘上玩沙。再怎麼窮，水和沙是上帝送的。這個「士多」小閣樓上長大的孩子，也上了錢穆創辦的新亞書院，後來成為世界著名的分子遺傳學家，回到香港來，做了香港大學校長。

二〇〇九年了，上環老區還是有些小閣樓，就在狹窄的「士多」上；每次經過，我還忍不住多看兩眼，想起錢穆在一九四九年為新亞書院所寫的校歌：

山巖巖，海深深，地博厚，天高明，
人之尊，心之靈，廣大出胸襟，悠久見生成。
……
手空空，無一物，路遙遙，無止境。
亂離中，流浪裡，餓我體膚勞我精。
艱險我奮進，困乏我多情。
千斤擔子兩肩挑，趁青春，結隊向前行。

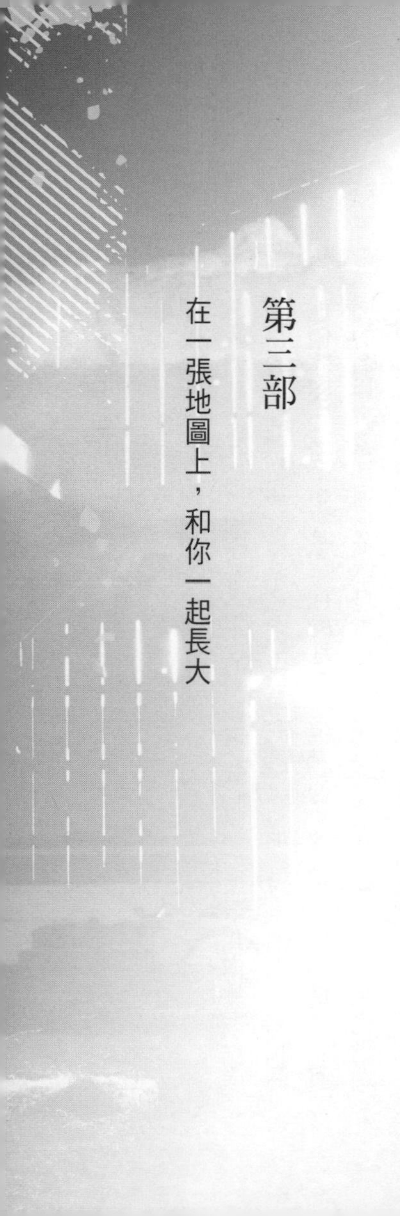

第三部

在一張地圖上，和你一起長大

24 我的名字叫台生

我的名字裡有個「台」字，你知道，「台灣」的「台」。

我們華人凡是名字帶著地名的，它像個胎記一樣烙在你身上，洩漏你的底細。當初給你命名的父母，只是單純地想以你的名字來紀念他們落腳，一不小心生了你的地方，但是你長大以後，人們低頭一看你的名片，就知道：你不是本地人，因為本地人，在這裡生生世世過日子，一切理所當然、不言而喻，沒理由在這地方特別留個記號說，「來此一遊」。紀念你的出生地，就代表它是一件超出原來軌道、不同尋常的事情。

在我的同輩人裡，你會碰到不少女孩叫「麗台」或「台麗」，不少男孩叫「利台」或「台利」，更多的，就直接叫「台生」。這「台」字一亮出來，你就猜出了他一半的身世：他的父母，多半是一九四九年中國內戰中，陸陸續續流浪到這個島上的外地人。嬰兒的哭聲，聽起來像雨後水溝裡牛蛙的鳴聲。那做父親的，把「台」字整整齊齊用黑墨寫在紅紙上，你可以想像那命名和寫字的手，在一個勉強遮雨的陋屋裡，門外兵荒馬亂，一片倉皇，寫下「台」字，既透露了一路顛沛流離的困頓，也表達了對暫時安定的渴求。

如果你在台北搭計程車，一定要留意一下司機的名字。有一回，碰見一個「趙港生」。哎呀，「港生」，你怎麼會跑到台灣來開車呢？只要你開口問，他就給你一個流離圖。港生的父母在一九四九的大動亂中，從滇緬叢林裡走了一個禮拜不見天日的山路，流亡到香港，被香港政府送到調景嶺難民營去，他就出生在荒山上那A字形蓋著油布的破棚裡，因此叫「港生」，兩年以後來到台灣，弟弟出生了，就叫「台生」。

你知道香港影星成龍的本名是什麼嗎？如果我告訴你，他叫「陳港生」，你可以猜到他身世的最初嗎？稍微打聽一下，你就會知道，他的父親房道龍，在戰亂的一九四七年隻身離開了安徽和縣沈巷鎮的老家，留下了妻子兒女，輾轉流離到香港，改名換姓之外，另外成立家庭，生下的男嬰取名「港生」。

和他安徽妻兒的那一邊，這是一個生離死別的悲劇，和成龍這一邊，這是個患難興邦的傳奇。

今天我從台北的青島東路到太原路，碰到的司機，名牌上寫的是「問中原」。

「問中原」？

飛力普，中原，是一個地區，指的是中國的核心腹地；它更是一個概念，指的是中國的文化和統治政權。姓「問」名「中原」，激發的想像就是一個氣勢萬千、躍馬中原的光復圖騰。他的父母是江蘇高郵人，在洪水般的人潮亂流中擠上了船，渡海來到高雄，孩子在港口就落地了。取名「中原」，父母把重新收復故土的悲壯期待，織進了小小孩兒的名字裡。

在台北街頭，你只要有一點好奇和放肆，開口敢問，一問就是一個波瀾湧動的時代傳記。戰後這一代「台生」，你幾乎可以說，整個人就是一枚會走路的私章，是一本半打開的歷史地理課本。

我這「台妹」所居住的這個城市，叫做「台北」，更絕了，它是一張大大攤開的中國歷史地圖。地圖有多大？橫走十六公里，直走十七公里，就是一張兩百七十二平方公里大的地圖。

為什麼稱它「歷史地圖」？譬如第一次世界大戰結束前的歐洲全圖，就是一張「歷史地圖」，它裡頭的「奧匈帝國」，現在沒有了。台北城這張街道大地圖上的中華民國，是一個時鐘停擺在一九四九年的歷史地圖。

你把街道圖打開，靠過來，跟我一起看：

以南北向的中山路、東西向的忠孝路畫出一個大的十字座標，分出上下左右四大塊，那麼左上那一區的街道，都以中國地理上的西北城市為名，左下一塊，就是中國的西南；右上那一區，是東北，右下，是東南。所以如果你熟悉中國地理，找「成都路」、「貴陽路」、「柳州街」嗎？往西南去吧。找「吉林路」、「遼寧路」、「長春路」嗎？一定在東北角。要去寧波街、紹興路嗎？你絕對不會往「西藏路」那頭去看。「涼州街」、「哈密街」、「蘭州路」、「迪化街」，嘿，猜猜看它們在哪裡？

對國民黨的統治有反感的人，說，你看，打仗打敗了，逃到這個島上，便掏空了本地人的記憶，把中國地名強加在台北城上，滿足自己「光復大陸」的虛幻想像，既可笑又可惡。

我一直也以為統治者把台北變成一個中國地圖，是一九四九年的一個傷心烙印。失去了實體的萬里江山，就把這海角一隅畫出個夢裡江山吧，每天在這地圖上走來走去，相濡以沫，彼此取暖，也用來臥薪嘗膽，自勉自勵。

做了一點探索之後，我大吃一驚，哎呀，不是這樣的。你認為理所當然的東西，竟然會錯。

原來國民政府在日本戰敗以後，一九四五年十一月十七日就頒布了「台灣省各縣市街道名稱改正辦法」，要求各個地方政府在兩個月內把紀念日本人物、宣揚日本國威的街道名改正。學者還會提醒你，其實用「改名」來稱，是錯的，因為日本人的都市規畫不用街名，只有街廓名，所以一九四五年光復以後，台北的街名不是被「改名」，而是被「命名」。

新的命名的最高原則，就是要「發揚中華民族精神」。[1]

一九四七年，是一個上海來的建築師，叫鄭定邦，奉命為台北市的街道命名。他拿出一張中國地圖來，浮貼在台北街道圖上，然後趴在上面把中國地圖上的地名依照東西南北的方位一條一條畫在台北街道上。[2]

鄭定邦又是哪兒來的靈感呢？

不奇怪，因為上海的街道，就是用中國省分和都市來命名的；南北縱向用省分，東西橫向用城市。河南路、江西路、浙江路、山東路會是直的，成都路、福州路、北京路、延安路會是橫的。當然，也有一些例外。

把整個中國地圖套在上海街道上的這個「靈感」，又是哪裡來的呢？

那更好玩了。一八六二年，英美租界合併成公共租界，各區的街道

1 〈台灣省各縣市街道名稱改正辦法〉第三條。
2 鄭定邦先生口述，由李乾朗教授轉述。

要改名，英美法幾路人馬各說各話，都要堅持保留自己的街名。英國領事麥華陀於是訂了「上海馬路命名備忘錄」，乾脆用中國地名來命名，以免白人內訌。上海街道，從此就是一張攤開的中國地圖。

讓我意外的是，甚至連「建國路」、「復興路」這種充滿政治含義的命名，都是一九四五年日本戰敗之後國民政府給上海街道的名稱，而不是為一九四九年以後的台北所量身訂做的。所以台北城變成一張中國大地圖的時候，國民政府根本還不知道自己會失去中華民國的江山。

地圖大大地張開著，而一切竟然是歷史的意外布局：一九四九年國民黨政權崩潰而撤退到這個島，以這個島作為反攻大陸的基地，把「光復河山」變成此後最崇高的信條，而台北的街道剛好以完整的「河山圖」攤開，承受了這個新的歷史命運到來。

我，和我的同代朋友們，就在這樣一個不由自主的歷史命運裡，在這樣一張浮貼掃描的歷史地圖上，長大。

25 走一趟吉林路

跟朋友的約會，我常約在亞都飯店一樓的巴賽麗廳。一個人的時候，喜歡坐在遠離熱鬧的靠窗那個高腳凳。透過小格木框看出去，微雨，車燈由遠而近，雨絲在光圈裡晶瑩滾動像動畫；車慢慢停下來，在吉林路的路口等紅綠燈。走路的人進入飯店的騎樓，暫時收起手裡的傘，放慢了腳步，經過窗邊不經意地和你視線相接，又淡淡地走過。

他若是一路沿著吉林路走，我知道他已經走過了德惠街，如果繼續往南，那麼他接下來會碰到的幾條橫街將是錦州街、長春路、四平街；和他的吉林路平行但稍微偏東的，是松江路和龍江路，旁邊還藏著小小一條遼寧街。

我們曾經玩過「大富翁」的遊戲，記得吧？在一張圖上一步一步往前走，有得有失、有贏有輸。這個城市裡的人，每天都走在一張歷史兵圖上。

德惠街？德惠，在長春以北不到一百公里之處，是哈爾濱、長春、吉林之間的重要鐵路城市。一九四七年二月——你看，對日戰爭才結束一年半，國共內戰已經烽火連天。國軍新一軍五十師的兩個團守德惠城，林彪的東北野戰軍用四個師圍攻。兩軍只相隔一條馬路，砲火交織，激烈戰鬥了一個禮拜，共軍退敗而走。

滿面塵土的國軍士兵從地堡中鑽出來，冰凍的荒原上還冒著一縷一縷的黑煙。抬走自己弟兄的屍體之後，算算敵人的屍體有幾百具。新一軍的孫立人、七十一軍的陳明仁巡視戰地，看著敵人的屍體也不禁流下眼淚。英勇退敵的五十師師長潘裕昆走在屍陣裡，默默不作聲，只沙啞地說了一句話：「一將功成萬骨枯」，眼睛就紅了。[3]

德惠一戰，是國共內戰的一次嚴重交火。死在德惠戰場的士兵，破碎焦爛、面目全非的程度，看來令活著的士兵也覺得不忍卒睹。後來在台灣任聯合報採訪主任的于衡，記得當天氣溫是零下十七度，東北的大草原上無邊無際地一片荒涼。德惠城裡，房屋被炸成黑色的廢墟，濃煙滾滾，電線凌亂橫倒在街心，到處是玻璃碎片。

城外野地裡，堆積起來的共軍屍體像座小山，細看一下，一具一具硬得像冰凍的死魚一樣。因為是冰凍的殭屍，所以看上去沒有血跡。

男屍和女屍橫的豎的胡亂丟在一起；于衡特別注意到屍堆裡有十五、六歲的女兵，頭髮上還紮著俏皮的紅絲帶。[4]

沿著吉林路，過了德惠街再往南走，會碰到交叉的錦州街。

聽過錦州嗎？它在遼寧省，瀋陽和山海關之間。一九四八年十月十日，國共在錦州外圍激戰。范漢傑所統率的國軍調動了十一個師，和林彪、羅榮桓指揮的東北野戰軍五個縱隊，相互廝殺割喉。飛機轟炸，重砲射擊，陣地一片火海。然後突然下雪了，美國的記者拍到國共兩邊的士兵在雪埋的戰壕裡蹲著，凍得嘴唇發紫、臉色發青，但眼睛裡全是瘋狂的紅血絲。

3 李菁，〈一九四八：瀋陽，那些被改變的命運〉，《三聯生活週刊》第五一四期，二〇〇九年二月三日，第六十頁。

4 于衡，《烽火十五年》，台北皇冠出版社，一九八四年，第四七頁。

十月十五日，解放軍「全殲」國軍十萬人，進入錦州。

同時，你要想像，戰場上一片冒煙的焦土，戰火還沒燒到的地方，人們在挨餓。美聯社在一九四七年七月二十四日發的新聞，列表告訴你，一百元法幣——別以為這是法國錢，當時的幣值就叫「法幣」，法定錢幣！一百法幣，可以買到什麼？

一九四〇年　一頭豬
一九四三年　一隻雞
一九四五年　一個蛋
一九四七年　三分之一盒火柴

錦州在打仗的時候，上海的生活指數，五個月內跳到八十八倍，再下一個月跳到六百四十三倍。一九四九年四月下旬，已經增加到三十七萬倍。[5]大學教授的薪水，已經買不起米；馬路上，學生遊行抗議的狂潮，癱瘓了整個城市。

再往南，我們先跳過霓虹燈閃爍的長春路，到一條小街。它叫四平街，在松江路和伊通街之間，短短幾百公尺，有一小段，滿是女人的服飾和珠寶店，周邊大樓裡上班的年輕女郎喜歡來這裡逛街。你大概不知道「四平街」這個中國城市在哪裡。我們把台北街道圖放到旁邊，來看看這張東北地圖。

四平街雖然叫街，其實卻是個城市的名字。城，在瀋陽和長春的中間，一九四九年之前是遼北省的省會，三條鐵路的交叉點，既是交通樞紐，也是工業和軍事重鎮。一九四六年三月，二十萬解放軍對國軍二十八萬人，足足打了一個月，解放軍潰敗逃往北邊的松花江。

國軍的資料說，美式的強大砲火加上空軍的地毯式轟炸，估計有四萬共軍被殺。國軍空軍低空丟擲一種殺傷力特別大的「麵包籃」，一次轟炸就造成共軍兩千人的傷亡。[6]

---

5 胡繩主編，《中國共產黨的七十年》，北京中共黨史出版社，一九九一年，第二六〇—二六一頁。

6 杜聿明，〈戰役前國民黨軍進攻東北概況〉，《遼瀋戰役親歷記：原國民黨將領的回憶》，北京文史資料研究委員會，一九八五年，第五五一頁。

什麼叫「麵包籃」？它是一種子母彈形式的燃燒彈，二戰中，蘇聯侵略芬蘭時，就用燃燒彈轟炸芬蘭的城市中心，造成大量市民的死亡。國際指責的時候，蘇聯外長莫洛托夫輕佻地說，我們沒丟炸彈啊，我們丟的是「裝滿麵包的籃子」。火力強大可以化鬧市為焦土的燃燒彈因此被稱為「麵包籃」，是個恐怖的黑色幽默。

三月，東北白雪皚皚。砲火暫歇時，東北農民探出頭來看見的是，原野上仍是一片白雪，但是砲火燒過、炸過的地方，是一塊一塊的焦黑；人被炸得血肉橫飛，留下的是一攤一攤的猩紅。焦黑和猩紅大面積點綴著無邊無際的純潔的白雪。太陽出來時，紅和黑就無比強烈地映在刺眼的雪白上。

一年以後，一九四七年五月，像拔河一樣，解放軍重整又打了回來，現在換成國軍要做「保衛戰」。再一次的血流成河。新聞記者們被邀請去看國軍勝利的「成果」，目睹的和德惠一樣，斷垣殘壁中黑煙縷縷，因為不是冬天，屍體的臭味瀰漫所有的大街小巷。

回到台北吧。四平街若是走到東邊盡頭，你會碰到遼寧街。遼寧啊？台灣的孩子搖搖頭，不知道遼寧在哪裡。中國大陸的小學生卻能琅琅上口，說，「遼瀋戰役是國共內戰中三大會戰之一；一九四八年九月十二日開始，歷時五十二天。五十二天中，解放軍在遼寧西部和瀋陽、長春地區大獲全勝，以傷亡六萬九千人的代價，殲滅國民黨四十七萬人。」

那是一九四九年的前夕，從九月到十一月，不到兩個月的時間，國共兩邊合起來有幾十萬的士兵死在冰天雪地的荒野上，這是個什麼樣的景觀，飛力普？你說你聯想到二次大戰時德軍在蘇聯的戰場，我想大概很像，但是我卻沒來由地想到一件很小很小、不十分相干的事：

東北還是滿洲國時，很多台灣人到那裡去工作。有一個台北人，叫洪在明，一九三五年就到了長春。你知道，在一九四五年以前，台灣是日本的殖民地，滿洲國名為獨立，其實也是日本的勢力範圍，當時大概有五千多個台灣人在滿洲國工作，很多是醫生和工程師。

長春的冬天，零下二十度。有一天早上洪在明出門時，看見一個乞丐彎腰在垃圾桶旁，大概在找東西吃。下午，經過同一個地點，他又看見那個乞丐，在同一個垃圾桶旁，臉上還帶著點愉快的笑容。洪在明覺得奇怪，怎麼這人一整天了還在挖那個垃圾桶；他走近一看，那原來是個凍死的人，就站在那裡，凝固在垃圾桶旁，臉上還帶著那一絲微笑。

路上的行人來來去去，從這微笑的乞丐身邊經過。[7]

26 一把一把的巧克力

你親手帶來這些家族文件。從法蘭克福到你大伯漢茲在瑞士邊境的家，大概是四百公里，你是獨自開車去的嗎？我猜想，以你大伯非常「德國」的性格，他一定會把家族歷史文件分門別類，保存得很完整，是不是真的這樣呢？

第一個文件，紙都黃了，有點脆，手寫的德文辨識困難，我們一起讀讀看：

茲證明埃德沃・柏世先生在一九四六年十月十三日從俄羅斯戰俘營遣返德國故鄉途中死亡，並於十月十五日埋葬。負責遣返之車隊隊長託本人將此訊息通知其妻瑪麗亞。車隊隊長本人是現場目擊者，所言情況應屬實。茲此證明。

7 許雪姬等訪問，《日治時期在「滿洲」的台灣人》，台北中央研究院近代史研究所，二〇〇二年，第三二五頁。

一九四七年二月二十七日　阿圖・巴布爾

啊，你的德國奶奶瑪麗亞，是通過這樣的方式得知丈夫的死訊嗎？還有一張瑪麗亞的結婚照，時間是一九三四年四月二十日。四月，是花開的季節；所有的蘋果樹、梨樹、櫻樹，都綻出繽紛的繁花，是歐洲最明媚鮮豔的月份。照片上兩個人十指相扣，笑容歡欣、甜蜜。

國家的命運將挾著個人的命運一起覆滅，像沉船一樣，他們不可能想到。

瑪麗亞得知丈夫死訊的時候，她已經是兩個幼兒的媽媽。三年後再嫁，才有你的父親，才有你。

我請你採訪大伯漢茲對於德國戰敗的記憶。他記得他的父親埃德沃嗎？

不記得。一九四五年五月德國戰敗時，瑪麗亞和他只知道爸爸在前線，完全不知道埃德沃已經關在蘇聯的戰俘營裡。終戰了，鎮上有些家庭的爸爸陸陸續續回來了，他們家還一直在等。每天晚餐，瑪麗亞在桌上多放一副盤子和刀叉，空在那裡。每天擺出來，每天收回去。

這時候，五歲的小漢茲看見了他生平第一個美國人，幾個美國大兵，坐在坦克車裡，不，幾個大兵根本就坐在坦克車的蓋子上，看起來很高大，吊兒郎當、興高采烈，嘻嘻哈哈進到小鎮。

「那……你有沒有問漢茲，他那時覺得，德國是『解放』了，還是『淪陷』了？」

「有問啊！」你說。

漢茲說，美國的坦克車進來了，他和一堆鄰居的小孩，都是七、八歲，十歲不到吧，找了很多石頭，褲袋裡塞滿了，拳頭裡抓著幾塊，躲在巷子口，坦克車一駛過，他們就使盡全身力氣對美軍丟石頭。一面喊「美國人滾回去」，一面丟石頭。

「像今天迦薩走廊的孩子對以色列的坦克車一樣？」我說。

「對。」

然後，一件驚人的事發生了。

美國大兵把手伸進一個大口袋裡，抓了一把東西，對著德國孩子們用力丟過去。孩子們彎腰閃躲的時候，發現劈頭撒下來的，不是石頭或炸彈，是巧克力，一把一把的巧克力。

「那時候我們都很餓，」漢茲說，「我們一夥孩子常常跟著運煤的小火車，跟在後頭撿掉下來的煤塊煤屑，拿去賣錢。得到的錢，就去換馬鈴薯帶回家給媽媽煮。」

孩子們把褲袋裡的石頭掏出來全部丟掉，放進巧克力。

有了巧克力以後，美國兵就是孩子們歡呼的對象了。你說，這是「解放」還是「淪陷」呢？

漢茲的回憶讓我想起德國作家哈布瑞特跟我說過的故事。

一九四五年他十九歲。戰爭末期，人心潰散，他的部隊死的死、走的走，已經不成部隊。聽說村子裡還堆著一整個倉庫的馬鈴薯，餓得發昏的哈布瑞特和幾個失散士兵就尋到了倉庫。還沒來得及打開倉庫，憲兵就出現了，認為他們是逃兵，逃兵是可以就地槍決的。

他們很努力地辯解，比如說，真要逃，怎麼會還穿著軍服、披帶武器？總算說服了憲兵，哈布瑞特回到前線，和美軍繼續作戰。一顆子彈射過來，他暈了過去。

醒來時，發現自己在白色的病床上，腿上綁著繃帶。另一個滿頭顱包紗布眼睛大大、一臉稚氣的德國傷兵，正站在窗口，往下看，見他醒了，對他招招手，說，「趕快過來。」

他一拐一拐地瘸著到了窗口，往街心望下去。

不是街心，是個小草坪。一把顏色鮮豔的、巨大的海灘傘，在豔陽下大剌剌地張開，下面有個人，舒服地坐在一張躺椅上，蹺著腿，在那裡喝罐裝的汽水。那人穿著軍服，頭盔丟在草地上，是個美國大兵。

哈布瑞特全身一鬆，說：「結束了，感謝上帝！」

六十年過去了，現在你是個十九歲的德國人，飛力普，告訴我，你知不知道，德國在俄羅斯的俘虜營裡總共有兩百三十八萬八千人，終戰的時候，其中一百萬人受虐而死？你知不知道，單單在俄羅斯的戰場上，就有五百萬個德國士兵倒下？這些人，大多數就是像埃德沃一樣的年輕人，在家鄉有妻子和幼兒每天望著門口，他們年邁的母親每天走到火車站去尋找，等候每一班進站的火車。

你乾脆地說，「不知道。」

「而且，幹嘛要知道？」你反問。

十九歲的人啊，我分明地看見你眼中閃過的挑釁。

你是這麼說的，「如果你知道德國人給全世界帶來多大的災難，你哪裡有權利去為這受虐的一百萬德國人叫不公平？蘇聯死了兩千萬人怎麼算啊？你知道兩千萬個屍體堆起來什麼樣子？」

兩千萬個屍體堆起來，我無法想像。但是我記得一個猶太朋友跟我說的故事：五歲的時候，他跟父母一起被送進了匈牙利的猶太隔離區，「你知道我是怎麼學會數一二三四的嗎，應台？」

「我不知道，我是從一鼠二牛三虎四兔學的。你怎麼學？」

他說，「我們集中住的那棟樓前面有個很小的廣場，不知道為什麼那裡常有屍體。德國兵把兩具屍體橫排，上面疊兩具直排，然後直的橫的一層一層疊高，像堆木柴架構營火一樣。我就那麼數，今天一、

二、三、四、五、六……」

兩千萬個屍體堆起來，我無法想像。是香港人口的三倍，幾乎是台灣的總人口。

公元兩千年，聖彼得堡附近一個寂靜的小鎮倒是上了國際媒體：小鎮新建了一個紀念墓園，裡頭埋了八萬個德國士兵的骸骨。上百個德國和蘇聯老兵都來到小鎮，一起紀念他們在列寧格勒的戰友。

聖彼得堡，就是二戰時的列寧格勒，二戰中被德軍包圍了幾近九百天，餓死了五十多萬市民。現在，俄羅斯人把德國士兵分散在各個戰場和小墳場無人認領的骸骨蒐集起來，重新葬到這個新闢的墓園裡去。蘇聯的土地上，有八十九個這樣的外國軍人公墓，大概有四十萬個異國的士兵躺在這片寒冷的土地裡。

我在想：瑪麗亞的丈夫，會不會也在這裡，墓碑上寫著「無名氏」呢？

僥倖活下來的士兵，也並非個個都回了家。

莫斯科說，最後一個德軍俘虜，在一九五六年就遣返了。

可是，在公元兩千年，人們卻在俄羅斯極北、極荒涼的一家精神病院裡發現了一個老兵，是二戰時跟德軍並肩作戰的匈牙利士兵，叫彼得。彼得一被俘，就被送到了這個精神病院關了起來。

彼得被關進精神病院不久，正是中國人在東北的德惠、錦州、四平、長春開始相互殲滅的時候。十八歲的彼得，從家鄉到異國的戰場，從戰場到不知名的精神病院，現在已經八十歲了。他不記得任何人，任何人也不記得他。

27 小城故事

瑪麗亞的丈夫，埃德沃・柏世這個德國軍官在莫斯科郊外的荒路上被草草掩埋的時候，一九四六年十月，中國北方扼守長城的軍事重地張家口，經過激烈的戰鬥，被國軍占領了。不遠處的小縣城，叫崇禮，共軍接管控制了十五個月以後，如今又被國軍攻下。

在塞外「水寒風似刀」的平野上跋涉的孤獨旅人，從很遠很遠的地方一抬頭就會吃一驚——單調的地平線上，突然出現一座城池，屋宇櫛比鱗次，綽約有致，更訝異的是，一彎清水河，河畔矗立著一座莊嚴而美麗的教堂，緊鄰著一座歐洲中古式的修道院。

崇禮和一般北方的農村很不一樣。原來叫西灣子，十八世紀就已經是天主教向蒙古傳教的基地。十九世紀，比利時的南懷義來到這裡，精心經營，建起廣達二十四公頃的教堂建築。兩百多年下來，全鎮三千居民基本上都是虔誠的天主教徒。共產黨從日本人手裡搶先接管了這個小鎮，但是共產主義無神論的意識形態與崇禮的文化傳統格格不入，民怨很深。十五個月後，國軍進攻，崇禮人組團相助，但是當國軍退出時，崇禮人就被屠殺。

國軍在一九四六年十二月收復了崇禮之後，特別邀請了南京的記者團飛來塞外報導最新狀況。

軍方把記者團帶進一所官衙的大廳裡吃午飯，午飯後一行人走到大廳旁一個廣場，記者們看見廣場上密密麻麻什麼東西，而同時在廣場側一扇門前，站著兩、三百個面容悲戚的村民，一片死寂。

記者團被帶到一個好的位置，終於看清了廣場上的東西。那密密麻麻的，竟是七、八百個殘破的屍首。記者還沒回過神來，本來被攔在廊下、鴉雀無聲的民眾，突然像大河潰堤一般，呼天搶地地奔向廣場。屍首被認出的，馬上有全家人跪撲在地上抱屍慟哭；還沒找到親人的，就在屍體與屍體之間惶然尋覓，找了很久仍找不到的，一面流淚一面尋找。每認出一具屍體，就是一陣哭聲的爆發。

中央日報記者龔選舞仔細地看冰地上的屍體：有的殘手缺腳，有的腸開腹破，有的腦袋被活生生切掉一半，七、八百具屍體，顯然經過殘酷的極刑，竟然沒有一個是四肢完整的。破爛撕裂的屍體，經過冬雪的冷凍，僵直之外還呈現一種猙獰的青紫色，看起來極其恐怖。[8]這是一場屠殺，其後中央日報也做了現場報導，但是中央日報不敢提出一個問題：為什麼讓這些被戕害的人曝屍那麼久？

殘破的屍體被集中丟在雪地裡長達四十天，等到記者團從南京各地都到齊、吃飽穿暖閒聊之後，再開放現場參觀。也就是說，共軍蹂躪了村民之後，國軍把屍體扣留下來，讓悲慟欲絕、苦苦等候的家屬在記者面前以高度「現場感」演出，戲碼叫做「共軍的殘暴」。

在崇禮廣場上的殘屍堆裡，記者注意到，死者中顯然有不少軍人。怎麼看出是軍人？他們戴軍帽戴久了，頭的部位會有個黑白分線，就好像，用一個輕佻的比喻來說，穿比基尼曬太陽曬久了皮膚顏色就有分界線。日軍在南京屠殺時，也用這個方法從群眾裡獵尋中國的軍人。崇禮被屠殺的人群裡，平民之外顯然也有不少是國軍的士兵。

8 龔選舞，《國共戰爭見聞錄》，台北時報文化出版公司，一九九五年，第一〇一頁。

那些殺人的士兵，那些被殺的士兵，閉起眼睛想一想——都是些什麼人呢？

我不是說，他們個別是什麼番號的部隊，子弟又來自哪個省分。我問的是，在那樣的時代裡，什麼樣的人，會變成「兵」呢？

28 只是一個兵

我沒辦法給你任何事情的全貌，飛力普，沒有人知道全貌。而且，那麼大的國土、那麼複雜的歷史、那麼分化的詮釋、那麼撲朔迷離的真相和快速流失無法復原的記憶，我很懷疑什麼叫「全貌」。何況，即使知道「全貌」，語言和文字又怎麼可能表達呢？譬如說，請問，你如何準確地敘述一把刀把頭顱劈成兩半的「痛」，又如何把這種「痛」，和親人撲在屍體上的「慟」來做比較？勝方的孫立人看著被殲滅的敵軍屍體而流下眼淚，你說那也叫「痛」，還是別的什麼呢？

所以我只能給你一個「以偏概全」的歷史印象。我所知道的、記得的、發現的、感受的，都只能是非常個人的承受，也是絕對個人的傳輸。

有時候，感覺整個荒原，只需要一株山頂上的小樹，看它孤獨的影子映在黃昏蕭瑟的天空裡。

你知道，在一九四五年國共內戰大爆發之前，中國已經打了八年的仗。

你說，對啊，你對德國的歷史老師曾經提出一個問題，他沒法回答。

西方的歷史課本裡說，第二次世界大戰始於一九三九年九月一日，在這一天，德國入侵波蘭。你說，為什麼不把一九三一年九月十八日日本入侵中國東北，看做世界大戰的起始呢？即使退一步，又為什麼不把一九三七年七月七日盧溝橋事變看做開始呢？為什麼德國入侵波蘭就比日本入侵中國，要來得重要呢？難道說，亞洲的戰事，就是不如歐洲白人的戰事？

你這個學生，夠麻煩。

我想說的是，如果你認識到，中國進入戰爭的漩渦，比歐洲要早很多，那麼跟你解釋後面的一九四九，也就比較容易了。我們要記住的是，歐洲打了六年仗之後開始休息，當美國大兵坐下來喝可口可樂，德國的戰俘一火車一火車回鄉，蘇聯人終於開始埋葬他們的親人的時候，中國人又爆發了一場更劇烈的戰爭。他們已經對入侵的日本人打了慘烈的八年，現在繼續打，只不過，現在，槍口對內。他們的武器，來自美國、蘇聯、日本。他們的兵，來自哪裡？

你還是得從八年的抗日戰爭看起，好些鏡頭，像電影一樣流過我眼前。

譬如山東，被日軍占領之後，成千上萬的孩子就跟著學校流亡，往中國內陸走。十五歲的楊正民——後來成為生物電子工程專家，跟五千個同學一同出發，爬山走路，走到兩腳磨破流血，最後適應了變成像牛馬一樣粗厚的「蹄子」；到了陝西，一路上病的病，死的死，丟的丟，只剩下八百個學生。少年們沿著漢江攀山越嶺，在絕望的曠野裡，突然迎面看見國軍的隊伍，學生們心頭一振。[9]

走得近一點了，小小的正民才看清楚這個國軍的隊伍，是這樣的：十五、六個人一組，用鐵鍊和粗繩綁在一起，形成一個人串，無法自由跨步走路，所以推推擠擠、跌跌撞撞的，每個人都面有菜色，神情

9 楊正民，《大地兒女》，台北星光出版社，一九九三年，第五六頁。

悽惶。誰說「要大便」了，就解開他的鎖鍊，看守的兵，一旁持槍伺候。

這是一九四三年。

抗戰已經第六年，戰爭報廢了太多年輕的生命，國民政府的徵兵已經到了買兵抓兵的地步。部隊需要員額，有員額才有補給，軍官就四出抓兵，抓得人數多，自己就可以升班長排長。

抓兵，其實就是綁架，只不過，綁架你的是國家。

那麼，八路軍那邊呢？

跟你說翟文清的例子。這個解放軍的副軍長，當初是怎麼變成「兵」的呢？山東有個地方叫博山，如果你沒聽過博山，那我跟你說，它在臨淄旁邊，離濟南也不遠。臨淄，是的，就是那個「春秋五霸之首、戰國七雄之冠」的齊國繁華首都。春秋戰國是公元什麼時候？我想想，應該是公元前七七〇年到前二二一年，與古希臘同時。

日軍占領了山東以後，父親是煤礦工人的翟文清一家人就開始逃難，逃難的路上，父親病死了，妹妹餓死了，母親在混亂的人群中不知去向了。十五歲的文清在荒路上放聲大哭找媽媽的時候，碰上一群扛著槍的人走過來，他就跟著這群人開步走，幫他們撿柴燒水打雜，休息時就可以換得一碗粥。

過了一會兒，這群人被另一群扛槍的人不知怎麼打垮了，於是他就跟著這另一群人開步走，撿柴燒水打雜，在路旁喝粥。這群人叫做「八路」。文清不知道「八路」是什麼意思，反正有粥可吃，就跟著走。「班長給件衣服，副班長給條褲子，戰鬥小組長給雙鞋，別人再湊些毛巾、綁腿、襪子什麼的。兩天後發支老套筒。別人子彈一百發，他個小，背不動，給五十發，手榴彈也減半背兩顆。」[10]

礦工的兒子翟文清，就這樣成了「八路軍」。

日本投降後，中共的部隊以急行軍的風火速度趕赴東北，搶在國軍之前。「闖關東」的部隊，一半以上是翟文清這樣的山東少年。這些少年，好不容易盼到了日本戰敗，哪裡願意再離鄉背井，尤其是到比

10 張正隆，《雪白血紅：國共東北大決戰歷史真相》，香港天地圖書，一九九一年，第三二頁。

山東更北、更冷的關外。士兵們紛紛逃走；相對之下，十五歲就背起槍打仗的文清，已經是「老兵」，他必須防止士兵「開小差」。

日本人從前抓了很多中國人，關在集中營裡頭當開礦的苦力。為了防止逃亡，監視員除了層層上鎖之外，勞工們在就寢前會像毛豬一樣被剝個精光，連內褲都收走。現在，為了有足夠的兵員到東北打國軍，自己人也不得不使出日本人對付中國人的辦法來，睡前集體沒收內褲，你若是半夜逃亡，那就一絲不掛地逃吧！行軍時，每個負責任的都有個「鞏固對象」，被「鞏固」的對象到石頭後面大解時，也得有人盯著。

即便如此，少年們拚命逃走。一九四五年九月七日，「東北挺進縱隊」司令員萬毅給上級發電報，說，「部隊採取逐次動員，但逃亡仍嚴重，僅昨夜即逃副排長以下八十餘。」由蘇北出發的三萬二千五百人，一路上少了四千五百人。[11]

這，是一九四五年。那些沒逃走、到了東北的年輕人，就是和國軍打仗的人，他們打，在德惠，在錦州，在四平，在長春，在瀋陽，後來在華北、在山東……

山東，是的，台北也有條濟南路，就在青島路、齊東街、臨沂街那附近，徐州路的北面。

一九四八年東北的遼瀋戰役在九月十二日爆發，濟南之役也箭在弦上。守濟南的國軍有十一萬人，攻城的華東野戰軍用十八萬人在濟南外圍阻擋國軍的外援，用十四萬人進攻孤城，血戰六天之後濟南城破。九萬國民黨官兵「全殲」。

城破之後，解放軍士兵滿街走，二十三歲的盧雪芳小心地走在街上；聽說，對於國軍的眷屬，共軍放行，她去跟他們要路條。

迎面走來一個國民黨的傷兵。傷兵的樣子，讓盧雪芳吃一驚：這年輕人的右眼和鼻子，連上嘴唇，都被削掉，一整張臉孔，只剩下一隻左眼和右下邊的一點臉肉，中間是紅紅的、敞開的、模糊的肉。沒有人給他上藥，身上一套骯髒破爛的軍服，肩上披著一個破口的麻布

11 同前註，第三八頁。

袋，走在路上，冷得直發抖。

盧雪芳一下子眼淚湧了上來，卻聽見後面兩個八路兵說，「這就是當國民黨的下場。」

這個年輕的女子不知哪來的青春膽子，竟然轉身就對這兩個兵大聲說：「你們怎麼可以這樣講他？他算什麼國民黨？還不是跟你們一樣只是一個兵而已。國民黨打敗了，你們勝了，就該趕快把這些傷兵不分彼此送去就醫才對呀，怎麼還說這種話。對自己同胞還這樣，不是比日本人還不如嗎！」[12]

盧雪芳振振有詞說這話的時候，根本還不知道一件事：共軍攻打濟南的策略是「邊打邊俘邊補」，就是說，一打下一個據點，在陣地上當場就清點俘虜，把俘虜頭上國民黨的帽子摘下來，換上共軍的帽子，有時候，甚至直接把帽徽拔下來，然後馬上把俘虜補進戰鬥序列，送到第一線回頭去打國軍。所以共軍說，濟南六天犧牲了兩千七百人，事實上，這數字還不包括那成千上萬的俘虜，一抓過來就被推轉身去抵擋砲火的俘虜。[13]

如果你還願意聽，我就告訴你我的好朋友桑品載的故事。桑品載曾經是《中國時報》的副刊主編，出生在浙江舟山。舟山是一長條的群島，貼著浙江沿海。

啊，我已經先跳到台北南端的大安區去了。那兒有條舟山路，緊貼著台灣大學的校園，看這裡，街道圖上寫著「台灣大學路」，括弧「舟山路」。

國軍從舟山的撤退，當然是個與時間賽跑的祕密行動。

一九四九年四月二十日午夜，解放軍在一千公里的長江戰線上兵分三路大舉渡江，摧毀了國軍費盡苦心經營的防線。

四月二十三日，第三野戰軍進入南京，第二天清早，紅旗就插上了南京總統府的大門。

五月二十七日，上海易手，舟山群島的首府定海，成為國軍的反攻

12 盧雪芳《烽火重生》，台北鳴嵐國際智識股份有限公司，二〇〇八年，第八六頁。

13 王淼生、楊春杰，〈不能忘卻的濟南戰役〉，中國共產黨新聞網（http://cpc.people.com.cn/BIG5/68742/144329/144332/8772025.html），二〇〇九年二月九日。

跳板了。從台灣起飛的飛機，在定海加個油，就可以飛到華東和武漢去轟炸。

可是中共在蘇聯的協助下，很快就建立起自己的空軍和海軍，準備對舟山群島登陸作戰。孤懸海天之外的舟山，距離台灣太遠了，為了保存十五萬國軍的實力，蔣介石準備舟山的祕密大撤退。

一九五〇年五月十二日開始，三十六艘運輸艦、五艘登陸艦，三天三夜的緊急行動，在海空的全程護航之下，抵達台灣，一共撤離了十二萬五千個軍民，一百二十一輛各式戰車以及火砲等等重裝備。

這麼大規模的軍事行動裡，夾著一個小小的十二歲的漁村小孩。桑品載，還帶點奶氣，睜著圓圓的天真的眼睛，看到了超過他理解的事情。

舟山碼頭上一眼望過去無邊無際全是人，一片雜沓，人潮洶湧。原來是跟著大姊姊一起上船的，卻在開航時，所有非軍人眷屬的女性都被驅趕下船，以便部隊先行。品載站在甲板上，眼睜睜看著姊姊被迫下船。

國軍的武器、彈藥、輜重、糧食和鍋碗瓢盆，還有推擠的、背貼著背、大汗淋漓、無法動彈的士兵，填滿了船上的每一個縫隙。桑品載夾在混亂的甲板上，好奇地看著。

甲板上，突然一陣騷動。一整群年輕人，原來全用繩索捆綁著，被迫蹲坐在地上，現在眼看船快要開了，幾個年輕人拚死一搏，奮力掙脫繩索，從群眾裡急急竄出，奔向船舷，往海裡跳。士兵急忙追捕，端起槍往海面掃射。有些逃走了，有些，被子彈擊中了還用力往岸上游，游，游不動了，就慢下來，然後漸漸沒入海裡。

桑品載把一切看在眼裡：在大船真正開始離岸之前，這樣的騷動有好幾起，從船頭、船中到船尾，被綁著的人，都在設法跳海，然後被射殺。步槍拿了出來，衝鋒槍和機關槍都上陣了，海面一片密密麻麻的掃射，屍體浮上水面，像死狗死貓一樣在海浪裡上下起伏，屍體旁一片逐漸擴散開來的血水。

這十二歲的孩子馬上想起來，撤退前國軍就開始積極抓兵。舟山的五十四萬人口中，三分之一是打魚的。有人在打魚回家的途中，碰到抓兵的，就竄進稻田裡躲避，卻被亂槍打死。品載家隔壁的鄰居，正好結婚。四個年輕的好朋友幫著抬花轎，新郎高高興興走在一旁，在回家的半路上被攔了下來，士兵用槍抵著花轎，把四個「轎夫」都綁走了，當然，還有新郎。一條小路上，一頂花轎，新娘一個人坐在裡頭大哭，四面都是稻田，遠處是看不見盡頭的大海。

被抓上船而成為「兵」的，據說有兩萬個少年青年。

那個錯愕的新郎，應該是桑品載這小孩看見的、拚命掙脫繩子設法跳海的年輕人之一吧？他游回岸上了嗎？被打死在水裡嗎？還是，從此就到了台灣這個島，參加了八年後的八二三砲戰，面對家鄉那邊打過來的鋪天蓋地的砲彈，最後變成無家無室無親人、住進「榮民醫院」的「外省老兵」？

十二歲的桑品載，上了基隆港，人們說的話一句都聽不懂，苦兒流浪了一段日子之後，變成了一個「少年兵」。

他還不是最小的；他的部隊裡，還有一個六歲的「兵」，叫郭天喜。你說，亂講，六歲怎麼會變成「兵」？

小天喜的爸爸在東北的一次戰役中犧牲了，也許在錦州，也許在四平，也許在德惠。媽媽帶著幼兒天喜就跟著部隊走了兩千公里的路，最後到了台灣。

天喜的媽媽，在一個下雨的晚上，獨自走到嘉義火車站的鐵軌上，疲倦地、柔弱地，把身體放了下來，等火車輾過。

孤兒郭天喜，就這麼留在「幼年兵總隊」裡了。

「幼年兵總隊」又是個什麼東西？

一九五一年，有一次孫立人來校閱部隊，發現怎麼行列中有這麼多矮咚咚的娃娃，真不像話，怎麼操課啊？於是下令普查，一查嚇一跳，像天喜和品載這樣命運的娃娃竟然有一千多個！只好成立「幼年兵總隊」，直屬陸軍總部。六歲的郭天喜和十二歲的桑品載，一樣穿軍服、拿槍、上操，一樣挨打、關禁閉。[14]

我追問，「這郭天喜後來怎樣了？」桑品載說不知道，失去了音

---

14 桑品載，《岸與岸》，台北爾雅出版社，二〇〇一年，第十二—三七頁。

訊。然後他就想起另外兩個少年兵，也是沒父沒母的孩子，有一天背著通訊器材上山，被颱風吹落山谷，從此就不見了。

「給我看看你和郭天喜的照片。」

他拿出來。「蹲在前排吹喇叭吹得嘴都歪了的是我，站在二排個頭最矮的，就是郭天喜。你有沒有注意到，沒有一個人在笑？」

確實如此。每個孩子都像在罰站。

「部隊裡不准笑，笑要處罰的，」桑品載說，「孩子們一笑，班長就會很凶地罵說，你牙齒白呀，笑什麼笑！」

第四部

脫下了軍衣，是一個良善的國民

29 那樣不可言喻的溫柔，列寧格勒

我簡直不敢相信。這幾張照片的背面，埃德沃的筆跡，褪色的藍色鋼筆水，草草寫著一個城市的名字、一個日期：

列寧格勒，一九四二

他參加了列寧格勒的戰役？那個世紀大圍城發生時，他在歷史現場，是圍城的德軍之一？照片上兩個戴著鋼盔的德國士兵——我相信他們剛剛把墓碑上的花圈擺好……

這又是什麼呢？一包信？埃德沃從列寧格勒戰場寫給瑪麗亞的信？是從閣樓裡拿下來的嗎？

我曾經上去過那個閣樓，木梯收起來時，就是天花板的一塊，一拉，放下來就是樓梯，梯子很陡，幾乎垂直。爬上去之後踩上地板——其實就是天花板，地板隨著你小心的腳步咿咿作響。光線黯淡的

閣樓裡有好幾只厚重的木頭箱子，有的還上了銅鎖，布滿灰塵，不知在那兒放了幾代人。

有一只木箱，漆成海盜藍，我打開過，裡面全是你爸爸和漢茲兒時的玩具、小衣服。當然，都是瑪麗亞打包的。我當時還楞楞地在想，這日耳曼民族和美國人真不一樣，倒挺像中國人的「老靈魂」，講究薪火傳承。

但是，怎麼我從沒聽任何人提起過埃德沃有這麼多戰場家書？

列寧格勒圍城。

德軍在一九四一年八月就已經大軍兵臨城下，九月八日徹底切斷了列寧格勒的對外交通，城內的各種糧食只夠維持一到兩個月。誰都沒想到，圍城竟然持續了幾乎三年，九百天。一九四四年一月二十七日德軍撤退，原來兩百六十萬居民的繁華大城只剩下一百五十萬人。三年裡消失掉了的人口，有些是逃離了，但是在德軍的砲火封鎖下活活餓死的，最保守的估計，有六十四萬人。

列寧格勒，現在的聖彼得堡，位置是北緯59°93'，冬天的氣溫可以降到零下三十五度。圍城不僅只切斷了麵包和牛奶，也斷絕了燃料和原料。僅有的食物和燃料，要優先供給部隊和工廠。平民，在不能點燈、沒有暖氣的暗夜裡，很難熬過俄羅斯的冬天。九月八日圍城開始，最先被人拿去宰殺的是城裡的貓和狗，然後是老鼠。開始有人餓死、凍死了，用馬拖著平板車送到郊外去埋葬。逐漸地，馬，也被殺來吃了。死人的屍體，有時候被家人藏在地窖裡，因為只要不讓人知道他死了，分配的口糧就可以照領。被送到郊外的屍體，往往半夜裡被人挖出來吃。

列寧格勒解圍以後，人們發現了坦妮雅的日記。坦妮雅是一個十一歲的小女孩，看著家人一個一個死去，她無比誠實地寫著自己如何瞪著還沒死的媽媽，心中想的是：多麼希望媽媽快點死掉，她就可以吃他們的配糧。從媽媽沉默地看著她的眼中，她心裡知道——媽媽完全明白女兒在渴望什麼。

坦妮雅的親人一個一個死了。每一人死，她就在日記上寫下名字、倒下的日期和時辰。最後一張，寫著，「只剩下坦妮雅」。

但是坦妮雅自己也沒活多久，留下的日記，在後來的紐倫堡大審中被拿出來，當作圍城的德軍「反人類罪」的證據。

希特勒以為占領列寧格勒是探囊取物，連慶功宴的請帖都準備好了，沒想到俄羅斯人可以那樣地強悍堅毅，硬是挺著，一個冬天又一個冬天。城內屍橫遍野不說，德軍自己的士兵，也躲不過同樣的零下三十五度，在城外冰雪覆蓋的壕溝裡，病的病，死的死。十二萬五千德軍士兵喪生。

埃德沃的家書，是在列寧格勒城外的壕溝裡寫的嗎？

1942-2-10

親愛的瑪麗亞，今天特別晴朗，黑色的松樹在白雪的映照下顯得如此豐美。我們距離列寧格勒大概不到一百公里了。砲車的輪子在雪地裡輾出一條花紋的印子。經過一片開闊的原野時，我還很擔心部隊的位置太暴露，但是我同時看見無邊無際的白色平原，遠端濃密的松樹像白色桌巾的繡花滾邊一樣，令我想到：這美麗的土地啊，什麼時候才會有和平和幸福？

弟兄們都背著沉重的武器裝備，在雪地裡艱難地行走。行軍中有人越過我，又回頭對我說，「你是三師的嗎？有沒有看見剛剛的夕陽？」

我知道他在說什麼。今天的夕陽是一輪火球，把金黃帶藍紫的光，照在黑松尖頂，簡直像教堂的屋頂一樣聖潔。

我不可遏止地懷念你和孩子。

1942-04-02

親愛的瑪麗亞，今天，我們和約翰道別了。他是前天被蘇軍的手榴彈擊中的，當場倒下。載著火藥的戰車就成為他臨時的「靈車」，上面放了弟兄們用松枝為他編織的「花圈」。「靈車」緩緩駛向墳穴，大家向約翰立正、致敬。

去年約翰曾經和我在一次砲火射擊中同一個戰壕。他很年輕，才十九歲，不太會分辨機關槍和砲彈的聲音，嚇得臉色發白，手抖得厲害。現在，他可以把重擔放下，永遠地休息了。

1942-08-11

親愛的瑪麗亞，八月的暖天，你們應該在忙著收割麥子吧？我倒是情不自禁地想起夏日的麥田歌。歌，總是使我強烈地想家。昨天又看到夕陽從山頭下去，那樣不可言喻的溫柔，總算使我在這可悲可怕的地方得到一點點心靈深處的安慰。

這一把信，紙的顏色那樣蒼老，可是用一條玫瑰色的絲巾層層包著。看起來很熟悉；瑪麗亞，常常繫著一條玫瑰色的絲巾，在她八十多歲滿臉都是皺紋的時候，仍舊繫著。

30 人民大街

決定去一趟長春，因為長春藏著一個我不太明白的祕密。

從南京飛長春，飛行航程是一千五百公里，兩個半小時。如果是從法蘭克福起飛的話，同樣的時間，北邊就到了丹麥，往南就會到馬德里，往東已經到了匈牙利。在中國，你卻只是到了另一個省分的城市。

最晚的班機，到達長春已經是五月十三日凌晨一時。即使是深夜，即使昏暗的街燈照在空曠無人的廣場上，看起來有點遼闊、冷落，你還是看得出長春與眾不同。寬闊的大道從市中心四面八方輻射出去，廣場特別多，公園特別大；如果你曾經走過莫斯科，走過柏林，走過布達佩斯，長春給你的第一印象就會是，嗯，這個城市有首都的架式、京城的氣派。

長春曾經是東北的政經中心，一九三二年被滿洲國定為首都「新京」之後，更成為日本人費心經營的花園城市。都市規劃以歐洲的大都會為範本，六線大道條條筆直，寬大的公園處處蔥綠。火車站前的中央道路寬六十米，以花崗岩鑲嵌，兩旁的百貨公司都是鋼筋水泥的大樓，美麗的馬車踩街發出達達的聲音。長春很早就有抽水馬桶，很早就全面鋪設煤氣管道，很早就規劃了環城地鐵、有軌電車和高速公路，很早就把主幹電線埋入了地下。[1]

長春的五月，風還帶著點涼意，抱著孩子的母親，把圍巾繞在孩子脖子上，孩子迎風露出來的小臉，像北方的蘋果。我站在人民廣場的邊邊，仰頭看著廣場中心那個高聳的碑。

二十七米半高的花崗岩石碑伸向天空，頂端，是一架戰鬥機，俯視著整個城市。碑的底部中俄文並列，中文寫的是「蘇軍烈士永垂不朽」，落款是「長春市各界人士」。俄文刻著二十三個名字，是蘇軍在進攻東北的行動中犧牲的飛行員。蘇聯紅軍在一九四五年八月九日進軍東北，占領城市之後最早動手的第一件事情，就是在哈爾濱、長

1 參考曲曉範，〈偽滿時期東北城市的規劃與建設〉，《近代東北城市的歷史變遷》，長春東北師範大學出版社，二〇〇一年，第二八五—三二三頁。

春、瀋陽等等城市的要衝，興建「蘇聯紅軍烈士紀念碑」。矗立在現代城市的交通心臟、讓萬眾仰視的，是一架戰鬥機，真的有點奇怪。蘇聯人同時興建在瀋陽市中心的紀念碑，頂端放的是個十三公噸重的銅製坦克車。因為建地鐵，「坦克碑」幾年前才被遷走。

人民廣場在人民大街上，人民大街寬闊大氣，車水馬龍，兩旁還有很多有如上海外灘一樣的宏偉歐式古典建築。走在樹影搖曳的人行道上，你不得不想到，這條大街的名字換過多少次，每一次換名，都發生了些什麼事？為什麼那些事，很少人知道，或者會不會是，很多人知道，只是不去提它？

日本人在一九〇五年的日俄戰爭中打贏了俄國，取得南滿鐵路的經營權，就在這裡興建火車站、築路，叫它「長春大街」。

真正開始經營長春之後，日本人把這條大街命名為「中央通」——這種街名，台北人很熟悉的。

溥儀的滿洲國成立了，長春變成「新京」，這條街就以滿洲國的國號命名，叫「大同大街」。

日本戰敗，蘇聯紅軍進城了，就在大同廣場中心建個紅軍紀念碑。緊接著國軍接收了長春，於是「大同大街」北段改叫「中山大街」，南段名之為「中正大街」，大同廣場嘛，就叫「中正廣場」。這個，台灣人也很熟悉。

三年以後，國軍又潰敗而走，解放軍進城，北京和莫斯科老大哥密切合作，一九四九年三月，「中山大街」又有了新的名字：「斯大林大街」。

長春人就在這「斯大林大街」上行走了將近半個世紀。

一九九六年，「斯大林大街」才改稱「人民大街」。

我現在就走在這條人民大街上，一路往南，正要去見熟悉長春史的于祺元老先生，想從他口裡聽一聽，一九四八年，長春的「人民」究竟發生了什麼事。

但是穿過人民廣場，剛好踩過紅軍紀念碑在地面上的投影時，我心裡想到的是，長春人，或說，東北人，記憶裡藏著多少沒真正打開過的抽屜啊？

譬如說，一九四五年八月，在接受日本人統治十四年之後，當蘇聯紅軍以「解放者」的姿態進城，並且在長春和瀋陽中心建起那些高大的戰機、坦克紀念碑時，長春和瀋陽的人是帶著什麼樣的心情在那紀念碑上落款，說「長春各界人士」共同紀念？事實上，在紀念碑落成、「長春各界人士」在向紅軍致敬的同時，紅軍正在城裡頭燒殺擄掠。

那一年冬天，二十一歲的台北人許長卿到瀋陽火車站送別朋友，一轉身就看到了這一幕：

瀋陽車站前一個很大的廣場，和我們現在的（台北）總統府前面的廣場差不多。我要回去時，看見廣場上有一個婦女，手牽兩個孩子，背上再背一個，還有一個比較大的，拿一件草蓆，共五個人。有七、八個蘇聯兵把他們圍起來，不顧眾目睽睽之下，先將母親強暴，然後再對小孩施暴。那婦女背上的小孩被解下來，正在嚎啕大哭。蘇聯兵把他們欺負完後，叫他們躺整列，用機關槍掃射打死他們。[2]

許長卿所碰見的，很可能是當時在東北的日本婦孺的遭遇，但是中國人自己，同樣生活在恐懼中。一九四五年的冬天，于衡也在長春，他看見的是，「凡是蘇軍所到之處，婦女被強姦，東西被搬走，房屋被放火燒毀」，不論是中國還是日本的婦女，都把頭髮剪掉，身穿男裝，否則不敢上街。所謂「解放者」，其實是一群恐怖的烏合之眾，但是，人民不敢說，人民還要到廣場上他的紀念碑前，排隊、脫帽，致敬。[3]

你聽說過索忍尼辛這個人嗎？

沒聽過？沒關係，他是一九七〇年的諾貝爾文學獎得主，透過他，這個世界比較清楚地了解了蘇聯勞改營的內幕。可是在一九四五年一月，二十七歲的索忍尼辛是蘇聯紅軍一個砲兵連上尉，跟著部隊進軍

2 許雪姬等訪問，《日治時期在「滿洲」的台灣人》，第五九五頁。

3 于衡，《烽火十五年》，第二十頁。

攻打德軍控制的東普魯士。紅軍一路對德國平民的暴行，他寫在一首一千四百行的〈普魯士之夜〉裡：

小小女孩兒躺在床上，
多少人上過她——一個排？一個連？
小小女孩突然變成女人，
然後女人變成屍體……

這首詩其實寫得滿爛的，但是，它的價值在於，索忍尼辛是個現場目擊者。

可是你說，你從來就沒聽說過蘇聯紅軍對戰敗德國的「暴行」；學校裡不教，媒體上不談。

你做出很「老江湖」的樣子，說，還是要回到德國人的「集體贖罪心理學」來理解啊，因為施暴者自認沒權利談自己的被施暴。

我到長春，其實是想搞懂一件事。

31 兵不血刃

我在想，瑪麗亞的丈夫——他的家書透露出他是那麼一個感情纖細的人，當他在包圍列寧格勒的時候，他知不知道被圍的城裡頭的人，發生什麼事？

我聯想到另一個小規模的圍城。河北有個地方叫永年，就在古城邯鄲上去一點點。這個小城，從一九四五年八月到一九四七年十月，被共軍足足圍困了兩年。

三萬個居民的小城，「解放」後剩下三千人。解放軍進城時，看見還活著的居民一個個顯得「胖乎乎的」，尤其是臉和腿，覺得特別驚奇：樹皮都被剝光了、能下嚥的草也拔光了，門板窗框都被拆下來當燃料燒光了，怎麼人還「胖乎乎的」？那個時候，距離一九五八年大躍進引起的大饑荒還有十年的光陰，圍城的共軍本身都還不清楚嚴重的「飢餓」長什麼樣子。[4]

4 李新，《流逝的歲月：李新回憶錄》，太原山西人民出版社，二〇〇八年，第二六九頁。

持久的營養不良症狀是這樣的：你會變得很瘦，但是也可能「胖乎乎」全身浮腫。你的皮膚逐漸出現屍體般的蒼白色，感覺皮質變厚，膚面很乾燥，輕輕碰到什麼就會烏青一塊。浮腫了以後，皮膚像濕的麵團一樣，若是用一個指頭按下去，就出現一個凹洞，半天彈不回來，凹洞就一直留在那個地方。

你的頭髮，變得很細，還稍微有點捲，輕輕一扯，頭髮就會整片地連根脫落。你的每個手腳關節都痛，不痛的時候，很疲。

你的牙齦，開始流血。如果你有一面鏡子，對著鏡子伸出你的舌頭，你會看見自己的舌頭可能已經腫起來，或者，也可能收縮了，而且乾燥到裂開。你的嘴唇開始皸裂，像粉一樣地脫皮。

夜盲，開始了；黃昏一到，你就像瞎子一樣，摸著牆壁走路，什麼都看不見了；白天，對光異樣地敏感，一點點光都讓你的眼睛覺得刺痛，受不了。

你會貧血，站立著就頭暈，蹲下就站不起來。你會瀉肚子，瀉到虛脫暈眩。

你脖子上的甲狀腺開始腫大，你的肌肉不可控制地抽搐，你的四肢開始失去整合能力，無法平衡，你的意識開始混亂不清、目光混濁、渙散……

長春圍城，應該從一九四八年四平街被解放軍攻下因而切斷了長春外援的三月十五日算起。到五月二十三日，連小飛機都無法在長春降落，一直被封鎖到十月十九日。這個半年中，長春餓死了多少人？

圍城開始時，長春市的市民人口說是有五十萬，但是城裡頭有無數外地湧進來的難民鄉親，總人數也可能是八十到一百二十萬。[5] 圍城結束時，共軍的統計說，剩下十七萬人。

你說那麼多「蒸發」的人，怎麼了？

餓死的人數，從十萬到六十五萬，取其中，就是三十萬人，剛好是南京大屠殺被引用的數字。

親愛的，我百思不解的是，這麼大規模的戰爭暴力，為什麼長春

5 被圍國軍家書中有提及「八十萬市民」。參見戚發祥、姜東平主編，《兵臨城下的家書》，吉林人民出版社，二〇〇八年，第七一頁。

圍城不像南京大屠殺一樣有無數發表的學術報告、廣為流傳的口述歷史、一年一度的媒體報導、大大小小紀念碑的豎立、龐大宏偉的紀念館的落成，以及各方政治領袖的不斷獻花、小學生列隊的敬禮、鎂光燈下的市民默哀或紀念鐘聲的年年敲響？

為什麼長春這個城市不像列寧格勒一樣，成為國際知名的歷史城市，不斷地被寫成小說、不斷地被改編為劇本、被好萊塢拍成電影、被獨立導演拍成紀錄片，在各國的公共頻道上播映，以至於紐約、莫斯科、墨爾本的小學生都知道長春的地名和歷史？三十萬人以戰爭之名被活活餓死，為什麼長春在外，不像列寧格勒那麼有名，在內，不像南京一樣受到重視？

於是我開始做身邊的「民意調查」，發現，這個活活餓死了三十萬到六十萬人的長春圍城史，我的台灣朋友們多半沒聽說過，我的大陸朋友們搖搖頭，說不太清楚。然後，我以為，外人不知道，長春人總知道吧？或者，在長春，不管多麼不顯眼，總有個紀念碑吧？

可是到了長春，只看到「解放」的紀念碑，只看到蘇聯紅軍的飛機、坦克車紀念碑。

我這才知道，喔，長春人自己都不知道這段歷史了。

這，又是為了什麼？

幫我開車的司機小王，一個三十多歲的長春人，像聽天方夜譚似地鼓起眼睛聽我說起圍城，禮貌而謹慎地問：「真有這回事嗎？」然後掩不住地驚訝，「我在這兒生、這兒長，怎麼從來就沒聽說過？」

但是他突然想起來，「我有個大伯，以前是解放軍，好像聽他說過當年在東北打國民黨。不過他談往事的時候，我們小孩子都馬上跑開了，沒人要聽。說不定他知道一點？」

「那你馬上跟大伯通電話吧，」我說，「當年包圍長春的東北解放軍，很多人其實就是東北的子弟，問問你大伯他有沒有參與包圍長春？」

在晚餐桌上，小王果真撥了電話，而且一撥就通了。

電話筒裡大伯聲音很大，大到我坐在一旁也能聽得清楚。他果真是東北聯軍的一名士兵，他果真參與了圍城。

「你問他守在哪個卡子上？」

小王問，「大伯你守在哪個卡子上？」

「洪熙街，」大伯用東北口音說，「就是現在的紅旗街，那兒人死得最多。」

大伯顯然沒想到突然有人對他的過去有了興趣，興奮起來，在電話裡滔滔不絕，一講就是四十分鐘，司機小王一手夾菜，一手把聽筒貼在耳朵上。

一百多公里的封鎖線，每五十米就有一個衛士拿槍守著，不讓難民出關卡。被國軍放出城的大批難民啊，卡在國軍守城線和解放軍的圍城線之間的腰帶地段上，進退不得。屍體橫七豎八地倒在野地裡，一望過去好幾千具。

骨瘦如柴、氣若游絲的難民，有的抱著嬰兒，爬到衛士面前跪下，哀求放行。「看那樣子我也哭了，」電話裡頭的大伯說，「可是我不能抗命放他們走。有一天我奉命到二道河去找些木板，看到一個空房子，從窗子往裡頭探探，一看不得了，一家老小大概有十個人，全死了，躺在床上的、趴在地上的、坐在牆根的，軟綿綿撲在門檻上的，老老小小，一家人全餓死在那裡。看得我眼淚直流。」

林彪在五月中旬就成立了圍城指揮所，五月三十日，決定了封鎖長春的部署：

（一）……堵塞一切大小通道，主陣地上構築工事，主力部隊切實控制城外機場。

（二）以遠射程火力，控制城內自由馬路及新皇宮機場。

（三）嚴禁糧食、燃料進敵區。

（四）嚴禁城內百姓出城。

（五）控制適當預備隊，溝通各站聯絡網，以便及時擊退和消滅出擊我分散圍困部隊之敵……

（七）……要使長春成為死城。6

6 張正隆，《雪白血紅：國共東北大決戰歷史真相》，第四四一頁。

解放軍激勵士氣的口號是：「不給敵人一粒糧食一根草，把長春蔣匪軍困死在城裡。」十萬個解放軍圍於城外，十萬個國軍守於城內，近百萬的長春市民困在家中。不願意坐以待斃的人，就往外走，可是外面的封鎖線上，除了砲火器械和密集的兵力之外，是深挖的壕溝、綿密的鐵絲網。

伊通河貫穿長春市區，草木蔥蘢，游魚如梭，是一代又一代長春人心目中最溫柔的母親河，現在每座橋上守著國民黨的兵，可出不可入。下了橋，在兩軍對峙的中間，形成一條三、四公里寬的中空地帶，中空地帶上屍體一望無際。

到了炎熱的七月，城內街上已經有棄屍。眼睛發出血紅的凶光、瘦骨嶙峋的成群野狗圍過來撕爛了屍體，然後這些野狗再被飢餓的人吃掉。

于祺元是《長春地方志》的編撰委員，圍城的時候只有十六歲，每天走路穿過地質宮的一片野地到學校去。野地上長了很高的雜草。夏天了，他開始聞到氣味。忍不住跟著氣味走進草堆裡，撥開一看，很多屍體，正在腐爛中。有一天，也是在這片市中心的野地裡，遠遠看見有什麼東西在地上動。走近了，他所看見的，令他此生難忘。

那是被丟棄的赤裸裸的嬰兒，因為飢餓，嬰兒的直腸從肛門拖拉在體外，一大塊；還沒死，嬰兒像蟲一樣在地上微弱地蠕動，已經不會哭了。

「什麼母愛呀，」他說，「人到了極限的時候，是沒這種東西的。眼淚都沒有了。」

國軍先是空運糧食，共軍打下了機場之後，飛機不能降落，於是開始空投，用降落傘綁著成袋的大米，可是降落傘給風一吹，就吹到共軍那邊去了。

「後來，國軍就開始不用傘了，因為解放軍用高射砲射他們，飛機就從很高的地方，直接把東西丟下來，還丟過一整條殺好的豬！可是丟下來的東西，砸爛房子，也砸死人。」

「你也撿過東西嗎？」我問他。

「有啊，撿過一大袋豆子。趕快拖回家，」他說，「那時，守長春的國軍部隊與部隊之間，都會為了搶空投下來的糧食真槍真火對拚起來呢。後來規定說，空投物資要先上繳，然後分配，於是就有部隊，知道要空投了，先把柴都燒好了、大鍋水都煮開了，空投一下來，立即下鍋煮飯。等到人家來檢查了，他兩手一攤，說，看吧，米都成飯了，要怎樣啊？」

于祺元出生那年，滿洲國建國，父親做了溥儀的大臣，少年時期過著不知愁苦的生活，圍城的悲慘，在他記憶中因而特別難以磨滅。

「圍城開始時，大家都還有些存糧，但是誰也沒想到要存那麼久啊，沒想到要半年，所以原來的存糧很快就吃光了。城裡的人，殺了貓狗老鼠之後，殺馬來吃。馬吃光了，把柏油路的瀝青給刨掉，設法種地，八月種下去，也來不及等收成啊。吃樹皮、吃草，我是吃過酒麴的，造酒用的麴，一塊一塊就像磚似的。酒麴也沒了，就吃酒糟，乾醬似的，紅紅的。」

「酒糟怎麼吃？」

「你把酒糟拿來，用水反覆沖洗，把黏乎乎那些東西都沖洗掉，就剩一點乾物質，到太陽底下曬，曬乾了以後，就像蕎麥皮似的，然後把它磨碎了，加點水，就這麼吃。」

有一片黃昏的陽光照射進來，使房間突然籠罩在一種暖色裡，于老先生不管說什麼，都有一個平靜的語調，好像，這世界，真的看得多了。

我問他，「那麼——人，吃人嗎？」

他說，那還用說嗎？

他記得，一個房子裡，人都死光了，最後一個上吊自盡。當時也聽見過人說，老婆婆，把死了的丈夫的腿割下一塊來煮。[7]

一九四八年九月九日，林彪等人給毛澤東發了一個長春的現場報告：

7 龍應台訪問于祺元，二〇〇九年五月十三日，長春。

……飢餓情況愈來愈嚴重，飢民便乘夜或與（於）白晝大批蜂擁而出，經我趕回後，群集於敵我警戒線之中間地帶，由此餓斃者甚多，僅城東八里堡一帶，死亡即約兩千……

……不讓飢民出城，已經出來者要堵回去，這對飢民對部隊戰士，都是很費解的。飢民們對我會表不滿，怨言特多說，「八路見死不救。」他們成群跪在我哨兵面前央求放行，有的將嬰兒小孩丟了就跑，有的持繩在我崗哨前上吊。8

十月十七日，長春城內守軍六十軍的兩萬六千人繳械。

十月十九日，在抗戰中贏得「天下第一軍」美名的新三十八師、新七軍及其他部隊，總共三萬九千名國軍官兵，成為俘虜；所有的美式裝備和美援物資，全部轉給解放軍。

守城的國軍，是滇軍六十軍，曾經在台兒莊浴血抗日、奮不顧身；是第七軍，曾經在印緬的槍林彈雨中與英美盟軍並肩作戰蜚聲國際，全都在長春圍城中覆滅。

東北戰役的五十二天之中，四十七萬國軍在東北「全殲」。

十一月三日，中共中央發出對共軍前線官兵的賀電：

……熱烈慶祝你們解放瀋陽，全殲守敵……在三年的奮戰中殲滅敵人一百餘萬，終於解放了東北九省的全部地區……希望你們繼續努力，與關內人民和各地人民解放軍親密合作，並肩前進，為完全打倒國民黨反動派的統治，驅逐美國帝國主義在中國的侵略勢力，解放全中國而戰！

在這場戰役「偉大勝利」的敘述中，長春圍城的慘烈死難，完全不被提及。「勝利」走進新中國的歷史教科書，代代傳授，被稱為「兵不血刃」的光榮解放。

8 張正隆，《雪白血紅：國共東北大決戰歷史真相》，第六四八頁。

32 死也甘心情願地等你

十月十九日城破以後，解放軍在凌亂中找到一袋又一袋國軍官兵在圍城期間寫好了、貼了郵票，但是沒法寄出的信。裡頭有很多很多訣別書，很多很多做最後紀念的照片。

林彪圍城指揮部決定了「使長春成為死城」的所有部署規劃，是在五月三十日，我讀到的這封信，寫在兩天後。「耕」，寫給在家鄉等候他的深情女子：

芳：

……生活是這樣地壓迫著人們，窮人將樹葉吃光了，街頭上的乞丐日益增多……我因為國難時艱，人的生死是不能預算的，但是我個人是抱著必死的信念，所以環境驅使著我，我不得不將我剩下的幾張照片寄給你，給你作為一個永遠的紀念……我很感謝你對我用心的真誠，你說死也甘心情願地等著我，這話將我的平日不靈的心境感動了，我太慚愧，甚至感動得為你而流淚……我不敢隨便的將你拋棄，我的心永遠的印上了你對我的赤誠的烙印痕，至死也不會忘記你……

我已感到的是我還能夠為社會國家服務，一直讓我嚥下最後一口氣方罷。這是我最後的希望……我的人生觀裡絕對沒有苛刻的要求，是淡泊的，是平靜而正直的。脫下了軍衣，是一個良善的國民，盡我做國民的義務。

耕手啟

六月一日九時第五十二號[9]

這應該是「耕」在戰場上寫的第五十二封信了。端莊的文體，使我猜想，「耕」會不會是一九四四年底毅然放下了學業、加入「十萬青

9 戚發祥、姜東平主編，《兵臨城下的家書》，第七一頁。

年十萬軍」去抗日的年輕人之一呢？

那個「芳」，終其一生都沒有收到這封信。

離開于老先生的家，我又回到人民廣場；那頂著蘇聯戰機的紀念塔，在中午的時分顯得特別高大，因為陽光直射，使你抬頭也看不見塔的頂尖。我手上抓著幾份舊報紙，報導的都是同一件新聞。二〇〇六年六月四日的報導——圍城五十多年之後的事了：

> 新文化報（本報訊）
>
> 「每一鍬下去，都會挖出泛黃的屍骨。挖了四天，怎麼也有幾千具！」二日清晨，很多市民圍在長春市綠園區青龍路附近一處正在挖掘下水管道工地，親眼目睹大量屍骨被挖出……[10]

成百成千的白骨，在長春熱鬧的馬路和新建的高樓下面。人們圍起來觀看，老人跟老人竊竊私語，說，是的是的，一九四八年圍城的時候……

那個年輕的「耕」——他的屍骨，是否也埋在這滿城新樓的下水道下面呢？

解放軍在十一月一日下午攻入瀋陽。「大批大批徒手的國軍，像一群綿羊似的，被趕入車站前剿匪總部軍法處大廈內集中」。馬路上到處是斷了手腳、頭上纏著骯髒滲血的繃帶、皮肉綻開的傷口灌膿生蛆的國軍傷兵。

二十八歲的少校政治教官郭衣洞，後來的柏楊，也在瀋陽，正準備開辦《大東日報》。他看著大批的解放軍興高采烈地進城，穿著灰色棉軍服，有的還是很年輕的女性，擠在卡車裡，打開胸前的鈕扣給懷裡的嬰兒餵奶。

頭幾天，解放軍對「蔣匪」採寬大政策，准許國軍士兵「還鄉生產」。於是柏楊穿上國軍的軍服，逃出瀋陽。在山海關附近，看見一個國軍，清澈的眼睛大大的，是新六軍的少尉軍官，斷了一條腿，鮮

10《新文化報》是吉林省本地的綜合類都市日報，創刊於一九八八年。

血不斷地往下流，雙肩架在拐杖上，走一步，跌一步，跌了再掙扎撐起來走。是一個湖南人，對年輕的柏楊說，「我爬也要爬回家，家裡還有我媽媽和妻子」。[11]

他，會不會是「耕」呢？

33 賣給八路軍

一九四八年十一月一日，解放軍的士兵踩著大步進入瀋陽。三年前蘇軍當眾姦殺婦人的瀋陽火車站前，幾乎是同一個地點，現在地上有一個草蓆蓋著的屍體，屍體旁地面上草草寫著一片白色粉筆字：

我是軍校十七期畢業生，祖籍湖南，姓王，這次戰役，我沒有看見一個高級將領殉職，我相信杜聿明一直在東北，局面不會搞得如此糟。陳誠在瀋陽，也不會棄城逃走。所以現在我要自殺，給瀋陽市民看，給共產黨看，國軍中仍有忠烈之士。12

國軍中，當然有「忠烈之士」。譬如說，抗日戰爭中幾乎沒有一

11 柏楊口述，周碧瑟執筆，《柏楊回憶錄》，台北遠流出版公司，一九九六年，第一七三頁。

12 于衡，《烽火十五年》，第一三七頁。

場重大戰役沒有打過的「王牌將軍」張靈甫，一九四七年被圍困在山東臨沂的孟良崮——是的，台北有臨沂街，它跟濟南路交叉。整編七十四師深陷於荒涼的石頭山洞中，糧食斷絕，滴水不存。美式的火砲鋼管發燙，需水冷卻，才能發射，士兵試圖以自己的尿水來澆，但是嚴重脫水，人已經無尿。傷亡殆盡，在最後的時刻裡，張靈甫給妻子寫下訣別書，然後舉槍自盡。

十餘萬之匪向我猛撲，今日戰況更趨惡化，彈盡援絕，水糧俱無。我與仁傑決戰至最後，以一彈飲訣成仁，上報國家與領袖，下答人民與部屬。老父來京未見，痛極！望善待之。幼子望養育之。玉玲吾妻，今永訣矣！

三天三夜，國軍三萬兩千人被殲滅，勝利的解放軍也犧牲了一萬兩千人。炸爛的屍體殘塊黏乎乎散落在岩石上，土狼在山溝裡等候。山東臨沂孟良崮，又是一個屍橫遍野、血流滿谷的中國地名。

最高統帥蔣介石是從戰場上出身的，不是不知道士兵的艱苦。一九四八年一月他在日記中寫著：

入冬以來，每思念窮民之凍餓與前方官兵在冰天雪地中之苦鬥惡戰、耐凍忍痛、流血犧牲之慘狀，殊為之寢食不安。若不努力精進，為期雪恥圖強以報答受苦受難、為國為我之軍民，其情何以慰先烈在天之靈而無忝此生耶。

然後他習慣性地對自己鞭策：

注意一，如何防止將士被俘而使之決心戰死以為榮歸也；二，匪之攻略中小城市、圍困大都市，以達到其各個殲滅之要求的妄想，如何將之粉碎……[13]

13「蔣介石日記手稿」，一九八四年一月二十五日。原件收藏於史丹佛大學胡佛研究院。

我仍然坐在加州胡佛研究院的檔案室裡，看蔣介石日記。看著看著就忍不住嘆息：何其矛盾的邏輯啊。為了「慰烈士在天之靈」的實踐方式，竟然是要將士立志「戰死」，爭作「烈士」。這是日本武士道精神。相較之下，影響歐洲人的是羅馬傳下來的概念：戰爭，是為了制敵，當情勢懸殊、敵不可制時，保全性命和實力，不是羞恥的事。太平洋戰爭在一九四一年爆發時，有多少盟軍是整批投降的？新加坡只抵抗了一個禮拜，英澳聯軍司令官就帶領著近十萬官兵向日軍繳械了。

在瀋陽火車站前自殺的軍官，如此悲憤，難道不是因為，他看見得愈多，對自己的處境愈覺得無望？戰場上的勝負，向來都僅只是戰爭勝敗的一小部分而已，戰場的背後，是整個國家和政府的結構：政治的、經濟的、社會的、法治的、教育的……這個絕望自殺的軍官，一定也見到一九四八年的國軍是卡在怎樣的一個動彈不了、無可奈何的大結構裡吧？

看見蘇聯紅軍暴行的台灣人許長卿，從瀋陽到天津去賣茶，有個姓孫的同學認為他有錢，就來跟他商量做一筆生意：許長卿出錢，孫同學靠關係去跟國防部申請成立一個三萬人的兵團。拿國防部三萬人的糧餉，事實上只要湊足一萬人就可以，其他兩萬人的空額，國防部來檢查時，到街上、火車站去招人頭充當臨時「兵」點點名就可以。這筆生意，可以淨賺兩萬人的糧餉和軍火。至於軍火，可以拿去賣。

「軍火賣給誰？」許長卿問。

孫同學想都不用想，就說，「賣給八路軍。」[14]

14 許雪姬等訪問，《日治時期在「滿洲」的台灣人》，第六〇二頁。

34 盛豬肉的碗

十一月，在東北，在華北，都是下雪的天氣了。徐州城外一片白氣茫茫，城與城之間鋪過的路面，被坦克輜重壓得爆裂，凹凸不平；砲彈落下之處就是一個大坑洞，一輛吉普車可以整個沒入。鄉與鄉之間的土路，千百萬輛馬車、牛車、獨輪車軋過，路面被木輪犁出一道又一道的深溝；突起的泥塊，迅速結凍以後變成尖峭的剃刀片，行軍的人，穿著的鞋子被割破，腳肉被切開。

瀋陽被攻下之後四天，一九四八年十一月六日，徐蚌會戰，解放軍稱為「淮海戰役」，全面爆發。八十萬國軍，六十萬解放軍，在祖國的土地上，以砲火相轟，以刺刀肉搏。

「徐州戰場，」我問林精武，「你最記得什麼？」

林精武住在台北市的溫州街，那一帶，全是浙江的地名：永康街、麗水街、龍泉街、瑞安街、青田街。八十三歲的林精武有時候會走到巷口攤子去買水果，即使只是出去買個水果，他也會穿得整整齊齊，走路時，腰桿挺得很直。

溫州街的巷子小小的，有些大樹，給巷子添上一種綠蔭家園的感覺，林精武走在小巷裡，就是一個普普通通的老人家，從他身邊走過的人，不會特別看他。

除非你知道他走過什麼樣的歲月。

林精武，是一個大時代的典型。十八歲，就自作主張離開了福建惠安的家，從軍抗日去了，沒想到日本人半年後就宣布戰敗，此後就是來自大江南北各省分的中國人自己的廝殺。講到那塵封已久的過去，林精武有點激動，然後你看著他一點、一點地調整自己的情緒。

印象最深？他說，哪個印象不深？說是援軍馬上要到，要你堅守，然後你戰到全連死光，援軍還是沒來，印象深不深？明知往東走是個口袋，全軍會被圍、被殲，結果最高指令下來，就是要你往東去，印象深不深？糧食斷絕，彈藥盡空，補給不來，連馬的骨頭都吃光了，然後空軍來空投，稻草包著子彈，一包一千發，直接投下，每天砸死十幾個自己的官兵，你說印象深不深？傷兵成千上萬的倒在雪地裡，沒有任何掩護體，然後機關槍像突發暴雨一樣叭咑叭咑射過來，血漿噴得滿頭滿臉，糊住了你的眼睛，印象深不深？[15]

如果說哪個事情像噩夢一樣在往後的六十年裡常常午夜浮現，也許就是那碗沒吃的豬肉吧，林精武說。在幾天幾夜、不眠不休的戰鬥之後，嘴裡都是泥土、眼球漲得通紅，跟弟兄們坐下來在雪地上開飯——好不容易炊事班煮了一鍋豬肉。正要開動，一顆砲彈打下來，在鍋上炸開，耳朵頓時失聰。再回過神來，睜開眼，同伴的頭、腿、手和腳，被炸成碎塊，模糊的血肉，就掉進盛豬肉的碗裡。[16]

另一個難以放下的，是黃石的死。一起出生入死的戰友，一槍斃命倒在路旁。林精武背著全身裝備就跪在屍體邊大哭，卻沒有時間埋葬他。和很多當年從軍的愛國青年一樣，黃石報名時也改了名，只知他是廣東大埔人，卻無法通知他的家人；滿地士兵的屍體，部隊破碎，林精武知道，也沒有什麼系統會來登記他的陣亡、通知他的家屬、撫卹他的孤兒。黃石已戰死，但是「黃石」究竟是何姓、何名、誰家的孩子？沒有人知道。

為什麼，林精武過了六十年後還覺得傷心，他說，日本人會盡其所能把他每一個犧牲戰士的指甲骨灰送到他家人的手上，美國人會在戰場上設法收回每一個陣亡者的兵籍名牌，為什麼我的戰友，卻必須死於路旁像一條野狗？

離開林精武的家，帶著一串他一定要我帶著吃的紫色葡萄。晚上，整條街都靜下來了，我說的是我夜間寫作的金華街——金華也是個城市的名字，在浙江。寫作室裡，桌上沙發上地上堆滿了資料，但是我找到了此刻想看的東西：一九四八年十二月十七日解放軍對被包圍的國軍發布的「勸降書」：

杜聿明將軍、邱清泉將軍、李彌將軍師長團長們：

你們現在已經到了山窮水盡的地步……四面八方都是解放軍，怎麼突得出去？……你們的飛機坦克也沒有用，我們的飛機坦克比你

15 龍應台訪問林精武，二〇〇九年六月二十六日，台北。
16 林精武，《烽火碎片》，自印，台北，第六十四頁。

們多，這就是大砲和炸藥，人們做這些土飛機、土坦克，難道不是比你們的洋飛機、洋坦克要厲害十倍嗎？……十幾天來，在我們的層層包圍和重重打擊之下……，你們只有那麼一點地方，橫直不過十幾華里，這樣多人擠在一起，我們一顆砲彈，就能打死你們一堆人……

立即下令全軍放下武器，停止抵抗，本軍可以保證你們高級將領和全體官兵的生命安全。只有這樣，才是你們的唯一生路，你們想一想吧，如果你們覺得這樣好，就這樣辦。如果你們還想打一下，那就再打一下，總歸你們是要被解決的。

中原人民解放軍司令部
華東人民解放軍司令部[17]

這語言，像不像兩個村子的少年拿竹竿、球棒打群架叫陣的口氣？兩軍對峙，只隔幾碼之遙。安靜時，聽得到對方的咳嗽聲。林精武有個小勤務兵，飢餓難忍，摸黑到共軍的陣地裡和解放軍一起吃了頓飽飯，還裝了一包麵條摸回國軍陣營；他個子矮小，又沒帶槍，黑夜籠罩的雪地裡，共軍以為他是自己弟兄。

像少年騎馬打仗玩遊戲，不可思議的是，這裡叫的「陣」、打的「仗」，是血流成河的。

17「敦促杜聿明等投降書」發表於一九四八年十月十七日，被公認是由毛澤東起草的廣播稿，後來亦有人質疑此廣播稿作者並非毛澤東。

35 一萬多斤高粱

一整排的兵用力扔手榴彈的時候，彷彿漫天撒下大批糖果，然後戰壕裡的林精武看見對面「整片凹地像油鍋一樣的爆炸」，可是海浪般一波又一波的人，一直湧上來，正對著發燙的砲口。

前面的幾波人，其實都是「民工」，國軍用機關槍掃射，射到手發軟；明知是老百姓，心中實在不忍，有時候就乾脆閉起眼睛來硬打，不能不打，因為「你不殺他，他就要殺你」。機關槍暫停時，探頭一看，一條壕溝裡就橫著好幾百具屍體。他們開始清理戰場，搬開機槍射口的屍體，用濕布冷卻槍管。[18]

林精武所「不忍」開槍的「民工」就是解放軍口中的「支前」英雄。十大元帥之一的陳毅說，「淮海戰役是用獨輪車推出來的」，怎麼聽起來那麼令人覺得心酸。淮海戰役——徐蚌會戰——打了兩個月，徵用了五百四十三萬民工。民工基本上就是人形的騾馬，把糧食彈藥背在身上，把傷兵放在擔架上，在槍林彈雨中搶設電線，跟著部隊行軍千里，還要上第一線衝鋒。解放軍士兵至今記得，攻打碾莊國軍的支前民工一看就知道全是山東人，除了他們獨特的口音之外，這些民工為解放軍所準備的糧食是饅頭切成的片，不是大米。

抗日名將黃百韜的國軍部隊在十米寬的河邊構築了強大的防禦工事，每一個碉堡都布滿了機關槍眼，對著河；民工就一波一波地衝向槍口，達達聲中屍體逐漸填滿了河，後面的解放軍就踩著屍體過河。

僅只是淮海戰役裡，單單是山東解放區就有十六萬八千名農民青年被徵進了解放軍，其中八萬人直接被送上前線。[19]大多數的農民則變成了天羅地網的綿密「聯勤」系統，做解放軍的後勤補給。國軍完全依賴鐵路和公路來運輸物資，解放軍就讓民工把公路挖斷，把鐵軌撬起，國軍的彈藥和糧食就斷了線。解放軍依靠百萬民工，用肩膀挑，用手臂推，物資往前線運，傷兵往後方送，民工就在前後之間像螞蟻

18 林精武，《烽火碎片》，第七二頁。
19 王彬，〈淮海戰役六十年前定江山〉，《新世紀周刊》網路版，二〇〇八年第三十五期（http://xsjz.qikan.com/ArticleView.aspx?titleid=xsjz20083540）。

雄兵一樣地穿梭。徐蚌會戰中，解放軍的兵力與「支前民工」的比例是一比九，每一個士兵後面有九個人民在幫他張羅糧食、輸送彈藥、架設電線、清理戰場、包紮傷口。

國軍經過的村落，多半是空城，人民全部「快閃」，糧食也都被藏了起來。十八軍軍長楊伯濤被俘虜後，在被押往後方的路上，看見一個不可思議的景象。同樣的路，他曾經帶領大軍經過，那時家家戶戶門窗緊閉，路上空無一人，荒涼而肅殺。這時卻見炊煙處處、人聲鼎沸，大卡車呼嘯而過，滿載宰好的豬，顯然是去慰勞前線共軍的。他很震撼：

> 通過村莊看見共軍和老百姓在一起，像一家人那樣親切，有的站在一堆聊天說笑，有的圍著一個鍋台燒飯，有的同槽餵牲口，除了所穿的衣服，便衣和軍服不同外，簡直分不出軍與民的界線。我們這些國民黨將領，只有當了俘虜，才有機會看到這樣的場面。[20]

連長林精武在負傷逃亡的路上，看見幾百輛獨輪車，民工推著走，碰到河溝或結冰的路面、深陷的泥潭，二話不說就把推車扛在肩膀上，繼續往前走，走到前線去給共軍補給。老老少少成群的婦女碾麵、紡紗、織布，蹲下來就為解放軍的傷兵上藥、包紮。窮人要翻身，解放軍勝利了就可以分到田。很多農民帶著對土地的渴望，加入戰爭。

被俘的軍長和逃亡的連長，一路上看在眼裡的是國軍弟兄無人慰藉、無人收拾的屍體。兩人心中有一樣的絞心的疑問：失去了人民的支持，前線士兵再怎麼英勇，仗，是不是都白打了？

那戰敗的一方，從此埋藏記憶，沉默不語；那戰勝的一方，在以後的歲月裡就建起很多紀念館和紀念碑來榮耀他的死者、彰顯自己的成就。紀念館的解說員對觀光客津津樂道這一類的數字：

20 周明、王逸之，《徐蚌會戰：淮海戰役》，台北知兵堂出版社，二〇〇八年，第二二五頁。

郯城是魯南地區一個普通縣城，人口四十萬，縣府存糧只有一百萬斤，但上級下達的繳糧任務是四百萬斤，郯城最終繳糧五百萬斤。幾乎是勒緊了腰帶去支前……在為淮海前線籌糧碾米活動中，豫西地區有兩百多萬婦女參加了碾米、磨麵和做軍鞋等活動。[21]

可是，怎麼這種敘述看起來如此熟悉？讓我想想……

我知道了。

你看看這個文件：

……理由：查西黑石關洛河橋被水沖毀，現架橋部隊已到，急於徵工修復。現本鄉每日徵用苦力木工三百餘名，一次派擔小麥五千公斤，維持費四萬元，木材兩萬公斤，麥草兩萬斤，大麥兩千公斤。孝義皇軍每日徵用木泥匠工苦力五百名。

這裡說的可不是解放軍。這是一個一九四四年的會議紀錄，顯示日軍在戰爭中，對杜甫的故鄉，小小的河南鞏縣，如何要求農民傾巢而出，全力支援前線軍隊。

被國家或軍隊的大機器洗腦、利誘或裹脅，出錢、出力、出糧、出丁，全部餵給戰爭這個無底的怪獸，農民的處境和任務內容是一模一樣的，但是對日軍的這種作為，中國人敘述的語言充滿激憤：

日軍徵用苦力及一切物資數量巨大，可見日軍對中國人的壓榨是多麼的殘酷和無情。更讓人不可理解的是，在成立偽政府組織的「維持會」中，當地的漢奸為偽政府組織服務，幫助日軍對廣大老百姓進行欺壓，漢奸的奴才嘴臉在提案中看得清清楚楚。

報導的標題是，「洛陽發現大批日軍侵華罪證，記載了日軍罪

21 「淮海戰役解放軍用豬肉粉條勸降國民黨士兵」，《解放軍報》，二〇〇九年二月三日。

行」。[22]那麼你又用什麼語言來描述被解放軍徵用去攻打國軍的農民呢？

莒南縣擔架隊有兩千七百九十七名成員，一千兩百人沒有棉褲，一千三百九十人沒有鞋子，但是卻在寒冬臘月中奔走在前線。其中，特等支前功臣朱正章腿生凍瘡，腫脹難忍，仍拄著拐杖堅持送傷員，連續八趟，往返三百餘公里，他甚至用自己吃飯喝水的碗給傷員接大小便。

「人民的母親」日照縣范大娘，將三個兒子送去參加解放軍，先後犧牲。她聽到噩耗後，仍一如既往地納底子趕製軍鞋。[23]

我怎會不知道，歷史本來就要看是勝方還是敗方在寫，可是同樣一件事情兩個截然相反的解釋方法，你不得不去思索這其中的含義。

在國軍的歷史文獻裡，共軍把農民推上火線的「人海戰術」常常被提到，同一時間，解放區藉「土改」殺人的風氣也已經盛行了。

一九四八年的調查顯示，單是山西興縣一個縣，被鬥死的就有兩千零二十四人，其中還有老人和二十五個小孩。康生親自指導的晉綏首府臨縣，從一九四七到四八年的春天，因鬥爭而死的將近八百人，多半被活埋或剖腹。後來成為共青團書記的馮文彬，四八年初時前往共產黨的根據地山西一帶，走在村落與村落之間，黃土地綿延不絕，沿路上都是吊在樹上的屍體，怵目驚心。[24]

可是，對於「敵人」，國軍「仁慈」嗎？

一九四七年七月，國軍整編六十四師在山東沂蒙地區與陳毅的華東野戰軍激烈爭奪領土的時候，曾經接到「上峰」的電令：「以東里店為中心，將縱橫二十五公里內，造成『絕地』，限五日完成任務，飭將該地區內所有農作物與建築物，一律焚毀，所有居民，無論男女老

22 資料源出大河網，轉載自央視國際網，www.cctv.com，二〇〇七年七月十日（http://news.cctv.com/20070710/109168.shtml）。

23 同註20。

24 此資料在張鳴的文章〈動員結構與運動模式——華北地區土地改革運動的政治運作，一九四六—一九四九〉（http://www.tecn.cn/data/13973.html），以及陳永發的《中國共產革命七十年》（台北聯經出版公司，一九九八年），第四四一頁中均有提及。

幼，一律格殺。」

前線的軍官看到最高統帥的命令，「面面相覷不知所從」。即使是共產黨的根據地，要屠殺百姓還是下不了手。黃百韜以拖延了事。[25]激戰兩個月，徐蚌會戰結束。抗日名將黃百韜、邱清泉飲彈自盡，杜聿明、黃維被俘，胡璉、李彌僅以身免，三十二萬國軍被俘虜，六萬多人「投誠」。十七萬人在戰場上倒下。五十五萬國軍灰飛煙滅。解放軍也死傷慘重。華東野戰軍的第四縱隊原來有一萬八千人，開戰四十天已經戰死了一半。

林精武腿部中了槍，在混亂中從路邊屍體上撕下一隻棉衣袖子，胡亂纏在腿上，開始一個人用單腳跳著走，從徐州的戰場輾轉跳到幾百公里外的南京，最後跳到了浦口長江畔的傷兵醫院。傷兵醫院其實就是泥地上一片破爛的帳篷群，四邊全是雜草。醫官剪開他黏著血肉的棉衣袖，林精武低頭，這才看見，腳上的傷口已經腐爛，紅糊糊的肉上有蛆在蠕動。

黑煙還在雪地裡冒著，屍體在平原上壘壘疊疊、密密麻麻，看過去一望無際。地方政府開始徵集老百姓清理屍體，需要掙糧食嗎？埋一具人屍發五斤高粱，埋一具馬屍發二十四斤高粱。僅僅在張圍子一帶，就發了一萬多斤高粱。[26]

25 王葧林，《陸軍第六十四軍抗戰戡亂經過紀要目錄》，自印，第七一頁。王葧林是六十四師副師長。有些歷史學家對此段回憶存疑。

26 周明、王逸之，《徐蚌會戰：淮海戰役》，第一八七頁。

36 大出走

所有的事情是同時發生、並行存在的。

十二月的大雪紛紛，靜靜覆蓋在蘇北荒原遍地的屍體上，像一塊天衣無縫的殯儀館白布。上海那燈火繁華的城市，在另一種動盪中。十二月二十四日是一個星期五，《上海申報》刊出一則消息：「擠兌黃金如中瘋狂，踐踏死七人傷五十。」心急如焚的五萬市民湧進外灘一個角落申請存兌金銀，推擠洶湧中，體力弱的，被踩在腳下。人潮散了以後，空蕩蕩的街上留下了破碎的眼鏡、折斷的雨傘、凌亂的衣服，還有孩子的孤零零的鞋。

南京和上海的碼頭上，最卑微和最偉大的、最俗豔和最蒼涼的歷史，一幕一幕開展。

上海碼頭。黃金裝在木條箱裡，總共三百七十五萬兩，在憲兵的武裝戒備下，由挑夫一箱一箱送上軍艦；挑夫，有人說，其實是海軍假扮的。

南京碼頭。故宮的陶瓷字畫、中央博物院的古物、中央圖書館的書籍、中央研究院歷史研究所的檔案和蒐藏，五千五百二十二個大箱，上船。

故宮的文物，一萬多箱，運到台灣的，不到三分之一。從一九三一年九一八事變開始，這一萬多個油布包著的木箱鐵箱就開始打包密封，已經在戰火中逃亡了十幾年。

負責押送古物的那志良年年跟著古物箱子大江南北地跑，這一晚，躺在船上；工人回家了，碼頭靜下來了，待發的船，機器發出嗡嗡聲，很遠的地方，不知哪個軍營悠悠吹響了號聲。長江的水，一波一波有韻律地刷洗著船舷，他看著南京的夜空，悲傷地想到：人的一生，能有多少歲月呢？[27]

一月二十一日，北平的市民，包括柏楊、聶華苓、劉紹唐，守在收

27 那志良（1908-1998），字心如，北京宛平人，原台北故宮博物院研究員。此段回憶收錄在「時代話題編輯委員會」編的《離開大陸的那一天》，台北久大文化公司，一九八七年，第一七一頁。

音機旁，聽見播音員的宣布：「請聽眾十分鐘後，聽重要廣播。」五分鐘後，說，「請聽眾五分鐘後，聽重要廣播。」第三次，「請聽眾一分鐘後，聽重要廣播。」

傅作義守衛北平的國軍，放下了武器。

十天後，解放軍浩浩蕩蕩進城。街上滿滿的群眾，夾道兩旁。這群眾，大多數是梁實秋筆下的「北平人」，也有很多潰散了的國軍官兵。柏楊、聶華苓這樣的人，冷冷地看著歷史的舞台，心中充滿不安。年輕的大學生卻以「壺漿簞食，以迎王師」的青春喜悅歡迎解放，乘著還沒來得及塗掉國徽的國軍十輪大卡車，在解放軍車隊裡放開喉嚨唱歌。

突然有個國軍少校軍官衝出群眾的行列，攔下卡車，一把抓住駕駛座上的兩個大學生，邊罵邊淚流滿面：「你們這些喪盡天良的大學生，政府對你們有什麼不好？當我們在戰地吃雜糧的時候，你們吃什麼？雪白的大米、雪白的麵粉、肥肉。可是，你們整天遊行，反飢餓，反暴政。你們飢餓嗎？八路軍進城那一天起，你們立刻改吃陳年小米，連一塊肉都沒有，你們卻不反飢餓，今天還這個樣子忘恩負義，上天會報應的，不要認為會放過你們。」[28]

後來在台灣參與了雷震的《自由中國》創刊的聶華苓，剛剛結婚，她竄改了路條上的地名，和新婚丈夫打扮成小生意人夫妻，把大學畢業文憑藏在鏡子背面，跟著逃亡的人流，徒步離開了北平。

後來獨創了《傳記文學》以一人之力保存一國之史的劉紹唐，剛好在北京大學修課，被迫參軍，看了改朝換代之後第一場晚會戲劇。美貌的女主角是一個努力設法改造自己的女兵，穿著一身列寧裝。一個詩人愛上了她，她也回報以無法克制的熱吻，但是當詩人用最深情纏綿的語言向她求婚時，她突然倒退兩步，毅然決然拔出槍來，打死了這個詩人，劇終。這是她為了思想的純正而拔槍打死的第四十一個求愛者。劇本是個俄文改編劇，劇名叫做《第四十一》。[29]

已經成了正式「解放軍」、穿著軍裝的劉紹唐，一年以後，製作

28 柏楊口述，周碧瑟執筆，《柏楊回憶錄》，第一八〇頁。
29 劉紹唐，《紅色中國的叛徒》，台北新中國出版社，一九五一年，第二六頁。

了假護照，不斷換車、換裝，像間諜片的情節般，一路驚險逃亡到香港。

這時候，後來成為《中國時報》駐華盛頓特派員的傅建中，是個上海的初中生。北平「解放」以後四個月，在上海的街頭看著解放軍進城。各種節日的慶典，學生被動員上街遊行、唱歌、呼口號，他睜著懵懵懂懂的大眼睛，覺得很興奮，搖著旗子走在行列裡。

七歲的董陽孜——沒人猜到她將來會變成個大書法家，也在上海讀小學，開始和其他小朋友一起學著扭秧歌，「嗪啦嗪啦多啦多」，六十年後她還會唱。比她稍大幾歲的姊姊，很快就在脖子繫上了紅領巾，放學回到家中，開始熱切而認真地對七歲的陽孜講解共產主義新中國。有一天，姊姊把她拉到一邊嚴肅地告誡：「如果有一天媽媽要帶你走，你一定不要走；你要留下來為新中國奮鬥。」

國民黨的飛機來轟炸上海的工廠和軍事設施的時候，陽孜的媽媽被低空飛機打下來的機關槍射中，必須截肢，成了一個斷了腿的女人。即便如此，兩年後，這行動艱難的年輕母親，還是帶著陽孜和小弟，逃離了上海。

在上海火車站，繫著紅領巾的姊姊，追到月台上，氣沖沖地瞪著火車裡的媽媽和弟妹。

「我到今天都還記得姊姊在月台上那個表情，」陽孜說，「對我們的『背叛』，她非常生氣。」

張愛玲，用她黑狐狸綠眼睛的洞察力，看了上海兩年，把土改、三反、五反全看在心裡，就在陽孜被媽媽帶上火車的同一個時候，也悄悄出走，進入香港。

那都是後來了。當林精武逃出徐蚌會戰的地獄，在雪地裡拖著他被子彈射穿而流血的腳，一步一跳五百公里的時候，上海的碼頭，人山人海。很多人露宿，等船。船來了，很多人上不了船，很多人在推擠中掉進海裡。

有些上了去的，卻到不了彼岸。

悲慘的一九四八年整個過去了。一九四九年一月二十七日，除夕的前一夜，冷得刺骨，天剛黑，太平輪駛出了黃浦港。淞滬警備司令部已經宣布海上戒嚴，禁止船隻夜間行駛，太平輪於是熄燈夜行，避開檢查。十一點四十五分，太平輪和滿載煤與木材的建元輪在舟山群島附近相撞，十五分鐘後沉沒。隨船沒入海底的，有中央銀行的文件一千三百一十七箱、華南紗廠的機器、勝豐內衣廠的設備、東南日報的全套印刷器材、白報紙和資料一百多噸。當然，還有九百三十二個人。[30]

少數的倖存者閉起眼睛回想時，還記得，在惡浪滔天的某一個驚恐的剎那，瞥見包在手帕裡的黃金從傾斜的甲板滑落。一個母親用雙手緊緊環住她幼小的四個孩子。

一九四九年，像一隻突然出現在窗口的黑貓，帶著深不可測又無所謂的眼神，淡淡地望著你，就在那沒有花盆的、暗暗的窗台上，軟綿無聲地坐了下來，輪廓溶入黑夜，看不清楚後面是什麼。後面，其實早有埋得極深的因。

30 陳錦昌，《蔣中正遷台記》，台北向陽文化，二〇〇五年，第八二—八五頁。

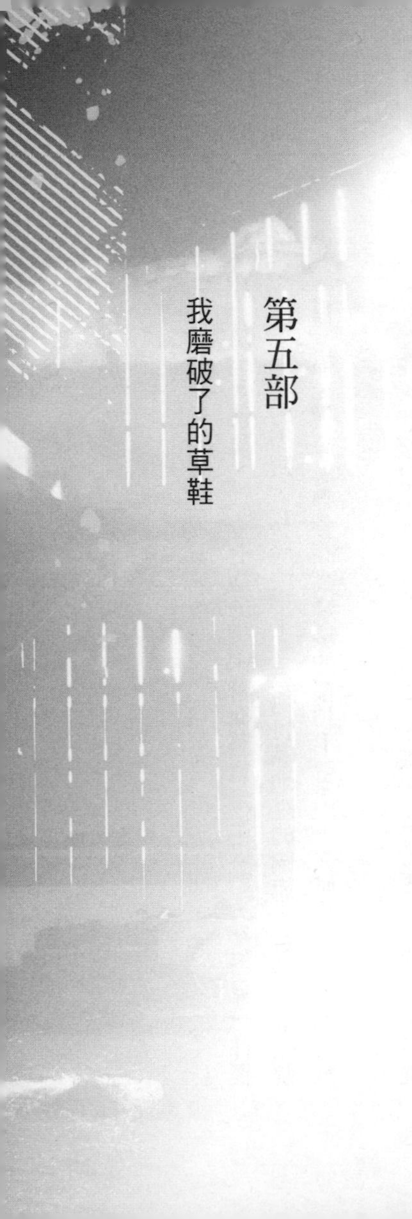

第五部

我磨破了的草鞋

37 上海的早晨

其實不是八月十五日，是八月十一日。

這一天清早，二十七歲的崛田善衛照常走出家門，卻看見一件怪事：上海的街頭，竟然出現了青天白日滿地紅的國旗。這裡一幅、那裡一幅，從層層疊疊高高矮矮的樓頂上冒出來，旗布在風裡虎虎飛舞。

「今天什麼日子？」他對自己說，腦子裡卻是一片空白；自從一九四一年的冬天日本全面占領了這個城市以來，這樣的旗子是早就消失了。而且，這旗子還沒有汪精衛南京政府旗子上必有的那六個字：「和平反共建國」。它是正統的青天白日滿地紅。

「這是怎麼回事？」

才從日本來上海半年，崛田對政治還不十分敏感。在日本統治的上海街頭出現那麼多青天白日的旗子代表什麼意思，也沒太多想，只是看到旗子時，「重慶」兩個字在他腦海裡模糊地溜轉了一下，馬上被其他念頭所覆蓋。但是，拐個彎走出小巷走進了大馬路，他呆住了。

大街兩旁的建築，即使一排排梧桐樹的闊葉在八月還一片濃密，他仍然清清楚楚地看見一片密密麻麻的標語，大剌剌地貼在參差斑駁的牆面上和柱子上。字，有的粗獷，有的笨拙，可是每一張標語都顯得那麼斬釘截鐵，完全像揭竿而起的宣戰和起義，怎麼看，怎麼顯眼：

八年埋頭苦幹，一朝揚眉吐氣！

慶祝抗戰勝利，擁護最高領袖！

還我河山！河山重光！

實現全國統一，完成建國大業！

一切奸逆分子，撲殺之！歡迎我軍收復上海！

國父含笑，見眾於九泉實施憲政，提高工人的地位！

先烈精神不死，造成一等強國！

自力更生，慶祝勝利！

提高民眾意識，安定勞工生活！

崛田善衛停止了腳步，鼻尖聞到上海弄堂特有的帶著隔宿的黏膩又有點人的體溫的生活氣味。他看見一條舊舊的大紅花棉被晾在兩株梧桐樹之間，一隻黃色的小貓正弓著身體從垂著的棉被下悄悄走過——就那麼一瞬之間像觸電一樣，忽然明白了。

崛田善衛日後寫了《上海日記》，回憶這安安靜靜卻石破天驚的一個上海的早晨：「八月十日夜半，同盟通訊社的海外廣播播放了日本承諾接受波茨坦公告，監聽到這一廣播的莫斯科廣播電台，則動員了其在海外廣播的全部電波，播送了這條消息。而收聽到這條消息的上海地下抗日組織便立即採取行動，將這些標語張貼了出來。」

在無數亢奮高昂的標語中，他突然瞥見這麼一條，粉色的底，黛色的墨，貼在一戶普通石庫門的大門上：

茫然慨既往，默坐慎將來。

灰色的兩扇門是緊閉的，對聯的字，看起來墨色新潤，好像一盞熱茶，人才剛走。

堀田心中深深震動：「我對這個國家和這個城市的底蘊之深不可測，感覺到了恐懼。而且這些標語是早已印刷完畢了的，我對地下組織的這種準備之周到，深感愕然不已。」[1]

在山城重慶，蔣介石在前一天晚上，已經知道了這山河為之搖動的消息。一九四五年八月十日的日記，筆跡沉靜，墨跡均勻，完全沒有激動的痕跡：

〔雪恥〕……正八時許，忽聞求精中學美軍總部一陣歡呼聲，繼之以爆竹聲。余聞甚震，「如此嘈雜實何事？」彼答曰：「聽說什麼敵人投降了。」余命再探，則正式報告，各方消息不斷報來，乃知日本政府除其天皇尊嚴保持以外，其皆照中美蘇柏林公報條件投降

1 譯自堀田善衛，《上海にて》，東京筑摩書房，一九六九年，第九二—九六頁。

以（矣）。[2]

這個人，一生寫了五十七年的日記，沒有一天放下；即使在殺戮場上衝鋒陷陣、聲嘶力竭，一從前線下陣，侍衛就看見他在夜燈下拾起毛筆，低頭寫日記。寫日記，是他煉獄中的獨自修行，是他密室中的自我療傷。十年如一日，二十年如一日，三十年如一日，四十年如一日，五十年如一日。

但是，白水黑山備盡艱辛之後，苦苦等候的時刻真的到來，卻竟也只是一張薄薄紙上四行淡墨而已。

38 甲板上晴空萬里

九月二日是九月第一個星期天。全世界的眼光投射在東京灣。五萬七千五百噸的密蘇里艦，參與過硫磺島和沖繩島的浴血戰役，這一天卻是和平的舞台。舞台上固定的「道具」，是艦上閃亮懾人的三座四〇六毫米口徑砲塔，還有突然間呼嘯升空、威風凜凜的戰鬥機群。

美國電視播報員用高亢激越的聲調報導這偉大的、歷史的一刻，配上「澎巴澎巴」銅管齊發的愛國軍樂，令人情緒澎湃。

麥克阿瑟高大的身形顯得瀟灑自在，盟軍各國將領站立在他身後，一字排開，不說話也顯得氣勢逼人。而對面的日本代表團只有十一人，人少，彷彿縮聚在甲板上，無比孤寒。首席代表外交部長重光葵穿著黑色的長燕尾禮服，戴著高聳的禮帽和雪白的長手套，持著紳士

2 「蔣介石日記手稿」，一九四五年八月十日。原件收藏於史丹佛大學胡佛研究院。

拐杖。拐杖是他歐式禮服的必要配件，卻也是他傷殘肉體的支柱所需。十三年前的四月二十九日，重光葵在上海虹口被抗日志士炸斷了一條腿，此後一生以義肢行走。[3]

戰敗國的代表，瘸著一隻腿，在眾目睽睽下一拐一拐走向投降簽署桌，他一言不發，簽了字，就往回走。

站在重光葵身邊那個一身軍裝的人，來得不甘不願。他是主張戰到最後一兵一卒的人：陸軍參謀總長梅津美治郎。以威逼之勢強逼何應欽簽下「梅何協定」控制華北的是他；發動「三光」作戰——對中國的村落殺光、燒光、搶光的，是他；核准創建「七三一」部隊製造細菌武器的，是他。被任命為關東軍司令時，梅津曾經莊嚴地發誓：「今後將愈加粉骨碎身以報皇恩於萬一。」[4]

此刻天上晴空萬里，艦上的氣氛卻十分緊繃。站著坐著圍觀的人很多，但是每個人都神情嚴整；血流得太多的歷史，記憶太新，有一種內在的肅殺的重量，壓得你屏息靜氣，不敢作聲。站在甲板上面對面的雙方，勝利的一邊，只做了三分鐘相當克制的講話，輸掉的一邊，徹底沉默，一言不發。在那甲板上，兩邊的人，眼光避免交視，心裡其實都明白一件事：很快，簽署桌這一邊的人將成為對面那堆人的審判者。

國際軍事法庭所有的籌備已經就位，在歐洲，審判納粹的紐倫堡大審即將開庭。梅津所預期的「粉骨碎身」，很快要在東京應驗，以一種極其屈辱的方式。三年以後，一九四八年十一月十二日，國際法庭以甲級戰犯之罪判處他無期徒刑。

3 朝鮮地下組織在一九三二年虹口公園置炸彈暗殺日本派遣軍司令官白川義則。重光葵時任上海領事，在爆炸現場。

4 一九三五年五月，梅津以天津日租界兩名親日記者被殺為藉口，強求國民黨北平軍分會代理委員長何應欽簽訂「何梅協定」：一，取消河北省內一切國民黨黨部；二，撤退國民黨駐河北省的東北軍第五十一軍、國民黨中央軍及憲兵三團；三，解散國民黨軍分會政治訓練處及藍衣社、勵志社；四，罷免河北省主席于學忠；五，取締一切反日團體及活動。自此，華北危機更趨嚴峻。

39 突然亮起來

上海沉浸在欣喜的歡騰之中。崛田善衛以為那些勝利標語都是「地下組織」所準備的，其實不盡然。滬上有個無人不知的老字號「恆源祥」，老闆叫沈萊舟。他在閣樓裡一直藏著一個無線收音機，當晚貼耳聽到日本投降的消息，就悄悄出門買了粉紅、淡黃、湖綠色的紙，回家裡磨了墨，親筆寫了好幾張標語，看看四周無人，快手快腳貼在店門外的石柱上。

上海最高的大樓是國際飯店。很多人在幾十年後還會告訴你：那樓真高啊，站在樓對面的街上，想看那樓有多高，一仰頭，帽子就從腦後掉了下去。十一日那個大清早，國際飯店樓頂高處豎起了一面中國國旗，過路的人看見了都嚇了一跳，停下腳來，假裝不經意地看。旗，是哪個大膽的傢伙掛的，沒人知道。

主持商務印書館的張元濟，出門時剛好走過十字路口的西班牙夜總會。已經好幾年沒聲音、灰撲撲的西班牙夜總會，不知怎麼竟然從裡頭傳出久違了的西洋音樂。這七十八歲的光緒進士心裡知道時間到了，趕忙折回家，把他編選的禁書取出了二十本，在扉頁簽下歡欣鼓舞的句子，放進一個包裡，背到商務印書館門市部，放在櫃檯上最顯眼的地方。

那本書的書名，叫做《中華民族的人格》。

上海人的商業細胞一夜之間全醒過來。八月十五日以後，「特快餐」改稱「勝利快餐」。賣平湖西瓜的小販，改口叫賣「和平西瓜」。派克鋼筆的廣告出現在頭版「中央日報」四個大字下面：

慰勞抗戰將士紀念品

「筆」「必」同音，以鋼筆贈人或自備，可互勉建國「必」成的信心。

人潮擁擠處開始出現剪紙藝術家，當場快刀剪紙，嚓嚓幾下，就剪出史達林、杜魯門的大鼻子人頭側影。

八月十五日這一天，家家取下了蓋窗遮光的防空燈罩，走在街上的人們突然感覺到臉上有光，很驚訝，彼此對看，脫口而出：啊，都已經忘了，上海城原來那麼亮！[5]

滿城的興高采烈。很久沒有的輕鬆感使人潮重新湧上街頭巷尾和廣場，成群的孩子們在弄堂裡追逐嬉鬧，江畔和公園裡，牽手依偎的戀人露出旁若無人的微笑。

一個《字林西報》的英國記者，卻也在這樣歡騰的空氣裡，走進了另一條街，撞見了同時存在的另一個現實。

兩個日本人，雙手反剪，在一輛軍用卡車裡，兩眼發直地瞪著他們曾經主宰過的街道。現在兩邊都站著全副武裝的警察，前後卡車上滿滿是荷槍實彈的士兵。兩個死刑犯就這樣遊街好幾個小時，最後才到了刑場。刑場上，成千上萬的男女老幼堵在那裡，眼裡充滿恨。

兩個人還真勇敢，臉上不露任何情緒，不管四周的男人怎麼詛咒、女人怎麼叫罵，都不動聲色。顯然他們是軍人，軍人死也要死得堅毅。

我明知道他們一定死有餘辜，但還是覺得他們可憐。兩人被喝令跪下。兩個警察，毛瑟槍上了膛，緊貼著站在他們後面。一聲令下，槍口對著死囚的後頸發射，死囚人往前撲倒，頭顱登時被轟掉了一半。

一剎那，群眾忽然一擁而上，突破了軍警的封鎖線，奔向屍體。有個女人拿著一條手帕去沾血，然後歇斯底里地對著那殘破的屍體大罵，其他的人就擠上前去用腳踢屍體。一個年輕的姑娘指了指其中一個屍體暴露出來的生殖器，其他幾個女人就衝上前去把那生殖器用手當場撕個稀爛。[6]

英國記者忍不住把臉別過去時，聽見遠處傳來鑼鼓的聲音。

5 《新民晚報》，上海，二〇〇五年八月十七日。

6 此段文字轉譯自Ralph Shaw, *Sin City*, London: Time Warner Paperbacks, 1992（new edition）. Charles Frederick Ralph Shaw（1913-1996），英國記者、作家，一九三七至一九四五年在上海生活。後據其在上海的經歷寫下此書。

40 坦克登陸艦 LST-847 號

九月二十日是中秋節，不太尋常，因為好多年來，這是第一個沒有砲火、沒有警報的中秋節。

戰爭帶來的多半是突然的死亡和無處尋覓的離亂。對很多人而言，父母手足和至親至愛，不是草草淺埋在某個戰場，就是飄零千里，不知下落。一九四五年這個中秋節，很多人最迫切想做的，就是給在亂世中死去的親人上一炷香，讓輕煙緩緩升上天空，捎去戰爭終於結束的消息，也輕聲呼喚親愛的流離者早日回鄉。

在準備過節的氣氛裡，黃浦碼頭卻透著異樣的躁動；人們奔走相告：美國第七艦隊要進港了。

中秋前一晚，月白澄淨如洗，到了清晨，江上卻罩著薄薄的輕霧；四十四艘巨大的軍艦在水青色的天地朦朧中驀然浮現，龐然巨象，如海市蜃樓、如夢中幻影。已經在碼頭上背負重物的苦力，遠遠看去像一群穿梭不停的細小螞蟻，近看時，各個形容消瘦、臉頰凹陷，但是咧嘴笑時，一派天真。苦力把重物斜身卸下時，一抬頭，看見軍艦像座雄偉大山一樣聳立在港邊，登時嚇了一跳。

沒多久，城市醒來了，人們丟下手邊的活，紛紛奔向江畔。碼頭上萬人空巷，孩童赤腳揮著手沿著艦艇奔跑、叫喊。不知什麼人，帶來了成捆成捆的鞭炮，就在那碼頭上劈劈啪啪地炸開來，一片硝煙熱鬧。也不知什麼時候，巨幅的布條出現了，掛在面對碼頭的大樓上，巨大的字寫著「熱誠歡迎第七艦隊」。

江面上竄來竄去叫賣雜貨的小艇更是發了狂似地向軍艦圍攏，陳舊而破爛的木製小艇在浪濤中不斷碰撞巨艦。年輕的船夫用力揮動船槳，試圖和甲板上的水兵交易。

報紙很快就出來了：

「中央社本報訊」美國第七艦隊司令金開德上將，率領之首批艦隊抵滬後，予本市市民以極大興奮，蓋自太平洋戰事爆發以迄對日之戰全面勝利以來，轉戰海上勞苦功高之盟國艦隊，此乃首批到達我大上海者也，昨日下午三時，……參加歡迎行列之青年團男女隨員，以及各界民眾不下十餘萬人，結隊排列外灘遙向浦江揮旗高呼，其熱烈盛況，不亞於前數日歡迎國軍之場面。7

坦克登陸艦 LST-847 號上，一頭金色捲髮的鮑布站在船舷往下看。他才十八歲，眼睛是嬰兒藍，鼻子兩側滿是雀斑。入伍海軍沒多久，原以為戰事已過，和平的日子裡隨船沒什麼危險，沒想到事情不這麼簡單：每個港口的水面上都浮著被炸的沉船，焦黑的船骸像戰場上沒拖走的屍體和骷髏，使得大艦入港變成一件艱難的事。很多港口的周邊海域，水裡還布滿未爆的水雷，掃雷令他心驚膽跳。

從甲板上往下遠眺，看見碼頭上黑壓壓一片揮手呼喊的人們，中國人對盟軍的熱情有點超乎他的想像。

這一晚，鮑布趴在船艙通鋪上，給遠在美國的父母寫了一封報平安的信。

1945-09-21

親愛的爸媽：

……這地方實在太有意思。我們剛進港的時候，大概有十萬個日本人在這裡晃來晃去，餓得像幽靈一樣，中國人不給他們吃的……這是黃浦江，江上還有些日本船，但是在太陽旗的上面都加掛了美國旗。日本人的眼神顯得很恐懼……一九四一年以來這一直是日本的海軍基地。

大概有一百多條小艇圍攏過來叫賣威士忌跟中國國旗。每個人都眉開眼笑，看起來非常高興美國人來了。

我們在卸卡車，六個日本人操作一個大吊車。每次我們轉頭看他們，他們就報以笑臉，我想他們可能以為我們會把他們幹掉吧。

今天美國海軍把大部分日本人送走，因為聽說昨天夜裡有兩百多個日本人被共產黨給殺了。麻煩的是，這裡有三股勢力在角力，其

7 《中央日報》，上海，一九四五年九月二十一日。

實在上海街頭上演的就已經是一場內戰了。

昨晚我輪休，坐了黃包車上街去溜達。一上街就看見兩派士兵在鬥毆。

然後進了一個高級餐廳，單是威士忌大概就花了一百萬元，相當於二十美元吧。……大部分的美國水兵都跟小艇買了威士忌，喝個爛醉。這些水兵不管是結了婚還是單身的，都是積了四十四點可以退伍的，但軍方就是不放人。有人說，恨不得把那艦長給幹掉或者乾脆跳船。你知道嗎，老爸，這些水兵都已經在海軍幹了三、四年，家裡都有妻小。我們停靠沖繩港的時候最嚴重，因為沖繩回美國內陸的船班最多，結果啊，艦長竟然下令我們一概不准上岸……簡直卑鄙極了。所以我想換船。

1945-09-22

抱歉，昨晚的信沒寫完。

今天早上，一個水兵暴斃。他跟小艇買的威士忌裡含有甲醇。

下午我們清除甲板上的木板——原來用來儲存汽油，大概有一千五百條木板。我們把它丟到海裡去。開始的時候，大概有十條小艇圍過來搶這些木板，等到快丟完的時候，已經有五十條小艇圍了過來。有些人被丟下去的木板擊中，卻也不走開。我們只好用消防水喉對準他們噴水，他們也只是咭咭笑。這些中國船民就是那麼笨。

我丟下的最後一塊木板剛好打中一個小女孩的頭，但是她一下就站起來，然後開始拉那塊木板。這時候，其他十條小艇飛快靠過來搶，然後開始打群架，哇，打得夠狠。男人抓著女人跟小孩猛揍，劈頭劈臉地打，女人就用船槳回擊。還有人用一種鋒利的船鉤打，把人打得皮開肉綻，血肉模糊的。

船民活得像禽獸一樣。他們一早就來到軍艦旁，吃我們丟到水裡的東西。這是中國的底層百姓啊。

你們的兒子鮑布寄自上海[8]

8 關於此艦資料參見兩個美國網站：NavSource Navel History（http://www.navsource.org/archives/10/16/160847.htm）及Grobbel網站（http://lst847.grobbel.org），二〇〇九年八月。

鮑布從玉米田一望無際的美國大地來到中國，很難想像那些如「禽獸」一般搶奪木板的中國人一路是怎麼活過來的。但是，他看得出碼頭上等候遣返的日本人眼裡透著恐懼，他也看出了，不同服裝的士兵在城市裡當街對峙，內戰已經瀕臨爆發。

41 我是台灣人

台灣總督府的統計說，到一九四五年八月十日為止，台灣因為美軍轟炸而死亡的有五千五百多人，受輕重傷的有八千七百多人。

戰爭期間，當作軍夫、軍屬以及「志願兵」被送到中國和南洋去做苦役、上戰場的，有二十萬人。

運到日本高座海軍航空兵工廠做「少年工」的，有八千四百多個台灣孩子。戰爭結束時，三萬三百零四個台灣青年為日本犧牲了性命。

八月十五日，當天皇緊繃而微微顫抖的「玉音」從廣播裡放送出來的那一刻，台灣人，究竟是戰敗者，還是戰勝者呢？

八月中，剛好是中元普渡。台北萬華龍山寺廟埕裡人山人海，香火繚繞，廟埕外小吃攤熙熙攘攘。舞獅的動作特別活潑賣力，人們的笑聲特別輕鬆放肆，孩子們嬉鬧著向獅子丟鞭炮。賣中秋月餅的商店，已經把文旦和月餅禮盒堆到馬路上來了。[9]

9 池田敏雄「終戰日記」，引自曾健民，《一九四五破曉時刻的台灣：八月十五日後激動的一百天》，台北聯經出版，二〇〇五年，第七四頁。

作家黃春明說，天皇宣布日本戰敗的那一天，他的祖父與高采烈，覺得「解放」了；他的父親，垂頭喪氣，覺得「淪陷」了。十歲的宜蘭孩子黃春明，睜大了眼睛看。

是不是，剛好生在什麼年份，那個年份就界定了你的身分認同？

台南醫師吳平城，在一九四四年九月被徵召到南洋。五十九個醫師、三個藥劑師、八十個醫務助手，在高雄港搭上了神靖丸，開往南洋前線。太平洋海面已經被美國的空軍控制，神靖丸以「之」字形曲折航行，躲避轟炸。幾乎可以預料的，這是一艘地獄船。一九四五年一月十二日，神靖丸在西貢外海被炸，船上的三百四十二名乘客死了兩百四十七個。

活下來的吳平城，被送到越南西貢，照顧日本傷兵。八月十五日，他在西貢軍醫院裡和其他三百個醫院的員工肅立在中庭，低頭聆聽天皇的宣布。身為台灣人，吳平城心中只有歡喜，最克制不住的衝動，是馬上回到親愛的家人身邊。軍醫長對吳平城——現在他還叫「山田」，說：「山田，從此你是中國人了，我們是日本人，以後有機會中國和日本合起來打美國吧！」吳平城還沒答話，同是軍醫的日本人田中大尉已經發難，板著臉衝著軍醫長說，「軍醫長，您到現在還執迷不悟，說出這種話來。日本就是有太多人想法和你一樣，想統一全世界，要全世界的人統統講日語、穿和服，才會到今日悽慘的地步呀！」[10]

西貢軍醫院裡只有兩個台灣醫師。山本軍醫長詢問兩人願意與日軍部隊同進退，還是選擇脫離，兩個台灣人選擇離去。第二天，兩位台灣醫師領了薪水，坐三輪車離開，發現軍醫長帶領全體工作人員列隊在醫院大門口，對兩名台灣同仁脫帽敬禮。極盡隆重的送別。

「這是日本海軍惜別時的大禮，」吳平城心中深深感慨，「從此大家變成陌路的異國人了，他們還是盡到最後的禮節。」

翁通逢是嘉義人，東京東洋醫學院畢業。吳平城搭上神靖丸的時候，東京已經被美軍炸成焦土，滿目瘡痍，翁通逢決定趕快離開岌岌可危的日本，到滿洲國去。

10 吳平城，《軍醫日記》，台北自立晚報文化出版部，一九八九年，第一九〇頁。

他沒有聽見十五日天皇的廣播。早在八月九日凌晨的黑夜裡，新京長春的空襲警報突然尖聲響起，驚醒了本來就忐忑不安的市民。砲火和坦克車很快就進了城，蘇聯的紅軍打進來了。很多台灣人這才赫然發現，訊息靈通的日本人，早已「疏開」到城外。講日本話、穿日本服的殖民地台灣人，沒人通知，後知後覺地還留在城裡頭。害怕紅軍的暴行，也恐懼滿洲人的復仇，台灣人聚集起來自力救濟，存糧、雇車、找路，開始個別逃難。

翁通逢一群人帶著兩袋米、一包豆子、一袋鹽，就上路了。長春市東區伊通河畔有橋，通往二道河，是出城必經之路；在日本人的統治下生活了十四年的滿洲人，這時守在二道河的橋欄上，專門「堵」日本人，見到就殺，「以至於溪水一兩日都是紅色的。」[11]日軍在戰時鼓勵大約數十萬的日本平民來滿洲「開拓」，大多數是本來就貧苦的農民。八月十五日以後，這些開拓民突然成為沒有人管的棄民。翁通逢認識一些開拓民，聽說有些人流離到了長春，特別趕到長春的「日人在滿救濟協會」去看望，卻發現，一起從北滿南下的人，死了三分之一。

在一間八個榻榻米大的房間裡，睡了將近十個人，其中好幾個已經硬了，躺在活人中間；活人沒有力氣站起來，把身邊朋友和親人的屍體抬走。

台灣人在東北小心地活著；蘇聯兵四處強暴婦女，穿著軍服當街行搶。蘇聯兵走了，八路軍來了；八路軍走了，國軍來了；國軍走了；共產黨又來了。滿洲人稱日本人為日本鬼，稱台灣人為第二日本鬼。在每一個關卡，台灣人都要努力證明自己不是日本人，會說一點蹩腳國語的，就大膽地說自己是「上海人」。會說客家話的人，這時發現，用客家話大聲喊，「我是台灣人」，成了保命的語言。

翁通逢醫師決定離開東北逃回台灣是在一九四五年，那是一個冰冷的劫後餘生的冬天，他看見戰敗國的人民的遭遇：

11 許雪姬等訪問，《日治時期在「滿洲」的台灣人》，第一一二頁。

那時是十一月，看到一群從北滿疏開（疏散）來的年輕人，大約有一百人左右，都是二十來歲。本來年輕人應該很勇敢、有氣魄，可是他們的衣服竟被扒光，身上只用稻草當衣服遮著，在零下二十度裡，走路垂頭喪氣。

我看他們走路不大穩，心想這群人大概活不了多久了。我尾隨在後，想看看他們住在哪裡？他們住進一個日本人的小學校，裡面也沒什麼東西，光是冷就冷得厲害了。經過三個星期我再去看，學校運動場像個墳墓。

我想，到了夏天那個死人坑會流出死人水，流行病可能就發生，看來不離開東北不行了。[12]

42 一條船，看見什麼？

水兵鮑布還不知道的是，他所值勤的這艘坦克登陸艦 U.S.S. LST-847，在他趴在床上寫信的一刻，正緩緩駛入中國人的當代史。

這是一艘九個月前才下水的新船，船頭到船尾長度是三百二十八英尺，可以承載一千多人，速度十二節，配備有八尊四十釐米口徑、十二尊二十釐米口徑的鋼砲。船上有一百三十個官兵。

凡是在海上浪跡天涯的人都相信，船，是有生命、有感情、有宿命的。茫茫大海可以給你晴空萬里，讓你豪氣如雲，也可以頓時翻覆，讓你沉入深不可測的黑暗，不需要給任何理由。在大海上，人特別渺小，他的命運和船的命運死死捆綁，好像汗水淚水和血水滲透浸潤木頭時，木頭的顏色變深。

一九四五年一月十五日才開始首航任務，這艘新船在隔年六月，就

12 同前註，第一一六頁。

報廢了。因為在這短短一年半之間，它在太平洋海域上密集地穿梭，日夜航行，每一趟航程都承載著人間的生離死別，特別多的眼淚，特別苦的嘆息。

航海日誌，是一條船的年譜和履歷，告訴你哪一年哪一日它從哪裡來，到哪裡去。年譜看起來很枯燥，但是那細心的人，就有本事從一串不動聲色的日期和地點裡，看出深藏在背後的歷史現場，現場啊，驚心動魄。

這艘軍艦，從一九四五年秋天到一九四六年的春天，半年之間，在上海、青島、日本佐世保、基隆、高雄幾個港口之間不停地來來回回航行，中國士兵上、中國士兵下；日本僑俘上、日本僑俘下——它究竟在忙什麼？

一九四五年秋天到四六年春天這大戰結束後的半年間，飛力普，你把整個太平洋的版圖放在腦海裡宏觀一下，你會看見，每一個碼頭上都是滿的；百萬的國軍要奔赴各地去接收日本戰敗交還的領土；接收以後，又是百萬的國軍要飄洋過海，從南到北開赴內戰的前線；幾百萬的日本戰俘和僑民，要回到日本的家；散置在華北、華南、海南島南洋各地的台灣人，要回到台灣；幾十萬從太平洋戰俘營解放出來的英國、印度、澳洲、美國的士兵，要回家。

佐世保、葫蘆島、秦皇島、塘沽、青島、上海、廣州港、寧波、基隆、高雄、香港、海南島、新加坡、越南海防、馬尼拉、新幾內亞拉包爾……

碼頭上一個一個鏡頭：成千上萬形容憔悴的日本人，只准許帶著最少的行李，和親人依偎在一起，瑟縮而消沉。從日軍中脫離出來，卻又一時無所適從的散置各地的台灣軍屬；被徵去新幾內亞作戰爭勞役的台灣和廣東壯丁，成千成千的守在碼頭上，焦急尋找回家的船。抗戰八年疲憊不堪的各路國軍，重新整隊，碼頭上滿滿是戰車、彈藥、戰馬、輜重器械。

如果要說大遷徙、大流離，一九四五比四九年的震幅更巨大，波瀾更壯闊。小鮑布這條登陸艦，只是幾百條負責運輸的船艦之一，但是細細看一下它的航海日誌吧，每一條航線翻起的白浪，畫出的是一個

1945-12-19	擊沉兩枚水雷
1945-12-22	抵葫蘆島，卸中國士兵
1945-12-26	抵青島
1946-01-21	裝六名美國海軍、一千零二十名日本俘僑及裝備
1946-01-22	赴日本佐世保基地
1946-01-25	一名日僑兩歲女童因營養不良死亡，予以海葬
1946-01-30	裝十九名中國平民—十八名為女性，一名男性，赴青島
1946-02-14	抵青島，卸中國平民，裝一千一百九十名日俘僑，赴佐世保
1946-02-18	兩名日童死於肺炎。予以海葬
1946-02-25	抵佐世保，卸日俘僑
1946-02-27	一名三十一歲日本士兵死亡。予以海葬

LST-847登陸艦航海日誌

1945-09-16	從沖繩島啟程，目標上海
1945-09-20	停泊上海碼頭
1945-10-08	中國七十軍指揮官及隨從登艦
1945-10-10	離滬，赴寧波
1945-10-12	抵寧波碼頭，下錨。七十軍指揮官及隨從下船
1945-10-14	七十軍五百名士兵登艦
1945-10-15	離寧波赴基隆港
1945-10-17	抵基隆港，七十軍士兵踏上基隆碼頭
1945-11-15	抵越南海防港
1945-11-19	中國六十二軍所屬五十五位軍官及四百九十九名士兵在海防登艦
1945-11-20	赴福爾摩沙打狗港
1945-11-25	抵打狗
1945-12-02	抵海防，裝載四十七輛中國軍用卡車及駕駛人員
1945-12-08	裝、卸六百八十八位中國士兵；離海防，赴秦皇島及葫蘆島

民族的命運；每一個碼頭的揮別和出發，預言的都是個人的、難以掌握的未來。

43 鼓樓前

在鮑布的登陸艦從沖繩島啟錨、準備開往上海的同一個時刻，一九四五年九月十六日，中國七十軍的國軍正堂堂進入寧波的城門；成千上萬的市民扶老攜幼夾道歡呼，很多人想起那荒蕪悲戚的歲月，忍不住熱淚盈眶。

七十軍進城，是代表國民政府接收寧波。

接收，不是件理所當然的事，因為並不是所有的城市都打開了城門，等著歡迎國軍進城。在一九四〇年年底的時候，中共的八路軍已經從四萬人擴充到五十萬人，黨員人數從四萬發展到八十萬，中共所管轄的人口接近一億。三年過後，共產黨已經宣稱從日軍手裡收復了十六個縣城、八萬平方公里的土地和一千兩百萬人民。日軍宣布投降時，國軍主力還偏處西南，共軍又乘機收復了兩百八十個中小型的城市。

九月，寧波城內守城的是日軍獨立混成第九十一旅加上汪精衛政府的「偽軍」第十師。盤據在城外的是共產黨新四軍所屬的浙東游擊縱隊，而國民政府第三戰區正規軍還在遙遠的浙南、贛東和閩北。為了不讓寧波被共產黨部隊接收，國民政府命城裡的日軍繼續駐守，維持秩序，同時把「偽軍」的地方團隊改編為「軍事委員會忠義救國軍上海特別行動總隊」轄下的一個縱隊。

更重要的是，遠在福建的七十軍銜命疾趕北上，日夜行軍，接收寧波重鎮。

對寧波的市民而言，戰爭根本沒有結束。七十軍在奔走趕路的時候，寧波城四周砲火隆隆。共產黨的文獻這樣描述新四軍爭奪寧波城的戰役：

> ……以破竹之勢連攻觀海衛等日偽據點……兵臨寧波城下。鄞江橋一戰，打垮偽十師兩次增援，斃偽營長以下官兵四十餘人，俘敵一百餘人，繳獲迫擊砲二門。[13]

七十軍大軍逼近寧波城郊區，新四軍評估敵我情勢懸殊，即時決定放棄寧波，撤軍北走。

寧波市民聽說政府要來接收寧波了，奔走相告。張燈結彩的牌樓一下子就搭起來了，滿城國旗飄舞，鞭炮震耳。孩子們不知何時開始在街頭巷尾玩一種遊戲，叫做「中美英蘇打日本」，在地上畫一面日本太陽旗，四個小朋友猜拳決定誰代表哪一國，然後大家向太陽旗丟一枚尖尖的錐子，看誰丟得準、扎得深。[14]

一九四五年九月十七日上午十點，七十軍與寧波的仕紳和市民在鼓樓前舉行了入城的升旗典禮。

站在廣場上的老人，看著青天白日滿地紅的國旗冉冉上升，襯托它的背景是鼓樓，不禁發起怔來。這鼓樓本來是古城牆的南門，建於唐穆宗長慶元年，也就是公元八百二十一年。鼓樓沒有鼓，只有計算

13〈抗日戰爭勝利時的寧波〉，參見政協寧波市委員會官方網站（http://www.nbzx.gov.cn/article.jsp?aid=330），二〇〇九年八月。

14「抗戰勝利甲子祭特刊」，《寧波日報》，二〇〇五年八月三十日。

時間的漏。一〇四八年，這裡的鄞縣縣令曾經為這只新刻的漏，寫了「新刻漏銘」，這個縣令可不是普通的縣令，他就是王安石。

鼓樓已經千年，見證過多少旗子的升起和降下、降下和升起。

寧波城，在日軍占領了四年五個月之後，第一次寧靜了下來。寧靜的意思就是，鼓樓前賣東西的小販多了起來，奔跑嘻笑的孩子多了起來，天上的麻雀，大膽地落在廣場上聒噪追逐。傴僂著背的老人，又放心地坐在家門前的板凳上曬著太陽打盹了。

航海日誌說，小鮑布的坦克登陸艦在十月十日離開上海，駛往寧波。

風塵僕僕的七十軍本來以為要在寧波暫時駐紮下來了，但是突然又接到命令：三天內要登艦開拔，接收台灣。

44 七十軍來了

年輕的鮑布服役的坦克登陸艦，把國軍七十軍從寧波送到了基隆。

七十軍，是個什麼部隊？哪裡來哪裡去的？打過什麼仗？

沒錯，它打過一九三七年的淞滬會戰。這場會戰，你記得，三個月內中國軍隊死傷十八萬七千二百人。[15]日軍軍備之優良強大。海空砲火之綿密猛烈，使得上陣的國軍像進入烈火大熔爐一樣。參與過戰事的老兵說，「一個部隊，不到幾天就傷亡殆盡地換下來了。我親眼看見教導總隊那個團，整整齊齊地上去，下來時，只剩下幾副伙食擔了。」[16]

陳履安說，「應台，你知道那是什麼意思嗎？」

15 徐永昌，《徐永昌日記》卷四，台北中央研究院近代史研究所，一九七八年，第一六七頁。

16 中國人民政治協商會議全國委員會文史資料研究委員會「八一三淞滬抗戰編審組」編，《八一三淞滬抗戰：原國民黨將領抗日戰爭親歷記》，北京中國文史出版社，一九八七年，第九六頁。

父親是陳誠，自己當過國防部長的他，談起老兵就有點忍不住的真情流露，「軍中一個連大概是一百三十人，一個連打得剩下五、六十個人的時候，就要補充了。有一個打過淞滬會戰的老兵跟我說，他那個連補充了十八次——你想想看那是死了多少戰士？」

在密集的火網中，怎麼補充呢？我問。

「我也問他這個問題，」履安說，「老兵說，那時候啊，一九三七年，年輕人，很多是大學生，排著隊等著要上戰場，就是要跟日本人拚……」[17]

所以所謂七十軍，不是一個名單固定的團隊。如果一個一百多人的連可以在一個戰役裡「補充」十八次，那代表，前面的人一波又一波地餵給了砲火，後面的人則一波一波地往前填補，彷彿給火爐裡不斷添柴。如果前面是訓練有素、英勇而熱血的軍人，後面就有很多是沒什麼訓練的愛國學生，更後面，可能愈來愈多是懵懵懂懂、年齡不足、從莊稼地裡被抓走、來不及學會怎麼拿槍的新兵。

緊接著七十軍參加武漢會戰、南昌會戰、第一次長沙會戰、第二次長沙會戰、浙贛會戰、閩浙戰役等等，沒有一場戰役不是血肉橫飛，犧牲慘烈的。一九四一年三月，上高會戰爆發，七十軍與張靈甫的七十四軍並肩作戰，是主力軍之一。在這場激烈肉搏的知名戰役中，國軍擊斃日軍一萬五千多人，自己更是傷亡慘重，近兩萬官兵死在戰場。

一場戰役，在後來的史書上最多一行字，還沒幾個人讀；但是在當時的荒原上，兩萬個殘破的屍體，禿鷹吃不完。

在一九四五年十月中旬，好不容易千里行軍趕到寧波，還沒回過神來的七十軍，突然被告知要接收台灣。他們匆匆登艦，當然不知道，他們就此踏入了一個歷史的相框。

一個在寧波碼頭上目睹七十軍登艦赴台的中國人，很驚訝「接收台灣」這麼重大的事情，國軍如此地缺乏行前準備：

17 龍應台訪問陳履安，二〇〇九年三月四日，香港。

碼頭上，一片亂哄哄的景象。碼頭一邊，是前來歡送的當地官員與市民；一邊是成百成千名官兵，列隊擠上了碼頭，站在那裡不知該如何按序列登艦。站在碼頭前沿的幾個趾高氣揚的美國海軍指揮官見狀，先是用英語嘰哩咕嚕了一陣子，見無人搭理，才大聲喊道：

「Who can speak English?」[18]

船行兩個晝夜，一九四五年十月十七日，旌旗飄揚、浩浩蕩蕩大艦隊駛進了基隆港。楊壽夾在七十軍的隊伍裡頭，踏上了碼頭，看出去的光景是一場更大的混亂：

碼頭上有幾節過時的火車廂橫在一邊；一邊則是爭先恐後登岸的官兵，口號聲喊成一片，隊伍擠在一起，很混亂。尤其是輜重部隊……相互爭道，搶把槍械運上火車，更是叫喊謾罵、喧鬧雜亂。這些行動所構成的圖景，完全不像是支訓練有素、軍容嚴整之師在作光復國土之旅。[19]

我以為，戰爭剛結束，大概所有的接收部隊都亂成一團吧。跟張拓蕪談了，才知道，並非如此。

作家張拓蕪的部隊是二十一軍——是的，這正是一九四七年二二八事件爆發後第九天，被緊急調到台灣去的二十一師，後來「軍」整編為「師」。在七十軍抵達基隆的兩個禮拜之後，張拓蕪所屬的二十一軍接到命令開赴鎮江，中間會經過南京。

僅僅是「經過」，還不是去「接收」南京，二十一軍就做了很多事前的思慮和準備。部隊在距離南京城還有一段路的采石磯就停了下來，花了整整三天的時間整補，也就是上台之前對著鏡子整理儀容和化妝：年紀大的、姿態難看的、拖著病、帶著傷、瘸了腿的，還有眾多做勞役的馬夫、挑夫、伙夫，以及這些人所必須推拖拉扯、肩挑手提的鍋碗瓢盆雨傘籮筐、彈藥醫療器具貨物等等，統統都在進城前三

18 楊壽，〈記台灣光復之初〉，《南方週末》，二〇〇〇年四月二十一日。
19 同前註。

更半夜繞到南京城外，送上了火車到下一站等候。年輕力壯、儀容齊整的兵，放在前排。

到了城門外人少的地方，部隊再度整裝：每個士兵把腰間的皮帶束緊，鞋帶綁牢，然後連背包都卸下，重新紮緊。

二十一軍的裝備其實克難之至。他們的背包，不是帆布做的，是九個竹片密織而成，棉被摺疊成四角方糖一樣，兩面竹片一夾，就拴緊成一個包。他們的頭盔，表面形狀看起來跟德國士兵的鋼盔一樣，其實從來就不是鋼盔——鋼是奢侈品，他們頭上戴的是「笠盔」，竹篾片編成，只是做成頭盔的形狀。

想想看。砲彈和機關槍子彈鋪天蓋地而來，頭上戴的是斗笠，連碎石都擋不住。

因為多了一份心，所以二十一軍真正進城的時候，南京的市民所看到的，就是一個雖然戴竹笠、穿草鞋，但是基本上裝備輕簡、步伐矯健而軍容整齊的隊伍了。十七歲的張拓蕪還記得，一進城門，看見路兩旁還有很多列隊敬禮的日本軍人，城門上兩串長長的鞭炮被點燃，劈哩啪啦震耳地響起。「我們的精神也為之一振，草鞋踩在地上也特別穩重有力了……」[20]

20 張拓蕪，《代馬輸卒手記：「代馬五書」精華篇》，台北爾雅出版社，一九九九年，第二十五頁。

45 正確答案是C

長達五十年沒見過中國軍隊的台灣人，擠在基隆碼頭上和台北的街頭。知道國軍會搭火車從基隆開往台北，很多人守在鐵路的兩旁。還有很多人，從南部很遠的地方跋涉而來，等待這歷史的一刻。

台北比基隆還熱，街頭人山人海，人體的汗氣和體溫交揉，人堆擠成背貼著背的肉牆，在肉牆中，人們仍舊踮起腳尖、伸長了脖子張望；父母們讓孩童跨腿騎在自己肩上，熱切而緊張。

作家吳濁流的小說讓台灣少女「玉蘭」的眼睛，就這樣看見了「祖國」：

> 滿街滿巷都是擁擠的男女老幼，真個是萬眾歡騰，熱鬧異常。長官公署前面馬路兩邊，日人中學生、女學生及高等學校的學生們長長的排在那邊肅靜地站著。玉蘭看見這種情形心裡受了很大的感動，以前瞧不起人，口口聲聲譏笑著「支那兵，支那兵」神氣活現

45 正確答案是 C

> 的這些人，現在竟變成這個樣子……
>
> 祖國的軍隊終於來了……隊伍連續的走了很久，每一位兵士都背上一把傘，玉蘭有點兒覺得詫異，但馬上抹去了這種感覺，她認為這是沒有看慣的緣故。有的挑著鐵鍋、食器或鋪蓋等。玉蘭在幼年時看見過台灣戲班換場所時的行列，剛好有那樣的感覺。她內心非常難受……[21]

大概在同樣一個時候，二十二歲的彭明敏也正從日本的海軍基地佐世保駛往基隆港，很可能搭的就是小鮑布那艘登陸艦。

戰前彭明敏在東京帝國大學讀政治學，不願意被日軍徵召上戰場，所以離開東京想到長崎去投靠兄長，卻在半途中遭遇美軍轟炸，一顆炸彈在身邊炸開，他從此失去了一條手臂。日後成為台灣獨立運動領袖之一的彭明敏在基隆港上岸，第一次接觸祖國，覺得不可思議：

21 吳濁流，《波茨坦科長》，台北遠行出版社，一九七七年，第五—八頁。

一路上我們看到一群穿著襤褸制服的骯髒人們，可以看出他們並不是台灣人。我們的人力車夫以鄙視和厭惡的口吻說，那些就是中國兵，最近才用美軍船隻從大陸港口運送到基隆來……

中國人接收以後，一切都癱瘓了。公共設施逐漸停頓，新近由中國來的行政人員，既無能、又無比的腐敗，而以抓丁拉來的「國軍」，卻無異於竊賊，他們一下了船便立即成為一群流氓。這真是一幅黯淡的景象……

基隆火車站非常髒亂，擠滿了骯髒的中國兵，他們因為沒有較好的棲身處，便整夜都閒待在火車站。當火車開進來時，人們爭先恐後，擠上車廂。當人群向前瘋狂推擠的時候，有人將行李和小孩從窗戶丟進車裡，隨後大人也跟著凶猛地擠上去占位子。我們總算勉強找到座位，開始漫長而緩慢的行程。從破了的窗口吹入正月冷冽的寒風，座椅的絨布已被割破，而且明顯地可以看出，車廂已有好幾星期沒有清掃過了。這就是「中國的台灣」，不是我們所熟悉的「日本的台灣」。我們一生沒有看過這樣骯髒混亂的火車……[22]

如果彭明敏看見的七十軍可厭可惡，那麼楊逸舟眼中的七十軍，就是可笑的了：

有的用扁擔挑著兩個籠子，一個裝木炭、爐灶，一個裝米和枯萎的蔬菜。士兵們有的是十幾歲的少年兵，有的是步履老邁的老兵。大家都穿草鞋，有的只穿一只而一隻赤腳。跛腳的也有，瞎一眼的也有，皮膚病的也有，因為都穿著裝棉的綠色軍服，看起來像包著棉被走路似的，所以台灣人都叫他們為「棉被軍團」。背後插著雨傘，下雨時撐著雨傘行軍，隊伍東倒西歪，可謂天下奇景。[23]

22 彭明敏，《自由的滋味：彭明敏回憶錄》，台北玉山社出版公司，二〇〇九年，第六〇—六二頁。

23 楊逸舟，《二・二八民變：台灣與蔣介石》，台北前衛出版社，一九九一年，第十七—二〇頁。楊逸舟，本名楊杏庭，生於一九〇九年的台中州，曾於南京汪精衛政權任教育部專員，亦曾奉內政部長之命來台調查二二八始末。一九四八年以難民身分抵台，一九八七年病逝於東京。

從寧波來到基隆的七十軍，就以這樣一個幾近卡通化、臉譜化的「經典」定型圖像，堂堂走進了台灣的當代史。六十多年之後，台灣一所私立高中的歷史考卷出現這樣一個考題：

台灣有一段時局的形勢描寫如下：

「……第七十軍抵台上岸，竟是衣衫襤褸，軍紀渙散，草鞋、布鞋亂七八糟，且有手拿雨傘，背著鍋子，趕著豬子的，無奇不有。」

這是台灣歷史上哪個時期？

（A）日本治台時期

（B）國民政府時期

（C）行政長官公署時期

（D）省政府時期[24]

正確答案，當然是C。

46 海葬

一九四五年十月十七日在基隆港上岸負責接收台灣的七十軍，在台灣的主流論述裡，已經被定型，他就是一個「流氓軍」、「叫化子軍」。

任何一個定了型、簡單化了的臉譜後面，都藏著拒絕被簡單化的東西。我在想：當初來接收的七十軍，一定還有人活著，他們怎不說話呢？流氓軍、叫化子軍的後面，藏著的歷史脈絡究竟是什麼？他們從寧波突然被通知，跨江跨海三天內來到一個陌生的海島，踏上碼頭的那一刻，想的是什麼？

七十軍那樣襤褸不堪，後面難道竟沒有一個解釋？

我一定要找到一個七十軍的老兵。

這樣想的時候，國軍將領劉玉章的回憶錄，射進來一道光。

24 海星高級中學位於花蓮縣。考卷是普通科平時測驗（高中歷史上、下），參見網頁 http://mail.lygsh.ilc.edu.tw/~lyt012/doc/china1-2.doc，二〇〇九年八月。

日本投降後，劉玉章代表中華民國政府率領五十二軍參與越北的接收。按照盟軍統帥麥克阿瑟發布的命令，「在中國（滿洲除外）、台灣及北緯十六度以北的法屬印度支那境內之日本將領及所有陸、海、空及附屬部隊應向蔣介石元帥投降」，因此去接收越南北部的是中國國軍。

時間，幾乎與七十軍跨海接收台灣是同步的，五十二軍在接收越南之後，接到的命令是，立即搭艦艇從越南海防港出發，穿過台灣海峽，趕往秦皇島去接收東北。

和七十軍肩負同樣的任務，走過同樣的八年血戰、南奔北走，穿著同樣的國軍棉衣和磨得破底的鞋，同樣在橫空巨浪裡翻越險惡的台灣海峽，五十二軍的士兵，卻是以這樣的面貌出現在劉玉章的回憶錄裡：

船過台灣海峽時，風急浪大，官兵多數暈船，甚至有暈船致死者，乃由船上牧師祈禱，舉行海葬禮……

憶前在越南接收時，因戰爭影響，工廠關閉，無數工人失業，無以為生，曾有數百人投效本師。是以越南終年炎熱，人民從未受過嚴寒之苦。本師開往東北，時已入冬，禦寒服裝未備，又在日益寒冷之前進途中，致越籍兵士，凍死者竟達十數人之多，心中雖感不忍，亦只徒喚奈何。[25]

劉玉章充滿不忍的文字告訴我的是，啊，原來習慣在陸地上作戰的士兵，上了船大多數會暈船，而且暈船嚴重時，也許原有的疾病併發，是可以致死的；原來一個一個的士兵，各自來自東西南北，水土不服，嚴寒或酷暑，都可能將他們折磨到死。

那些因橫跨台灣海峽而暈船致死而被「海葬」的士兵，不知家中親人如何得知他們最後的消息？在那樣的亂世裡，屍體丟到海裡去以後，會通知家人嗎？

25 劉玉章，〈戎馬五十年〉之六，《傳記文學》，台北，第三十三卷第六期（總第一九九號），一九七八年十二月，第一二三—一二六頁。

47 草鞋

我終於找到了一個七十軍的老兵，在台北溫州街的巷子裡，就是林精武。

所謂「老兵」，才剛滿十八歲，一九四五年一月才入伍，十月就已經飄洋過海成為接收台灣的七十軍的一員。

「在登陸艦上，你也暈船嗎？」我問。

他說，豈止暈船。

他們的七十軍一〇七師從寧波上了美國登陸艦，他注意到，美國人的軍艦，連甲板都乾乾淨淨。甲板上有大桶大桶的咖啡，熱情的美國大兵請中國士兵免費用，盡量喝。

我瞪大眼睛看著林精武，心想，太神奇了，十八歲的林精武分明和十八歲來自密西根的小鮑布，在甲板上碰了面，一起喝了咖啡，在駛向福爾摩沙基隆港的一艘船上。

林精武看那「黑烏烏的怪物」，淺嘗了幾口，美兵大聲叫好。

兵艦在海上沉浮，七十軍的士兵開始翻天覆地嘔吐：

頭上腳下，足起頭落，鐵鏽的臭味自外而入，咖啡的苦甜由內而外，天翻地覆，船動神搖……吐到肝膽瀝盡猶不能止，吐得死去活來，滿臉金星，汙物吐落滿艙，還把人家潔淨的甲板弄得骯髒、惡臭，真是慘不忍睹。26

這個福建來的青年人，一面吐得肝腸寸斷，一面還恨自己吐，把美國人乾淨的甲板吐成滿地汙穢，他覺得「有辱軍人的榮譽，敗壞中華民國的國格」。

打了八年抗日戰爭的七十軍士兵，在軍艦上個個東歪西倒，暈成一團。林精武兩天兩夜一粒米沒吃，一滴水沒喝，肚子嘔空，頭眼暈眩，「我在想，這樣的部隊，還有能力打仗嗎？然後有人大叫：『前

26 林精武，《烽火碎片》，自印，台北，第九頁。

面有山』，快到了。」27

擴音器大聲傳來命令：「基隆已經到了，準備登陸，為了防備日軍的反抗，各單位隨時準備作戰。」

全船的士兵動起來，暈船的人全身虛脫，背起背包和裝備，勉強行走，陸續下船，美軍在甲板上列隊送別。林精武邊走下碼頭，邊覺得慚愧：留給人家這麼髒的船艙，怎對得起人家！

基隆碼頭上，七十軍的士兵看見一堆小山一樣的雪白結晶鹽。福建海邊，白鹽也是這樣堆成山的。有人好奇地用手指一沾，湊到嘴裡嘗了一下，失聲大叫，「是白糖！」大陸見到的都是黑糖，這些士兵，第一次見到白糖，驚奇萬分。一個班長拿了個臉盆，挖了一盆白糖過來，給每個暈頭轉向的士兵嘗嘗「台灣的味道」。

在基隆碼頭上，七十軍的士兵看見的，很意外，是成群成群的日本人，露宿在車站附近；日本僑民，在苦等遣返的船隻送他們回家鄉。

七十軍的老兵——大多是湖南子弟，八年抗戰中自己出生入死，故鄉則家破人亡，一下船看見日本人，有些人一下子激動起來，在碼頭上就無法遏止心中的痛，大罵出聲：姦淫擄掠我們的婦女，刀槍刺殺我們的同胞，現在就這樣讓他們平平安安回家去，這算什麼！

「我還聽說，」林精武說，「有兩個兵，氣不過，晚上就去強暴了一個日本女人。」

「就在那碼頭上？」我問。

「是的，」林精武說，「但我只是聽說，沒看見。」

林精武離開故鄉時，腳上穿著一雙迴力鞋，讓很多人羨慕。穿著那雙父母買的鞋，此後千里行軍靠它、跑步出操靠它，到達基隆港時，鞋子已經破底，腳，被路面磨得發燒、起泡、腫痛。

軍隊，窮到沒法給軍人買鞋。有名的七十軍腳上的草鞋，還是士兵自己編的。打草鞋，在那個時代，是軍人的基本技藝，好像你必須會拿筷子吃飯一樣。

麻絲搓成繩，稻草和破布揉在一起，五條繩子要拉得緊。下雨不能

27 龍應台訪問林精武，二〇〇九年六月二十六日，台北。

出操的時候，多出來的時間就是打草鞋。七十軍的士兵坐在一起，五條麻繩，一條綁在柱子上，一條繫在自己腰間，一邊談天，一邊搓破布和稻草，手快速地穿來穿去，一會兒就打好一隻鞋。

只懂福建話的新兵林精武，不會打草鞋。來自湖南湘鄉的班長，從怎麼拿繩子開始教他，但是班長的湖南話他又聽不懂，於是一個來自湘潭的老兵，自告奮勇，站在一旁，把湘鄉的湖南話認認真真地翻譯成湘潭的湖南話，林精武聽得滿頭大汗，還是打不好。他編的草鞋，因為鬆，走不到十里路，腳就皮破血流，腳趾頭之間，長出一粒粒水泡，椎心的疼痛。最後只好交換：十八歲讀過書的福建新兵林精武為那些不識字的湖南老兵讀報紙、寫家書，湖南的老兵，則為他打草鞋。

「林先生，」我問，「台灣現在一提到七十軍，就說他們穿草鞋、背雨傘、破爛不堪，是乞丐軍——您怎麼說？」

「我完全同意，」林精武抬頭挺胸，眼睛坦蕩蕩地看著我，「我們看起來就是叫化子。到基隆港的時候，我們的棉衣裡還滿滿是蝨子，頭髮裡也是。」

我也看著他，這個十八歲的福建青年，今年已經八十三歲，他的聲音裡，有一種特別直率的「正氣」。

「我們是叫化子軍，」他說，「但是，你有沒有想過，七十軍，在到達基隆港之前的八年，是從血河裡爬出來的？你知不知道，我們從寧波出發前，才在戰火中急行軍了好幾百公里，穿著磨破了的草鞋？」

我是沒想過，但是，我知道，確實有一個人想過。

一九四六年春天，二十三歲的台灣青年岩里政男因為日本戰敗，恢復學生身分，決定從東京回台北進入台灣大學繼續讀書。

他搭上了一艘又老又舊的美軍貨輪「自由輪」，大船抵達基隆港，卻不能馬上登岸，因為船上所有的人，必須隔離檢疫。在等候上岸時，大批從日本回來的台灣人，很多是跟他一樣的大學生，從甲板上就可以清楚看見，成批成批的中國軍人，在碼頭的地上吃飯，蹲著、坐著。在這些看慣了日軍的台灣人眼中，這些國軍看起來裝備破舊，疲累不堪，儀態和體格看起來都特別差。甲板上的台灣人你一句我一句地開始批評，露出大失所望、瞧不起的神色。

這個時候，老是單獨在一旁，話很少、自己看書的岩里政男，突然插進來說話了，而且是對大家說。

「為了我們的國家，」這年輕人說，「國軍在這樣差的裝備條件下能打贏日本人，是一件非常了不起的事，我們要用敬佩的眼光來看他們才是啊。」[28]

岩里政男，後來恢復他的漢名，李登輝。

在那樣的情境裡，會說出這話的二十三歲的人，我想，同情的能力和包容的胸懷，應該不同尋常才是？

48 你來何遲遲

在碼頭、火車旁、廣場上伸長了脖子熱切等候國軍的台灣人民固然無從想像衣衫襤褸、疲憊不堪的七十軍裡頭可能深藏著個人的委屈和情感，七十軍也無從想像，那鼓樂喧天中揮旗歡呼的台灣群眾裡頭，同樣飽蓄著個人的隱忍和創傷，加上五十年的抑鬱。

七十軍不可能知道站立在街道兩旁列隊歡迎的人群裡，譬如吳新榮這樣的人，是怎麼想的。

東京醫科大學畢業，在台南縣佳里鎮執業的文人醫師吳新榮，有寫日記的習慣。一九四五年九月間，坊間就已經沸沸揚揚盛傳國軍要在南部上岸，他歡欣若狂，他輾轉難眠。

九月七日，「聞此十二日中國軍要來進駐台南，所以約朋友要去看

28 梵竹，〈一張高爾夫球場會員證的故事：訪何既明先生〉，轉引自藍博洲，《共產青年李登輝：二進二出共產黨第一手證言》，苗栗紅岩出版社，二〇〇〇年，第一六六頁。

這歷史的感激。晚上洗淨身體，飲些金蘭，大快。」

「歷史的感激」所表達的是一個在台灣殖民地長大、在日本宗主國受菁英教育的文人心中，如何充滿被壓抑的渴望和一旦釋放就澎湃的民族情懷。

九月八日，激動之餘，他在書桌前坐下，拿出毛筆寫漢詩。詩的文字天真，感情單純而心境皓潔如當空明月，彷彿漢代樂府的重現：

因為昨夜飲茶過多，半夜強睡而不眠。所以起來寫信通知黃百祿、楊榮山兩君，說此十二日要去台南看中國軍來進駐之狀況，後寫「祖國軍歡迎歌」如左記：

旗風滿城飛　鼓聲響山村
我祖國軍來　你來何遲遲
五十年來暗天地
今日始見青天　今日始見白日

大眾歡聲高　民族氣概豪
我祖國軍來　你來何堂堂
五十年來為奴隸
今日始得自由　今日始得解放
自恃黃帝孫　又矜明朝節
我祖國軍來　你來何烈烈
五十年來破衣冠
今日始能拜祖　今日始能歸族[29]

29 張良澤主編，《吳新榮日記》（戰後），台北遠景出版社，一九八一年，第七頁。

49 一支香

但是九月十二日，國軍並沒有進駐台南；小鮑布那艘坦克登陸艦把七十軍送到基隆港之後，先得開往越南海防港；和劉玉章的五十二軍一樣，國軍的六十二軍也在海防港等船。在各個碼頭等候遣返的人有好幾百萬，船，是不夠用的。

航海日誌透露的是，LST-847登陸艦在十一月十九日，從海防港接了六十二軍的五十五位軍官和四百九十九位士兵，駛往「福爾摩沙」，六天以後才抵達那時還稱為「打狗」的高雄港。負責接收台灣南部的六十二軍，在十一月二十五日才在高雄上岸。

吳新榮為了見到祖國的軍隊，九月就「齋戒沐浴」，卻白等了一場。沒等到國軍，倒是十月十日國慶日先來臨了。

五十年來第一個國慶紀念，吳新榮興沖沖地騎著腳踏車趕過去。他看見台南「滿街都是青天白日旗」，仕紳們站在郡役所露台上，對著滿街聚集的民眾用肺腑的聲音熱烈地呼喊「大中華民國萬歲」。

三十八歲的醫生吳新榮，百感交集，潸潸流下了眼淚。30

彭明敏的父親，卻感覺不對了。彭清靠，是個享有社會清望的醫生，一九四五年十月，在全島歡騰中他被推舉為地區「歡迎委員會」的主任，負責籌備歡迎國軍的慶典和隊伍。籌備了很多天，買好足夠的鞭炮，製作歡迎旗幟，在碼頭搭好漂亮的亭子，購置大批滷肉、汽水、點心，一切都備齊了之後，通知又來了：國軍延後抵達。大家對著滿街的食物，傻了。

同樣的錯愕，又重複了好幾次。

最後，十一月二十五日，六十二軍真的到了。日軍奉令在碼頭上整齊列隊歡迎。即使戰敗，日軍的制服還是筆挺的，士兵的儀態，還是肅穆的。

軍艦進港，放下舷梯，勝利的中國軍隊，走下船來。

彭清靠、吳新榮，和滿坑滿谷高雄、台南鄉親，看見勝利的祖國軍

30 吳新榮，《吳新榮日記全集》卷八，台南台灣文學館，二〇〇七年，第二〇七頁。

隊了：

第一個出現的，是個邋遢的傢伙，相貌舉止不像軍人，較像苦力，一根扁擔跨著肩頭，兩頭吊掛著的是雨傘、棉被、鍋子和杯子，搖擺走下來。其他相繼出現的，也是一樣，有的穿鞋子，有的沒有。大都連槍都沒有。他們似乎一點都不想維持秩序和紀律，推擠著下船，對於終能踏上穩固的地面，很感欣慰似的，但卻遲疑不敢面對整齊排列在兩邊、帥氣地向他們敬禮的日本軍隊。[31]

彭清靠回家後對兒子明敏用日語說，「如果旁邊有個地穴，我早已鑽入了。」彭明敏其實了解歷史，他知道，這些走下舷梯的勝利國軍，其中有很多人是在種田的時候被抓來當兵的，他們怎麼會理解，碼頭上的歡迎儀式是當地人花了多大的心思所籌備，這盛大的籌備中，又藏了多麼深的委屈和期待？

彭明敏說，這些兵，「大概一生從未受人『歡迎』過。帶頭的軍官，連致詞都沒有……對他們來說，台灣人是被征服的人民。」[32]

來台接收的國軍和期待「王師」的台灣群眾，「痛」在完全不一樣的點，歷史進程讓他們突然面對面，彷彿外星人的首度對撞。這種不理解，像瘀傷，很快就惡化為膿。短短十四個月以後，一九四七年二月二十八日，台灣全島動亂，爆發劇烈的流血衝突。彭清靠是高雄參議會的議長，自覺有義務去和負責「秩序」的國軍溝通，兩個文化的劇烈衝突——你要說兩個現代化進程的劇烈衝突，我想也可以，終於以悲劇上演。

彭清靠和其他仕紳代表踏進司令部後，就被五花大綁。其中一個叫涂光明的代表，脾氣耿直，立即破口大罵蔣介石和陳儀。他馬上被帶走隔離，「軍法審判」後，涂光明被槍殺。

彭明敏記得自己的父親，回到家裡，筋疲力盡，兩天吃不下飯。整個世界，都粉碎了，父親從此不參與政治，也不再理會任何公共事

31 彭明敏，《自由的滋味：彭明敏回憶錄》，第六四頁。
32 同前註，第六四—六五頁。

務：

……他所嘗到的是一個被出賣的理想主義者的悲痛。到了這個地步，他甚至揚言為身上的華人血統感到可恥，希望子孫與外國人通婚，直到後代再也不能宣稱自己是華人。[33]

帶著「受傷」記憶的台灣人，不是只有彭明敏。

我坐在蕭萬長的對面。當過行政院長，現在是副總統了，他仍舊有一種鄉下人的樸素氣質。一九四九年，這鄉下的孩子十歲，家中無米下鍋的極度貧困，使他深深以平民為念。但是，要談一九四九，他無法忘懷的，反而是一九四七。

八歲的孩子，能記得什麼呢？

他記得潘木枝醫師。

貧窮的孩子，生病是請不起醫生的。但是東京醫專畢業以後在嘉義開「向生醫院」的潘醫師，很樂於為窮人免費治病。蕭萬長的媽媽常跟幼小的萬長說，「潘醫師是你的救命恩人喔，永遠不能忘記。」

彭清靠和涂光明到高雄要塞去協調的時候，潘木枝，以嘉義參議員的身分，和其他十一個當地鄉紳，到水上機場去與軍隊溝通。

這十二個代表，在一九四七年三月二十五日，全數被捆綁，送到嘉義火車站前面，當眾槍決。

八歲的蕭萬長，也在人群裡，不明白發生了什麼事，但是他眼睜睜看著全家人最熟悉、最感恩、最敬愛的醫生，雙手縛在身後，背上插著死刑犯的長標，在槍口瞄準時被按著跪下，然後一陣槍響，潘醫師倒在血泊中，血，汩汩地流。

「八歲，」我說，「你全看見了？你就在火車站現場？」

「我在。」

在那個小小的、幾乎沒有裝潢的總統府接待室裡，我們突然安靜了片刻。

33 同前註，第八〇頁。

火車站前圍觀的群眾，鴉雀無聲。沒有人敢動。

這時，萬長那不識字的媽媽，不知什麼時候，手裡已經有一支香，低聲跟孩子說，「去，去給你的救命恩人上香拜一拜。你是小孩，沒關係。去吧。」

小小的鄉下孩子蕭萬長，拿著一支香，怯怯地往前，走到血泊中的屍體前，低頭跪了下來。[34]

34 龍應台訪問蕭萬長，二〇〇九年四月三十日，台北。

第六部

福爾摩沙的少年

50 水滴

七十軍在台灣北部，六十二軍在台灣南部，很快地開始招兵買馬。一九四五年十二月三日，《台灣新生報》刊登了七十軍的公告，「接收台灣志願兵」，十七歲到三十歲都可以報名。

台東卑南鄉泰安村是一個很小的村子，幾十戶人家，大多是土房。村子背山面海，望向山，滿滿是濃綠的椰子樹、檳榔樹，一派熱帶風光；望向海，太平洋深藍的海水延伸入無邊無際的淺青天色。走在村裡的泥土路上，聽得見椰葉唰唰和海浪絮絮的聲音交織。

這裡長大的孩子都有焦糖色的皮膚和梅花鹿的大眼睛。十七歲的陳清山和同村同齡的好朋友吳阿吉都是利嘉國小的畢業生。利嘉國小在一個山坡上，一片椰林邊。海風總是從東邊太麻里那邊吹過來，孩子們喜歡躺在草地上，看椰樹的闊葉像舞裙在風裡搖擺。幾株老梅樹，開了花後一定結果，老師們就帶著孩子們做梅子醬。

日本人在的時候，他們被集中去練習操槍，聽說南洋馬上需要兵。

現在日本人走了，他們回到野地裡種菜、拔草、看牛，家中仍然有一餐沒一餐的，餓的時候就到山上去找野味。

村裡的少年都沒有鞋，赤腳走在開滿野花的荒地裡，鬱悶地思索，前途在哪裡。

這時，村子裡的集會所來了國軍的宣傳員，用流利的日語廣播：有志氣的青年，到中國去，國家建設需要你。月薪兩千元，還可以學國語，學技術。

小小泰安村一個村子就報名了二十個大眼深膚的少年。

就是這泰安村，三十多年以後，在和平的歲月裡，同樣貧窮的卑南家庭出了一個大眼睛的小女孩，因為歌聲驚人地嘹亮動聽，她憑著歌聲走出了村子。

她叫張惠妹。

一九四五年十二月二十五日，一輛軍用大卡車轟轟駛進了泰安村，整個村子的土地都震動了。路邊吃草的黃牛，都轉過頭來看。軍車，接走了這二十個人。陳清山的妹妹，在番薯田裡耕地，沒看見哥哥上車。

大卡車開到了台東市，陳清山和吳阿吉看見全縣有兩百多個年輕人，原住民占大多數，已經集合在廣場上。穿著軍服的長官站上了司令台開始致詞訓話，同伴們面面相覷——哇，聽不懂。

陳清山、吳阿吉，成為七十軍的士兵。泰安村來的少年們，非但不懂國語，也不懂閩南語。日語是他們唯一的共同語言，但是，七十軍和六十二軍，不懂日語。[1]

這些鄉下的少年都不會知道，就在他們加入七十軍、六十二軍的同時，大陸東北，已經山雨欲來，風暴在即。一九四五年十二月二十一日，陳誠給蔣介石的極機密報告，畫出了當時在「局中」的人們都不知道的時局大圖像：

共軍概況：一：自山東乘帆船渡海，在安東省莊河縣登陸者萬餘人；二：自河北、熱河進入遼寧者萬餘人；三：自延安徒步抵遼寧省二萬餘人；四：在遼、吉二省招募及強拉偽滿警察憲兵、失業

工人、土匪流氓、失業分子，及中條山作戰被俘國軍約計十五萬人……[2]

戰爭的土石流蓄勢待發，但是，一滴水，怎麼會知道洪流奔騰的方向呢？

1 龍應台訪問陳清山、吳阿吉，二〇〇九年二月二十五日，台東。

2 秦孝儀總編，《總統蔣公大事長編初稿》卷五下冊，台北中正文教基金會，一九七八年，第九〇八頁。

51 船要開出的時候

二〇〇九年二月二十五日
台灣台東卑南鄉泰安村，陳清山家中
陳清山：八十一歲
吳阿吉：八十一歲

陳清山和吳阿吉，十七歲時，走出台東卑南的家鄉，到了國共內戰的戰場，六十五年以後，和我一起坐在老家的曬穀場上聊天。我們坐在矮椅上，不斷有五、六歲的孩子，赤著腳，張著又圓又大美麗得驚人的眼睛，俏皮地扭著扭著黏過來，想引起我們的注意。羽毛豔麗的公雞在我們椅子下面追逐母雞，一個卑南族的老媽媽用竹掃帚正在掃地。太平洋的風，懶懶地穿過椰樹林。

我很想閉起眼來，專心一意地聽他們的口音：那竟然是卑南音和河南腔的混合。

少年時離開卑南家鄉，他們在大陸當國軍，然後當解放軍，在那片土地上，生活了五十年，故鄉只是永遠到不了的夢，因為故鄉，正是自己砲口對準的敵區。

陳清山在山東戰役被解放軍俘虜，換了制服，變成解放軍，回頭來打國軍時，受了傷，「喏，你看，」他把扭曲變形的手給我看，「被國軍的機關槍打的。」

那時吳阿吉還在國軍陣營裡，他得意地笑，說，「會不會就是我打的？」

很難說，因為過幾天，吳阿吉也被俘虜了，換了帽徽變成解放軍，跟陳清山，又是同袍了。

兩個八十多歲、白了頭的卑南族少年，就這麼你一句我一句鬥嘴，說到高興處，你一句我一句又合唱起解放軍歌來。五十年歲月如清風如淡月，我看得呆了。

龍：一九四五年光復的時候，你們兩人在做什麼？

陳：在家裡種田。

龍：鄉下怎麼知道招兵的？

吳：日本投降以後國軍就來了。

陳：我記得那個時候大家集中在集會所，一起聽。國軍來這裡，來了以後他講的是去做工，那個時候我們很窮沒什麼吃，要做工要賺錢，所以我們去了。

龍：你以為是去做工，不知道是去當兵？

陳：他沒有講是當兵。

吳：國軍問我，你想幹什麼，我說我要去讀書，他們講讀書可以啊，你到我們那個地方去，保證給你學。

龍：你們家就你一個當國軍嗎？

吳：我一個人，我哥哥去當日本兵了。

龍：入伍，送到基隆去受訓，受什麼訓？

吳：立正稍息！

陳：射擊子彈！不過，也有學文化，還學政治。

龍：那時候認識漢字嗎？

吳：認的是日文。中國字不認得。

陳：也不懂北京話。

龍：被編入的那個班，一個班多少個人？

吳：一個班十二個。除了班長副班長以外都是台灣人——

龍：到了哪裡才知道是當兵呢？

陳：到基隆以後，給我們發槍，發槍以後才知道，我不是做工，是當兵。

龍：你們穿什麼制服？

吳：就是那個國民黨的士兵衣服。

龍：有綁腿嗎？

吳：有。

龍：穿什麼鞋子？

吳：布鞋。

陳：不是啦，是日本軍鞋。接收日本人的。

龍：基隆的三個月裡頭，台灣兵有沒有逃走的？

陳：有。被抓回來打。

龍：怎麼打法？

陳：用棍子打，用槍戳他，在淡水那個最厲害了，打得狠！

吳：淡水那個在底下用棍子打。

陳：還有一個用刺刀刺他。

龍：所以你們就不敢逃囉？

陳：我都不敢跑，那個阿美族的十三個人一塊逃跑，最後在台北抓到，都抓回來了。都是台東人，打得不輕。

龍：記得第一次挨打嗎？

吳：那個時候是我到高雄山上逃跑掉了，逃跑。山上到處都是兵，把我抓起來了。挨打喔，那個棍子那麼大，「啪啪」打屁股。

陳：你挨打，我沒挨過打，我很聽話。

吳：他是很聽話，很老實。

陳：老老實實的跟他們，他們還讚揚我，我訓練的好，連長還比大拇指。

龍：什麼時候知道要被送到大陸去的？

陳：他們跟我們講只是「行軍」，輕裝，什麼都不要帶，連背包什麼都留在兵營裡面，說是行軍回來再吃午飯，可是走到快下午，就走到高雄海港了，一看到大輪船，我就知道要上船了。

龍：描寫一下事前的準備吧。你們有槍嗎？

吳：槍被老兵拿走了。

陳：老兵拿槍看守我們，後來我才知道，「老兵」也是抓來的「新兵」。四川的，湖南的，安徽的。他們也想家，晚上也哭。

龍：高雄碼頭上，什麼光景？

吳：滿滿是軍人。

陳：上船以後還有逃跑的，有人從船上逃跑，跳海，跳了以後就有機關槍射過去，死了不少人……

龍：到了碼頭，看到船，知道要被送去大陸，你在想什麼？

陳：心裡很不好受，我要離開故鄉了；但是去就去吧，死就死吧，你也沒辦法啊。我記得很多人哭，在船上，有的哭著跳海，有的在船艙裡面痛哭。

龍：船上約有多少人？主要都是台灣兵，跟你們一樣十六、七歲的人？

陳：一個團，大概一千多人吧。大多是台灣新兵。

龍：在船上哭成一團？

吳：哭喔，還是孩子嘛，像我拚命哭，哭有什麼用，沒有用，想回家去，回不了家了。

龍：那你們家裡的人，知不知道你們到了大陸？

陳：不知道，出來以後都沒有通過信。

龍：上船的時候，好像也有很多戰馬上了船？

陳：馬，有，一個團有幾匹馬過去，有的掉到海裡，有的死了，死了就丟到海裡。

龍：船到了上海，你才知道到了上海？

陳：對啊。在上海沒有停，坐了火車往北走，到徐州是晚上了。很冷，穿的那個棉衣很薄。武器也換了，原來是三八式，日本的，後來換七九式的槍，國軍的步槍。

龍：不是有兩個原住民，在上海碼頭倉庫裡過夜，第二天早上就凍死了，被抬出去？

陳：當時有聽講。不過不在我們這個班。

龍：你們在高雄登艦之前，知不知道大陸在打仗？

吳：我不知道。

陳：我知道，說有共產黨。

龍：所以從高雄到了上海，上海到南京，南京到徐州。在徐州做什麼？

陳：在那裡三個月，顧飛機場。

吳：抓共產黨的游擊隊。

陳：我們抓了一個戴草帽背背袋的，他說他是老百姓，班長就不信，就把他捆起來了，一直盤問他，說他是間諜吧，一直打，吊在樹上吊起來打。

龍：你怎麼被俘的？

陳：我們跑啊，共軍在後面追，之後就打槍，就把我的腿打傷了，我也走不動了。很害怕啊，聽說被解放軍逮了以後，會割鼻子，砍耳朵，會槍斃，我很害怕。

吳：那是國民黨講的。

陳：害怕就想哭，想哭也沒辦法。解放軍來了以後，有一個帶手槍的高個子，見到我，就把他自己的褲子割下一片布，給我包紮，我也想不到，以為他會殺我的，一看他這麼好，給我包傷了以後，我就隨著他們走了，從那個時候起就當解放軍了。

龍：然後回頭打國軍？心裡有矛盾嗎？吳阿吉還在國軍裡頭哩！

陳：我回頭打國軍，可是馬上又被國軍打傷了。

吳：我不知道打了你呀！

陳：你在國軍，我在共軍。

龍：所以你們兩個繼續打仗，只是在敵對的陣營裡，一直到阿吉也被俘？

陳：對啊，他在徐蚌戰役被俘，我把他俘虜了。

吳：我被你俘虜過去了，我也不知道。

龍：清山，你「殲滅」了國軍時，心裡高興得起來嗎？

陳：勝利了就高興。

吳：你勝利，我就不高興了。

龍：那你有俘虜國軍嗎？

陳：有啊，有一次俘虜了整個國軍的連。他們正吃飯，我們就包圍了他們，然後手榴彈就丟過去，丟好幾個手榴彈。

吳：喂，你那個時候到底是共軍還是國軍？

龍：他是共軍啦，對國軍——就是對你，丟手榴彈啦！

陳：嗯，那個時候阿吉可能真的在裡面。

龍：一九四五年離開卑南家鄉，清山是哪一年終於回鄉的？

陳：我是一九九二年回來的。回來，父母親都不在了。

龍：阿吉，你在徐蚌會戰中被俘，就變成了解放軍，後來又參加了韓戰，被送到朝鮮去了？

吳：對。我們過鴨綠江，一直打到南韓那邊去。

龍：過鴨綠江，又是冰天雪地的冬天，對你這台東的小孩，太苦了吧？

吳：苦死有什麼辦法，那個時候就是哭啊，哭也沒有用。

龍：過鴨綠江之前，共軍是怎麼跟你說的？

吳：就是我們要去打美國人。美國人個子大，槍很容易瞄準他，很好打。

龍：你們的部隊要進入朝鮮以前，還要把帽徽拆掉，假裝是「志願軍」？

吳：帽徽、領章、胸章，全部摘掉。他們講，不能讓人家知道我們是當兵的。知道，就是侵略了。

龍：可是，這樣你如果戰死，人家都不知道你是誰。

吳：對。

龍：一九四五年卑南鄉你們村子一起去當兵的有二十個人，其他那十八個人後來呢？

陳：有的在戰場死了，有的病死了，大部分都死在大陸。過五十年，回到台東故鄉的只有我和阿吉兩個，還有一個邱耀清，共三個。

龍：你們覺得，國軍為什麼輸給了共軍？

陳：沒有得到老百姓的支援就是這樣，那個「三大紀律、八項注意」的歌很好，阿吉你有沒有唱過？

吳：（唱）三大紀律，八項注意……

（合唱）

第一，一切行動聽指揮，步調一致才能得勝利；

第二，不拿群眾一針線，群眾對我擁護又喜歡；

第三，一切繳獲要充公，努力減輕人民的負擔……

龍：那你還記不記得國軍的歌？

吳：這就是國軍的歌啊。

陳：亂講，這是解放軍的歌。

吳：解放軍不是國軍——

陳：解放軍哪裡是國軍，國軍是國軍，解放軍是解放軍！

龍：在大陸五十年，都結婚生子，落地生根了，為什麼還想回來台東？

吳：就是想家……

陳：就是想家……

龍：那你現在回到了台東，是不是又回頭想念河南的家呢？

陳：也想，孩子在那邊。

龍：阿吉，回頭看你整個人生，你覺得最悲慘的是哪一個時刻？

吳：就是在高雄港船要開出的時候。

52 鹽

陳清山和吳阿吉都是昭和三年、一九二八年出生的人，一九四五年國軍在台灣招兵時，他們剛好十七歲。

十七歲的男孩子，既不是兒童，也不是成人，他們是少年。少年的尷尬就在於，他們遠看可能像個大人，夠高也夠結實，可以一欠身就把一袋米扛在肩上，輕鬆地跨步就走。但是近看，尤其深深看他的眼睛，眼睛藏不住那種專屬小男孩的怯意和不安，那種母親一走遠就想緊緊拉著裙角不放的怯意，那種你逼極了會忍不住哭出聲來的不安。可是，也可能同時有一種輕狂和大膽，以為自己可以離家出走、上山下海、闖蕩世界，獨自開出一條路來的輕狂和大膽。一個十七歲的少年，像希臘神話裡的人身羊蹄一樣，他帶著孩子的情感想大步走進成人的世界。

十七歲的少年，也許就在跟父親一起彎腰鋤地的時候，也許就在幫母親劈柴生火的時候，會突然覺得，自己已經不是小孩了。一種現實的觀察能力突然湧現，他發現，父親背負重物時顯得那樣無力，母親從沒有光的廚房裡出來，被年幼的弟妹包圍著，她的眼神那樣淒苦疲累。這時，少年的責任感油然而生，他，應該為家庭挑起一點負擔了。或者，他，該走出村子了。

吳阿吉和陳清山就這樣離開了卑南鄉。

張拓蕪，也這樣離開了他的村子。

他的村子離台東很遠很遠，叫后山鄉，在安徽涇縣。安徽在哪裡？它的三點鐘方向是江蘇，五點鐘方向是浙江，六點鐘方向是江西，九點鐘方向是湖北，十一點、十二點方向是河南和山東。涇縣，在安徽的東南。

這裡的人，一輩子只見過手推的獨輪車和江上慢慢開的木船，不曾見過火車、汽車或輪船。

張拓蕪本來叫張時雄，後來當了兵，總共逃走過十一次，每逃走一次呢，就換一次名字，最後一次在高雄要塞換單位時，一個特務長幫他翻四書，找到「拓」這個字，覺得不錯，就用了，但是張拓蕪不滿意名字只有兩個字，想想山河變色、死生契闊，自己的家鄉田園已蕪，於是自己給自己加上了一個「蕪」字。

和阿吉與清山一樣，拓蕪出生在一九二八年；安徽涇縣后山鄉和台灣台東卑南鄉泰安村，哪一個村子比較窮？難比較。阿吉和清山記得自己家中經常沒有米可以做飯，拓蕪記得家鄉大脖子的人特別多；長期地買不起鹽巴，缺碘，每三、五家就有一個大脖子的人，脖子下面「吊著一個大肉瘤，像牲口項下的鈴鐺。小者如拳，大者如盆」。[3]

拓蕪和阿吉、清山的抉擇是一樣的：十七歲那一年，他在安徽也加入了國軍——二十一軍一四五師迫擊砲營第三連。

入伍第一天，見排長時，人家敬禮他鞠躬，排長一巴掌甩過來打得他倒退好幾步，然後用四川話開罵：「龜兒子喳個連敬禮都不會，當你娘的啥子兵嘛。」[4]

十七歲的張拓蕪的第一份工作，就是砲兵，但他的所謂砲兵，就是

3 張拓蕪，《代馬輸卒手記》，台北爾雅出版社，一九七六年，第一三四頁。

4 龍應台訪問張拓蕪，二〇〇九年四月十九日，台北。

做馬做的工作：用體力拖著沉重的山砲，翻山越嶺，如馱重的騾馬。在他的胸前，繡的不是部隊番號和姓名，不騙你，真的，他胸前繡的真的是那四個文言文的字：「代馬輸卒」——代替馬做運輸的小卒！

一九四六年的冬天，張拓蕪的部隊行軍到了江蘇北部剛剛被國軍從共產黨手中奪過來的鹽城，二十一軍奉命要駐紮下來擔任城防。從鹽城走出來的孩子，有的後來做了上將國防部長，譬如郝柏村，有的，成了文學出版家，譬如台北九歌出版社的蔡文甫。這時的鹽城，卻十室九空。

蘇北，是共產黨統治了很久的地盤，這次被國軍奪回，城牆上插著青天白日滿地紅的國旗。

不可能沒經過血淋淋的戰鬥，但是，踏著十二月的冰雪進城，張拓蕪覺得鹽城透著怪異——怎可能，這個小城，四周竟然沒有護城河。中國哪個城市沒有護城河啊？穿過城門，走進城裡，更奇怪的是，整個城竟然沒有戰壕。兩軍劍拔弩張，對峙如此之久，怎可能沒有防衛的戰壕？

駐紮處沒有水源，部隊就在城門口找到淺淺的一窪水，像是從地裡滲出來的，紅紅黃黃的，極不乾淨，但是總比沒有水要好。他們就喝這水，用這水煮飯。

二十一軍的一個士兵，蹲在空曠處，草紙是奢侈品，沒有的，他因此想找一塊石頭來清理自己。當他用力把一塊冰雪覆蓋的石頭掰開時，發現石頭下面竟是一隻手臂，一隻穿著軍服的手臂，凍成青色的。

原來不是沒有戰壕，所有的戰壕都被掩埋了。把戰壕挖開一看，裡頭埋了七百多具屍體，是共軍的。這溝裡躺著的所謂共軍，張拓蕪知道，很多也不過是被拉來的農家孩子。挖出來的屍體，摸摸軍服裡的口袋，每個口袋裡都有被雪水浸透了的家書和親人的照片。

等一下，班長說，如果城內有戰壕，那麼城外就一定有護城河。

二十一軍在城牆外應該是護城河的地方開始挖掘。

雪停了，大地凝結成冰，鐽子敲下去，空空作響。天上沒有一隻飛鳥，地上沒有一株樹，唯一突出地面的是水塘邊高高矮矮的蘆葦，水塘被雪覆蓋，蘆葦在冬天裡一片衰敗，像鬼魅般的黑色斷齒。

多年後，張拓蕪讀到瘂弦的詩，他馬上就想到鹽城這一片孤苦寒瑟、萬物如芻狗的冰封平原。

鹽

二嬤嬤壓根兒也沒見過退斯妥也夫斯基。春天她只叫著一句話：鹽呀，鹽呀，給我一把鹽呀！天使們就在榆樹上歌唱。那年豌豆差不多完全沒有開花。

鹽務大臣的駱隊在七百里以外的海湄走著。二嬤嬤的盲瞳裡一束藻草也沒有過。她只叫著一句話：鹽呀，鹽呀，給我一把鹽呀！天使們嬉笑著把雪搖給她。

一九一一年黨人們到了武昌。而二嬤嬤卻從吊在榆樹上的裹腳帶上，走進了野狗的呼吸中，禿鷹的翅膀裡；且很多聲音傷逝在風中：鹽呀，鹽呀，給我一把鹽呀！那年豌豆差不多完全開了白花。退斯妥也夫斯基壓根兒也沒見過二嬤嬤。

他們總共找到三千多具屍體，扔在護城河裡，全是四十九軍的國軍，胸前繡著「鐵漢」二字，是王鐵漢的部隊。因為冷，每個被挖出來的人，雖然面色鐵青，但是眉目清楚，很多沒有闔眼，突出的眼睛對著淡漠的天空，像醃過的死魚。

這三千多具屍體，很多，大概也是十七歲。

原來二十一軍這段日子飲用的、煮粥的那窪紅紅黃黃的水，是屍體混著融雪逐漸滲上來的血水。

拓蕪的部隊在重埋這些無名無姓的屍體的時候，也差不多就是吳阿吉、陳清山在鳳山開始行軍的時候。他們的班長說，走到中午就回來吃飯，所以什麼都不要帶。但是他們一直走一直走，口令讓他們停住時，發現這是高雄港；一艘又一艘的運輸艦靠在碼頭，等著送他們到中國的戰場。

深冬啊，一九四六。

53 如要凋謝，必做櫻花

阿吉、清山、拓蕪都是一九二八年出生的孩子，他們的哥哥們，比他們大個幾歲，早幾年來到十七、八歲或二十歲這個關口，做出人生重大的決定。譬如比他們大五歲的蔡新宗、大八歲的柯景星。

蔡新宗的家在日月潭邊的魚池鄉，柯景星是彰化和美人。他們二十歲時，碰上的不是改朝換代的一九四五而是戰時的一九四二，台灣還是日本的國土，蔡新宗已經改名叫「藤村茂」，柯景星很快會改名叫「河村輝星」。

和多數的台灣孩子一樣，蔡新宗和柯景星上學時，每天早上朝會由校長指揮，先向日本天皇的皇居遙拜，在敬禮注視中升起太陽旗，然後齊聲唱國歌。國歌叫〈君之代〉，歌詞優美，有中國《楚辭》的味道，雖然孩子們不學《楚辭》：

皇祚

皇祚連綿兮久長
萬世不變兮悠長
小石凝結成巖兮
更巖生綠苔之祥

上課的時候，孩子們學「教育敕諭」，一八九〇年以天皇之名頒發的「教育敕諭」，教導孩子們「一旦緩急則義勇奉公以扶翼天壤無窮之皇運……」。少年時，他們就會學「軍人敕諭」。那是一八八二年所頒，要孩子們效法軍人精神，「盡忠節」、「正禮儀」、「尚勇武」、「重信義」等等，而所有這些品格鍛鍊的最高目標，就是效忠「天壤無窮之皇運」。

隨著太平洋戰場上的緊張，殖民地的思想教育轉為積極。原來大家能唱愛哼的台灣流行歌，一首一首填進了新詞，配上了進行曲的節奏，一一變成軍歌。〈月夜愁〉變成〈軍夫之妻〉，〈望春風〉變成

〈大地在召喚〉。周添旺填詞、鄧雨賢譜曲的〈雨夜花〉，人們愛它的溫柔婉約，從水井唱到市場，本來是在表達一個青春女性的自傷和自憐：

雨夜花，雨夜花，受風雨吹落地。
無人看見，瞑日怨嗟，花謝落土不再回。
花落土，花落土，有誰人通看顧。
無情風雨，誤阮前途，花蕊凋落要如何。

流行歌的感染力強，現在，〈雨夜花〉的旋律改譜，歌詞改寫，叫做〈榮譽的軍夫〉：

紅色彩帶，榮譽軍夫，多麼興奮，日本男兒。
獻予天皇，我的生命，為著國家，不會憐惜。
進攻敵陣，搖舉軍旗，搬進彈藥，戰友跟進。

寒天露營，夜已深沉，夢中浮現，可愛寶貝。

如要凋謝，必做櫻花，我的父親，榮譽軍夫。[5]

5 莊永德譯文，莊永明整理。

54 南十字星的天空

就如同弟弟們在三年以後會排隊去報名加入國軍一樣，這些哥哥們在一九四二年努力地要報名加入日軍。「陸軍特別志願兵制度」在台灣開始招聘。第一期，日本軍部只招一千名士兵，卻有四十二萬人爭取，還有很多青年陳上血書以表達為國犧牲的強烈決心；第二期也只開放一千個名額，湧來六十萬個「熱血青年」報名。那少數被錄取的，榮耀了整個家族和鄉里；不被錄取的，還有人因為滿腔殺敵抱負受挫，幽憤而自殺。

戰事之初，台灣青年還沒有資格當日本兵，只能當「軍人、軍犬、軍馬、軍屬、軍夫」這個階級順序中的軍屬——軍人的傭人，和軍夫，為前線的士兵做運輸和後勤補給。一直到一九四二年太平洋戰爭擴張到危險邊緣，日本才開始在台灣徵「志願兵」。日本厚生省一九七三年的統計說，從一九三七到一九四五年，台灣總督府總共招募了軍屬、軍夫十二萬六千七百五十名，從一九四二到一九四五年則徵募了軍人八萬零四百三十三人，加起來就是二十萬七千零八十三名；二十多萬個台灣青年中，三萬三百零四個人陣亡。[6]台灣青年們被送到南洋戰場之後，在潮濕酷熱、傳染病肆虐的叢林裡，晚上望向星光閃爍的天空時，還會哼起熟悉的〈台灣軍之歌〉：

太平洋上天遙遠，南十字星 閃閃光
黑潮溢洗 椰子島，波浪沖過 赤道線
睨目企騰 在南方
守護有咱 台灣軍
啊！嚴防的 台灣軍

6 參考周婉窈，〈從比較的觀點看台灣與韓國的皇民化運動（1937-1945）〉，見張炎憲、李筱峰、戴寶村編，《台灣史論文精選》（下），台北玉山社，一九九六年，第一八五—一八七頁。
中日開戰後，日本在一九三七年九月開始徵召台灣人充當不具備正式軍人身分的軍屬與軍夫做運輸補給工作。第一批台籍軍夫參加了淞滬會戰。「台灣農業義勇團」在上海郊外開墾農場，提供日軍補給。戰局擴大後，台灣總督府接著以各種名義招募台籍軍屬、軍夫到中國戰線負責後勤，譬如農業指導挺身團、台灣特設勞務奉工團、台灣特設勤勞團、台灣特設建設團等。

歷史芬芳五十年，戰死做神盡本分
鎮守本島北白川，所傳士魂蓬萊存
建立武功在南方
守護有咱台灣軍
啊！嚴防的台灣軍……

歌詞中的「南十字星」，是南半球的北斗星，只有在南半球看得見，兩串閃亮的星鏈呈「十」字在夜空交錯，引人無限的浪漫懷想。五十年以後，在婆羅洲長大的小說家李永平，後來回憶那段童年歲月時寫到，自己的父親曾說過，他聽見日軍行軍時軍鞋踏在地面上那沉重而整齊的聲音，也聽見日本士兵在慰安所喝得酩酊大醉時，大夥混聲合唱軍歌〈月夜愁〉和〈雨夜花〉，歌聲帶著濃濃的酒意和悲壯……

蔡新宗和柯景星就在二十歲前後，風風光光地加入了日軍的隊伍，要到南洋去做「盟軍戰俘營監視員」。他們在一九四二年七月到嘉義白河受基本軍訓。受訓中有一個環節，讓柯景星大吃一驚，就是學習如何打耳光。兩排新兵面對面站立，互打耳光，打得重，打得準，才算及格。

一有了「軍屬」身分，少年們走在街上都覺得意氣風發。有些馬上就到日本軍部指定的商店裡去買了看起來像日本戰鬥兵的帽子，年輕稚氣的臉孔對著店裡的鏡子戴上，覺得自己挺帥氣，然後開心地上街閒逛。平常看見遊蕩的少年就要氣勢凌人叫過來教訓一頓的警察，現在竟然當街向他們舉手敬禮；少年心裡充滿了報效國家的激動和榮耀的感覺。

八月三日，這些經過短暫訓練的台灣少年，告別了自己的父母兄弟；沒有什麼生離死別的沉重，他們踏著輕快的腳步出村，雀躍的心情比較像是參加團體郊遊、正奔向集合地點的孩子。

從台灣的四面八方向南方匯聚，最後都到了集合地點，高雄港。

碼頭上，有很大的倉庫，鐵皮蓋的屋頂。一艘貨船改裝的運輸艦，靠在碼頭，正等著這些福爾摩沙的少年，送他們到南十字星空下的戰場。

55 這些哥哥們

八月三日這一天，激烈的中途島戰役已經結束了兩個月。在兩天的戰役中，日本損失了四艘航空母艦、一艘重巡洋艦、三百三十二架軍機，三千五百人陣亡，日軍從優勢開始轉向劣勢。在太平洋的水域裡，日本船艦隨時可能被盟軍的魚雷、潛水艇或飛機轟炸。蔡新宗和柯景星所搭乘的「三池丸」，一駛出高雄港，就在黑浪撲天中一左一右以鋸齒路線航行，避開魚雷的瞄準。

其實，如果是空中轟炸，天上射下來的機關槍能穿透三層鐵板，怎麼躲都躲不掉。

一個月後，到了婆羅洲，也就是現在屬於馬來西亞的砂拉越，一個叫古晉的小城。少年們從這裡各奔前程，蔡新宗被派到總部古晉俘虜營。他寫了篇作文〈戰場的覺悟〉，一筆工整的日文小楷，讓長官驚訝萬分，馬上賦予他俘虜營的文書工作。柯景星分到北婆羅洲的納閩島。還有很多在路上由於離鄉背井而患難與共、相互扶持的好朋友們，被分到婆羅洲北部，現在是沙巴，一個叫山打根的小城。

吳阿吉和陳清山的哥哥們就這麼從台灣的鄉下來到了南洋。他們第一次看見原始叢林裡浩浩蕩蕩如洪荒元年的大河，河邊的參天大樹每一株都像一座霸氣的獨立的山嶽，俯視著螻蟻似的人。蜥蜴巨大如鱷魚，拖著長長的尾巴，從渾濁的河水裡緩緩游出，趴上淺灘的岩石，用蠟似的眼睛，君王的姿態，看著岸上的人群。

陸陸續續地，更多的福爾摩沙少年被送到南太平洋，甚至三千里外赤道以南的新幾內亞。譬如南投埔里的四十個人，都是十八、九歲的，加入了「台灣特設勤勞團」，駐紮在日本海軍基地拉包爾。拉包爾駐紮了十萬精兵，被盟軍日夜轟炸，斷了糧食補給，必然依靠島上的自力救濟。埔里少年們萬分緊張，日夜勞動，忙著開墾農場，大量養植蔬菜，供給前線的士兵。

他們同時緊迫地挖防空洞和埋屍坑。需埋的屍體，每五十具共用一個大坑；數字不到時，就用美麗的椰子樹葉暫時蓋著。等著火化的屍體，需要大量的木材和油料。到戰爭末期，屍體太多，材料都不夠了，埔里少年的任務，就是把每一具屍體剁下一隻手掌，只燒手掌，然後將一點點骨灰寄回日本。當然，到最後，只夠剁下一根根手指來燒成灰，送還家人了。[7]

在南洋，這些台灣年輕人穿著英挺的日軍制服，背著上了刺刀的步槍，胸前繡著日本名字，在俘虜營前站衛兵，監視著被日軍俘虜的盟軍士兵，命令這些白種士兵挑砂石、挖地洞、採銅礦、建機場，在最飢餓的狀態之下做苦役。

所謂盟軍士兵，也是十八、九歲的年輕人。如果是澳洲兵，個子高大、金髮藍眼睛的居多；如果是新加坡被攻下時集體投降的英軍，那麼皮膚黑一點、眼睛炯炯有神的印度兵居多。

古晉、山打根、拉包爾，都有大規模的日軍所設的戰俘營，這些看起來是日本兵的台灣監視員，有多清楚自己在做什麼呢？

56 堪薩斯農場

那是一九七七年，我在美國讀書。研究所的同學小黛請我到她家去度週末。聽說堪薩斯州的農場很大，大到農人必須開飛機從這一頭到那一頭去勘視自己擁有的玉米田。她笑說，「我家沒那麼大。不過，用眼睛也看不到盡頭就是。」

中西部的秋天，天空藍得透徹，仰頭望久了，會突然嚇一跳，好像整個人都被一片無涯無底的水深藍吸進去。我們站在剛剛收割過的玉米田邊，一群烏鴉在田裡漫步啄食，突然聒噪起飛，遠處一輛拖拉機轟隆轟隆駛過來，駛在收割後凹凸不平的田間，揚起翻騰的塵土。

「我爸。」小黛說。她對著拖拉機裡的人用力揮手。

「小妞，」小黛爸爸扯著喉嚨從遠處喊，「有朋友啊？太——好了。」

7〈歌聲漸稀：台籍日本兵的拉包爾之歌〉，《光華雜誌》，台灣，第三卷第八期。二〇〇五年八月，第八〇頁。

拖拉機的輪胎比人還高，穿著吊帶農人工作褲的小黛爸爸熄了火，有點困難地從駕駛座上小心地爬下來。他戴著帽子，看不清他的臉。向我們走過來時，我發現，這瘦瘦的人一腳長，一腳短，跛得很明顯。

小黛跳上去用力地擁抱他，親他，他大笑著說，「輕一點，老骨頭很容易散掉。」擁著女兒，然後轉過臉來看我。

看見我，他突然愣了一會，整個臉陰沉下來。我伸出去準備表示禮貌的手，也就尷尬地懸在那兒，進退不得。

小黛也一時不知所措，然後好像明白了什麼，輕快地說，「爸爸，她不是日本人啦。她是中國人——也不是台灣人。」我驚奇地看了她一眼，她使了個眼色。

小黛來拉我，然後一手挽著父親，一手挽著我，半拖半帶地往那白色的大屋走去。一路上用嬌嗔的聲音和父親說話。

吃過晚飯，我早早蜷到床上，擁著柔軟的毛毯，望向窗外。清潤的月光無聲地照亮了一整片芳草連天的田野，無限甜美。從穀倉那邊傳來低低的犬吠，彷彿乳牛也在槽裡懶懶地走動。

小黛光著腳進來。她穿著睡衣，金黃的長髮亂亂散在肩上，手裡拿著一個牛皮信封。

她跳上床，像貓一樣弓起腿來，把大信封打開，拿出兩張泛黃的紙，小心翼翼地攤開在毛毯上。是一份很皺的、發黃的舊文件，五〇年代的打字機打出來的那種文件，時間久了，看起來有點髒，而且紙張顯然很脆，似乎一翻動就會粉碎。

「我爸是空軍，一九四二年，他二十一歲，跟我媽剛訂婚，就去參加了太平洋戰爭，攻打一個島，結果飛機被打下來，被日本人俘虜了。我媽說，戰後他從俘虜營回來的時候，很可怕，瘦得像骷髏一樣，就是一排突出的肋骨，兩眼空洞——我媽總是這麼形容的，」她用手比比眼睛，笑起來，「而且還得了嚴重的憂鬱症，像殭屍一樣在醫院裡躺了足足半年。」

「什麼島？」我問。

「我哪知道？」她瞅我一眼，「太平洋裡一個島，好像本來是澳洲軍防守的，被日軍奪走，後來又被盟軍打下來，好像是新幾內亞的某個島……。」

「新幾內亞在哪裡？」

她煩了，說，「我也不知道，離澳洲不遠吧？有土人，鼻子上穿孔……。」

小黛往外走，走到門口又回過頭來，輕聲說，「俘虜營裡究竟發生了什麼事，他幾十年來一個字也不說。我們所知道的，都是從報紙上來的。還有就是一些舊文件，有關於他自己的，也有他的戰友的。譬如這個，你看看，也許就明白為什麼他今天那麼奇怪。」

57 不需要親自動手

前陸軍航空隊少尉詹姆士・麥克摩瑞證詞
主旨：拉包爾戰俘營狀況調查
聽證地點：哥倫波市，喬治亞州
聽證時間：一九四八年七月二十一日

問：請敘述你被俘經過。

答：一九四三年一月二十日，我駕駛 B-24 飛機，任務是轟炸新幾內亞的維威克城。飛機被日軍擊中墜落。兩位戰友當場死亡，加我共九人被俘。被俘後，日軍用電線將我們手腳緊緊捆綁，因為綁得太緊，我們的手臂和腿腫成三倍粗。沒水，也不給食物。他們要我供出部隊訊息，不供就一陣棍棒打。我們後來被送到拉包爾戰俘營。

問：請描述戰俘的食物和衛生醫療設備。

答：只有米飯和水。一天限額六盎司的飯。有時候，飯上有一條手指般細的魚乾。沒有衛生設備。沒有醫療。百分之九十的俘虜被虐死亡。

問：請描述你們後來被送去「隧道戰俘營」狀況。

答：那其實不是一個隧道，是一個挖進山裡的洞，我們二十四小時都鎖著手銬，洞太小，所以我們都只能一直背貼背站著。頭三天三夜沒有水，沒有吃的。我們被關在裡頭三個禮拜。

問：請敘述你所看見的瘧疾人體實驗。下士雅德清和朗尼根是怎麼死的？在東京的戰犯訊問中，平野醫官說，他的實驗都有事先得到戰俘的同意，是這樣嗎？

答：就我所知，平野醫官用了五個戰俘做實驗，包括雅德清、朗尼根和我自己。每隔三天就有人來抽我們五人的血，然後醫官再把患了瘧疾的日本士兵的血注入我們的血管。我們不是自願的。雅德清和朗尼根的死亡，明顯是這實驗的後果。

問：菊地上校是戰俘營的指揮官。就你所知，他是否有參與，或者對他的屬下下過指令，要他們對俘虜施暴？

答：不管有沒有指揮官的指令，士兵都會施暴。他本人不需要親自動手。

詹姆士・麥克摩瑞，宣誓以上所言皆屬實

見證人：喬治・漢摩

58 比爾的素描

太平洋戰爭爆發的時候，比爾才十五歲，他謊報十八歲，就從軍去了，成為澳洲國軍第八軍的士兵，派到新加坡去與英軍並肩作戰，保衛新加坡。冒充十八歲的比爾個子很高，但是一臉稚氣。

和中國的青年一樣，他也想從軍報國，沒想到的是，一九四二年二月，日軍開始攻擊新加坡，十二萬人的英澳印聯軍在兩個禮拜之內就潰不成軍，全數成為俘虜。邱吉爾悲憤地說，這是英國史上最大規模的一次投降，也是一次最慘重的災難。七月八日開始，比爾和一千五百多個在新加坡被繳械的澳軍被圈起來，分批趕上了大船，直直往北，送到婆羅洲的俘虜營。

如果一個望遠鏡可以又大又高，像一輪滿月一樣高高掛在天上，從它後頭往下看，那麼鏡頭自新加坡往東北挪一下，聚焦在台灣島，就可以看見，一點沒錯，真的是同一天，當比爾和新加坡幾萬個英澳俘虜集體被送往婆羅洲的時候，彰化的柯景星、日月潭的蔡新宗，還有其他上千個台灣少年，戴著嶄新的軍帽剛好踏入嘉義白河的營區，開始學習如何當一個稱職的俘虜營監視員，他們無比認真地練習打耳光、管理囚犯、射擊和操練。

太平洋戰爭在熾熱的沸點上，日軍在泥沼中愈陷愈深，北婆羅洲首府山打根的熱帶叢林中必須空手打造出兩條戰鬥機跑道。於是從印尼擄來三千六百個軍夫，又從各攻略下的據點運來兩千七百多名盟軍戰俘，開始了奴工式的勞役監管。

比爾被送到山打根時，已經十六歲了，有美術天分的他，把半截鉛筆藏在腳底，在偷來的紙上畫素描；一張一張撲克牌大小的紙，記錄了他所看到的時代。[8]

戰後變成殘酷「虐俘」象徵的山打根俘虜營，在十六歲的比爾印象中，第一個就是鐵絲網。生活在鐵絲網的後面，但是每天出這個大門去做工，俘虜終日勞動，用最原始的工具：鐵鍬、鐵鏟、扁擔、竹

8 參見Borneo POW網頁（http://www.borneopow.info/young/draw/youngbill.html#13），二〇〇九年八月。

籃，以愚公移山的方式建築機場和防空洞。在熾熱的高溫下，很多人撲倒在曝曬的石礫堆裡，或者叢林的熱病襲來，在抽搐中死亡。

福爾摩沙青年在白河所學的打耳光，在這些英澳戰俘的記憶裡是一個最普遍的懲罰公式：

有一天丹尼士和大個子周克放工回寮屋的時候，和往常一樣對門口站崗的日本兵敬禮，不知是因為敬禮動作不夠標準還是那日本兵窮極無聊，他命令兩人面對面站住，丹尼士的高度只到周克的胸膛。日本兵命他們互打耳光。這是日本兵最常做的消遣。周克就輕輕打了丹尼士一耳光，丹尼士也回打一個。

日本兵大聲喝他們用力……丹尼士知道，如果周克真使力的話，他絕對撐不住。他們互打了幾下，這時日本兵吼著說，「要這樣。」他對準丹尼士的臉就是一記，打得丹尼士連倒退幾步，但是他勉強撐住不倒下，因為他知道，一倒下，日本兵就會過來踹他，踹到他再站起來或者倒地死亡。

可是他的眼鏡被打掉在地上，彎身去撿的時候，日本兵用槍托猛擊他的手，把眼鏡和手指都打碎了。緊接著日本兵就用槍托打他因飢餓而突出的肋骨……

凌虐，也很常見：

有時候，俘虜在烈日曝曬下立正。有時候，被命令雙手高舉一塊重石，日本兵把上了刺刀的槍頂在他雙腋下。丹尼士看過一個少年俘虜被吊在一棵樹上，離地幾呎，日本兵把上了刺刀的槍架在少年人的雙腿之間……

還有一次，有一個蘇格蘭俘虜拒絕簽「絕不逃亡」的切結書，他被雙手反綁，捆在一棵樹幹上，日本兵繞到那樹後面用槍托猛敲樹幹然後就快速讓開，一瞬之間，一陣密密麻麻的紅蟻從樹洞傾巢而出，撲向那綁在樹上的俘虜。他以同一個姿勢被綁在那兒三、四天之久，大便都流在自己身上。丹尼士不知道他是否倖存……

每天早上都有屍體被拖出去，送到周圍的墓地去葬。9

在戰俘口中的「日本兵」，其實不少就是來自福爾摩沙的監視員，他們是站在第一線管理戰俘的人。偷了筆的比爾，像一個不動聲色的攝影師，把俘虜營裡的經歷一幕一幕錄了下來。在他的寫真裡，監視員無時無刻不在：他是資源的配給者，是奴工的監控者，是給牢門上鎖的獄卒，是施暴的權力象徵。比爾甚至目睹一個澳洲飛行員的遭遇：他在監視員的刺刀威脅下，先挖一個坑，然後跪在那坑前，讓「日本兵」用軍刀砍頭。頭和身體，砍了以後，很方便地可以直接滾進坑裡。

同一個時候，在同一個地方，彰化來的年輕的柯景星配著槍枝及五十顆子彈、刺刀、綁腿、防毒面具裝備，接受刺刀、劍術、射擊的訓練。他雖是監視員，但是已獲得命令，準備隨時上戰場，為天皇犧牲。

59 衛兵變俘虜

我找到了比爾。八十多歲了，住在澳洲雪梨。寫了一個電郵給他，一個小時以後，比爾的回郵就在我的電腦上出現。

他說，並非每一個俘虜營都是地獄，也並非每一個監視員都是魔鬼。被送到古晉俘虜營時，比爾受傷，還有福爾摩沙監視員幫他受傷的手臂細心地做了一個吊帶，以免他接受審訊時傷勢變得更嚴重。

當俘虜營的每日配給定糧降到零的時候——因為日軍自己都沒得吃了，傳染病就像風吹一樣，輕輕一掃，就讓一個人倒地死亡。俘虜們每天都在抬戰友的屍體，挖坑、掩埋，然後用一塊殘破的木板，插進土裡，寫上名字和生死年月。那是一個巨大的亂葬崗。

比爾在山打根做戰俘時，台中的周慶豐是山打根的監視員。幾乎和比爾同年，現在也是八十多歲的周慶豐，住在老家台中。他

9 參見Fepow Community網頁（http://www.fepow-community.org.uk），二〇〇九年八月。

記得，「阿督（白種人）病亡時，並排躺在地上，以軍用毛毯包裹，夥伴站在身旁，面對面，十分親近。一陣低頭禱告後，失聲痛哭……。」[10]一九四五年終戰以後，人們才逐漸、逐漸知道，光是山打根比爾所屬的一千五百名澳洲戰俘，三分之一的人受凌虐而死。

東京戰犯審判結果所透露的是，盟軍在日軍俘虜營中總共有三十五萬人，每一百個俘虜中有二十七個人死亡，是盟軍在德國和義大利的戰俘營中死亡率的七倍。高出這麼多，令人驚駭，但是，在日軍戰俘營中的中國人，死亡率比白人要高出更多、更多。

戰爭結束，倖存的比爾，還有堪薩斯農場小黛的爸爸和夥伴們都回家了，福爾摩沙的監視員，走上了他們青春結伴出發時作夢也想不到的命運。在戰後的對日本的審判中，一百七十三個台灣兵被起訴，其中二十六人被判死刑。

翻開台籍監視員起訴書上的「起訴理由概要」，讀來血跡斑斑，怵目驚心：

——昭和十八年（一九四三）三月三日於拉包爾的丸木附近，將中國俘虜二十四名驅入坑中後以火器殺之。又在三月十一日於同地，以同樣方式殺害中國俘虜五名。

——昭和十九年（一九四四）於拉包爾……謊稱帶三名中國勞動者住院醫療，結果卻將其斬殺。

——昭和二十年（一九四五）七月四、五日間於拉腦，澳洲俘虜XX在前往作業途中病倒，遭被告踢頭、腹、睪丸，於翌日死亡。

——昭和二十年八月一日於英領北婆羅洲的拉腦附近，非法殺害姓名不詳俘虜約十七名……

二十二歲的柯景星和其他六個台灣青年同列被告，起訴理由是：

於北婆羅洲的美里及其附近，射殺及刺殺四十六名俘虜。[11]

10 李展平，《前進婆羅洲：台籍戰俘監視員》，南投國史館台灣文獻館，二〇〇五年，第三七頁。

11 同前註，第二三〇—二三三頁。

這七個人一審判決死刑，一個月後再審，改判十年徒刑。

幾個月後，一九四六年初，這些判了刑的台灣青年被送到了新幾內亞的拉包爾。

拉包爾，戰爭時是日軍囤兵重鎮，因此也是盟軍轟炸標的，戰爭後，是太平洋戰區的審訊中心。當盟軍俘虜被解救，一艘一艘船艦來到拉包爾碼頭把他們接走的同時，本來監視俘虜的台灣兵自己一夜之間變成了俘虜，像羊群一樣送進了原來囚禁盟軍的俘虜營。俘虜營的設施他多麼熟悉啊，一切如舊，只是現在俘虜變成了衛兵，衛兵變成了俘虜。

60 三更燈火五更雞

二〇〇九年二月二十六日
台灣彰化縣和美鎮柯景星家
柯景星：八十九歲

大正九年，就是一九二〇年，柯景星出生在這個傳統的閩南三合院裡，紅磚房子，圍著一圈茂密的竹林，竹林外是大片水光漣漣的稻田。二十二歲時離開這個家，再回來已是十年後。我來看他時，他已是九十歲的老人。三合院已經倒塌，正廳的屋頂陷落，一地的殘瓦斷磚，壓不住黃花怒放的野草。雨漬斑駁的土牆上，還掛著一個木牌，毛筆墨汁寫著家族的名字。「是祭祀用的，」他說。

木牌腐朽，鐵釘也鏽得只剩下半截。柯景星看著木牌上模糊的名字，指著其中兩字，說，「這是我爸爸。」

半晌，又說，「我爸爸常教我念的一首詩，我還記得兩句：三更燈火五更雞，正是男兒立志時。」

柯景星的記憶在時光的沖洗下有點像曝光過度的黑白照片，這裡一條線，那裡一道光，時隱時現，但是，輪廓和靈魂，真的都在。

龍：你跟我說一下那四十六個人是怎麼回事？

柯：隊長杉田鶴雄就命令我們殺人，那把軍刀上還有天皇的菊花。不服從命令，我們就要被殺。

龍：你們殺俘虜的時候，俘虜站在哪裡，你在哪裡，長官在哪裡？

柯：四、五十個俘虜，我們把他們圍起來。杉田鶴雄就喊說，「上子彈！」——然後就統統用刺刀刺死；之前有教我們刺槍術。教我們刺槍術的教練是在日本天皇前面表演第一名的。

龍：四、五十個俘虜被圍起來，有多少個台灣監視員在那裡？

柯：十幾個人。

龍：你是說，你們殺這四、五十個俘虜，不是開槍，全用刺刀？

柯：開槍危險，開槍怕打到自己人。都用刺的，一個一個刺死，我站在比較遠的旁邊，有一個印度兵逃來我的腳邊，我跟他說，「這是天要殺你，不是我要殺你。」我就刺了他一刀。還有一個在喊救命，是個英國兵。一個清水人叫我殺他，我說你比較高你怎麼不殺他，你比較高才刺得到啊。那個英國兵躲在水溝裡喊救命。他如果不喊救命就沒有人知道他躲在那裡。我說，清水人你比較高，你去殺他。

龍：人都殺完之後，四、五十個屍體怎麼處理？

柯：我們就挖一個大洞，全部放進去。

龍：然後你們怎麼湮滅殺人的證據？

柯：人的骨頭多脆、多大，你知道嗎？

龍：把這四、五十個人殺了之後，你去哪裡？

柯：有個人挑水來，我們把它喝光。繼續住在那裡。

龍：現在俘虜營都空了，盟軍馬上要到，你們還住在那裡在等什麼？

柯：我們也走了，想要回古晉，可是到不了，那時候……太久了，忘了。

龍：請描寫一下審判的過程。

柯：一群人坐在椅子上，都是台灣兵。旁邊有旁聽席。一個耳光換五年。

龍：澳洲俘虜出庭指證你們打他們耳光？

柯：打耳光就是在白河訓練的時候學的。

龍：當場被宣判死刑，那時感覺？

柯：感覺是——我真的要死了嗎？死了還沒人哭啊。第二天改判十年，很高興。

龍：被判十年，最後坐了七年半的監牢，你覺得這懲罰公平嗎？

柯：既然我有殺死一個人，我說是「天要殺你、不是我要殺你」。

龍：那你覺得七年半是應該的還是怎樣？

柯：七年半是英皇登基所以被特赦。

龍：我知道，但你覺得自己判刑是冤枉還是罪有應得？

柯：那時候也沒想什麼，有殺死人被關也是應該的。

龍：家裡的人知道你的遭遇嗎？

柯：都不知道。不能通信。我要是知道我父親那時已經死了，我就不回台灣了。我就在日本入贅。

龍：釋放後最後終於回到台灣，看到基隆港，心裡在想什麼——有哭嗎？

柯：沒有。

龍：你一個人從基隆搭火車到了故鄉彰化——有人到車站來接你嗎？

柯：沒有。到彰化車站後用走路的，一直走一直走，走回來老家。

龍：家裡還有什麼人呢？

柯：只剩下我的母親。

龍：十年不見兒子，母親看你第一眼，說什麼？

柯：什麼都沒有說。只說：「你住二房，二房在那邊。」

61 日日是好日

二〇〇九年二月二十六日
南投縣魚池鄉新宗家
蔡新宗：八十六歲

從彰化到魚池鄉，一路是青蔥的山景。早春二月，粉色的櫻花錯錯落落開在路旁，遠看像淡淡一片雲。綿延婉轉的山路一個轉彎，忽然天地遼闊，半畝湖水，無限從容，「晉太元中武陵人」似地敞開在眼前。

原來蔡新宗是個在日月潭畔長大的小孩。

轉近一條小路，兩旁都是稻田，稻田和稻田之間站著一株一株齊整的檳榔樹，像站崗的衛兵一樣，守著家園。蔡家在小坡上，三合院前是一方菜圃，花菜、蘿蔔、番茄、豌豆，青青鬱鬱，引來一陣熱鬧的粉蝶。幾株桂花，香傳得老遠，引擎一熄、打開車門就被花香牽著走。

原來蔡新宗和柯景星一樣，都是在稻田邊、三合院裡長大的少年。我們就坐在那花香盈盈的曬穀場上說話。村裡人經過，遠遠看見我們，一定以為這是個「開軒面場圃，把酒話桑麻」的鄰里小聚。一面說，天色一面沉，然後檳榔樹瘦瘦的剪影就映在暗藍色的天空裡，蚊子趁暗夜紛紛起飛，發出嗡嗡聲，像隱隱從遠處飛來的轟炸機群。

龍：何時離家的？

蔡：一九四二年的八月三號從高雄港出發，九月八號到達婆羅洲古晉，從「沙拉哇庫」河一直進去。

龍：那是砂拉越河。河裡面有動物你看到嗎？

蔡：有啊，有鱷魚啊，牠們爬起來透氣、納涼，都是我以前沒有看過的東西。

二〇〇九年二月十八日

敬致：蔡新宗先生

蔡先生：

應台在研究一九四五的歷史時，接觸到台灣南洋監視員的遭遇這一部分，深深被震動。您和您的同僚們，大多是十七、八歲的少年，離開父母溫暖呵護的懷抱，投入時代的大漩渦，沒有想到戰爭的時代是極其殘酷，對任何一方都是極其殘酷的。

拉包爾是應台研究的重點之一，日前在看一九四三年至一九四五年之間的種種資料，包括日記。手邊就有一個日本兵的日記，他叫TAMURA Yoshikazu，日記中記載著他在新幾內亞叢林戰壕裡聽鳥叫，想念故鄉。寫得非常美。日記在一九四三年突然中斷，顯然他第二天就死了。

應台知道蔡先生在拉包爾度過艱辛歲月，也寫了日記，心想這真是極其珍貴的歷史見證，因此非常希望能跟蔡先生深談，請蔡先生協助應台了解當時的情況——這也包含拉包爾的審判，以及您作為台籍監視員的心情及想法。

您——以及您的朋友——的命運，是台灣人的共同命運；您——以及您的朋友——的歷史，也是台灣人共同的歷史。應台相信，應該讓更多的人，現在的和未來的，都比較客觀而且深刻地認識你們走過的時代，以免它灰飛煙滅。請容許應台來拜會您，時間敲定，應台將從香港飛回，專程拜訪。感謝您。

龍應台

龍：古晉的戰俘是什麼狀況？

蔡：英國兵比較多，荷蘭——那時候的印尼屬於荷蘭統治的，印尼的兵也有，印度兵也有，屬於英國的。都是從新加坡抓去的。

龍：有華人嗎？

蔡：就那個卓領事夫婦。他們還有個小孩。我是很同情這個卓領事的。

龍：是哪裡的領事？知道他的名字嗎？

蔡：不知道，名字也不記得了，有一次我的部隊長跟那些幹部，圍在一起講話，說這個卓領事意志很堅強。那個時候日本人在說，看能不能把這中國人給吸收過來。但是這個領事說，我已經對中華民國宣誓要盡忠，我不能再加入你們日本。日本人就說，可是你如果加入我們，你就不用關在這裡了，我們送你回中國，讓你去汪精衛那裡任職。他也不要。

我們這些小朋友聽到了覺得，這個中國人、中國領事，很盡忠哦。我是做文書的，所以在辦公廳裡面常常聽到這些普通人聽不到的談話。我就說，這實在很難得，一個國家的公務員，日本人也在稱讚喔。

龍：蔡先生，這個人在日本戰敗以後去哪裡了？

蔡：我不知道，說是有一個陰謀，這個人被抓去別的地方了。

龍：古晉的俘虜待遇怎麼樣？

蔡：我是沒有直接管，俘虜做的工作也沒有很粗重，只是吃不飽，一年一年營養失調、生病啦。那時候想說，人如果不動，身體也會愈來愈差，如果讓他們出去種個什麼，讓他們自給自足，也有錢給他們喔，他們可以用這個錢買一些比較營養的，他們自己要吃的。我們公道來講，要說日本那個時候有沒有很殘忍，在古晉那邊是沒有的，因為補給還可以到，交通也都還很好。第一分所就差了。

龍：第一分所就是山打根？山打根的「死亡行軍」你當時知道嗎？

蔡：那裡就生病的，死的死、逃的逃，是到戰後我們才聽到的事情，當時不知道，跟我們沒什麼關係。日本一九四五年八月十五日投降，澳軍九月十二日來古晉接收時，就在問：「山打根那邊還有幾個？」我就說我看一下，看山打根的戰俘名單，發現，怎麼七月、八月都沒有電報來啊，數字都沒來，六月的時候還有幾個。我就跟他講，我現在報的數字不是現在的喔，他說，「沒半個人了！」

我也嚇了一跳，他說真的，可能是逃走了，我最後聽人家說只剩一個人。

龍：很慘，山打根一千多英澳軍，最後剩下六個活的。古晉俘虜營隊長是日本人吧？

蔡：是個留美的日本人，比較開化，很認真。最後自殺死了，也很可憐。

龍：什麼狀況下自殺的？

蔡：戰敗後，他一調查發現俘虜死這麼多，雖然沒直接殺他們，但是死這麼多人，算是他的一個責任。他又是個「日本精神」很旺盛的人，常常說，「日本如果怎麼了，我也不要吃俘虜的米，我不做俘虜！」

我們在辦公廳，他一個人出來，戴著帽子，說，「你們大家聽過來，我現在要出去，你們不要輕舉妄動，要堅強，所長我要去了，你們大家保重。」他回身就走了。

龍：有資料說，日本戰敗的時候，有密令說要把俘虜全部處死，古晉的情況是怎麼樣？

蔡：沒有命令說全殺。

龍：你在古晉有看到殺人嗎？

蔡：沒有，我們古晉這裡沒有；山打根和美里，確實有殺人的，他們有講。

龍：柯景星在美里，他有講。

蔡：那裡就真的有殺人，聽說他們的隊長，一手拿著軍刀，一手拿著槍，說，「你如果不聽令，我刀子殺不到的我就開槍，所以你不殺人也不行。」山打根那些都行軍的俘虜，到山裡去，有的在路上就倒下了，倒下沒死的在那裡很痛苦的樣子，日本人的解釋是，倒在這裡這麼痛苦，我乾脆讓你死得痛快一點，那就是日本精神說的武士道。很難說啦。

龍：審判是什麼時候開始的？

蔡：一九四六年正月二十三日開始判的。

龍：在海邊開庭？

蔡：在海邊搭一個棚子，我們四十五個台灣兵同時被審。

龍：怎麼進行？

蔡：像我進去，我先說我是誰，我要來說的話全屬事實，對神明宣誓，意思是這樣，然後審判官就問你有沒有打人，我說沒有，我是沒有直接管，但是我們是一起的，營養失調，很不自由，這個精神上的苦楚我是能理解，我只有講這樣，他就寫上去了。開始審判後八天，四十五個人就全部判了，我記得有三個無罪，剩下的四十二個，判一年的好像是一、兩個，總共算起來，無期的有一個，二十年的兩個，十五年的幾個。

龍：你判了十年，覺得服氣嗎？

蔡：我很不滿。如果講人道，為了和平，你定這個罪，我贊成。但是你因為「勝利」，隨隨便便就這樣子判。戰敗的都有戰犯，戰勝的就沒有戰犯嗎？這是我的主張，去到聯合國我也敢這麼主張。譬如一個例子，這個是大家疏忽的一個例子，這是我所知道的。我們叫「你來」，用手招，手心向下，但是這個手勢在澳洲和英國人看來以為是叫你「快走」的意思，所以俘虜就走開了。下指令叫他過來的人就覺得我叫你來，你不來，不聽我的話，追過去就打他巴掌了。這根本是誤會。他們就是看天氣在審判的，實在是很冤枉。

龍：聽到自己被判十年的時候，感覺是什麼？

蔡：覺得——打架打輸了，這樣而已，怨嘆我們打輸人家而已。你看那些日本人，被判死刑的有好幾個，都笑笑的，說，「哎，我要去了，祖國的復興拜託你們了！」這一點是我們要學的地方，我常常在講，日本人的好處我們要學。他們日本軍隊本身，動不動就打你巴掌，只要階級大過你的就會壓你，所以看顧俘虜的時候，為了要執行業務，他有的時候看了不高興會「巴格亞魯」一個巴掌過去，這個是有的，但是這樣也不用判到幾十年，也不用判死刑，不用啊。

龍：你被判刑不久就被送到拉包爾去服刑了？

蔡：對。那時拉包爾那個島差不多還有十萬日軍在那裡，等候遣返。

龍：你知不知道，你變成戰犯，送到拉包爾集中營的時候，拉包爾還有將近一千個中國國軍戰俘，剛被解放，在拉包爾等船？

蔡：我不知道，我是聽人家說有那些人，有中國人在那裡做工，那些人後來有沒有被送回去，我也不知道。

龍：一九四九，你在哪裡？

蔡：我還在拉包爾。

龍：你在拉包爾的時候，日本的第八方面軍司令今村均大將也關在那裡？

蔡：那些將軍都不用出去做苦工，只有種種菜園而已。今村大將自然是我們的大老闆，我常常跟他講話，他也很照顧我們，他也不會分你是台灣人日本人。

龍：今村是太平洋整個方面軍最高指揮官，他被判十年，你這個台灣小文書，也被判十年啊。

蔡：我也跟今村開玩笑，說，「你一聲令下，幾百萬的軍火都聽令，可是『論功行賞』的時候，你判十年，我也判十年。」他哈哈大笑。

龍：和你同在拉包爾服刑的還有婆羅洲的指揮官馬場中將？他臨死還送給你一個禮物？

蔡：馬場被判絞刑，他想他時間差不多到了，有一天把我叫去，說，「你來，我寫了一個東西要給你。」他送給我這塊匾額，上面的字，是他自己寫、自己刻的：「日日是好日」。他還跟我解釋，說，「你年輕，有時候會比較衝動。在這個收容所裡，你要盡量認真讀書，邊讀書邊修養，這樣，早晚你都會回去的。要保重身體，你只要想著日日是好日，每當生氣的時候，就要想到馬場中將有跟我說，日日是好日。」

龍：他自己要上絞架了，還這樣安慰你……

蔡：對，他這樣跟我解釋，所以說我的人生觀就是「日日是好日」。每天都好，就是這樣。

第七部

誰丟了他的兵籍牌？

62 最底層的竹

飛力普，我最近一直在思索「罪與罰」的問題。

你出生的時候，一九八九年深秋，我躺在法蘭克福的醫院裡一面哺乳，一面看著電視，那是不可置信的畫面：上百萬的東德人在柏林街頭遊行，然後就衝過了恐怖的柏林圍牆，人們爬到牆頭上去歡呼，很多人相互擁抱、痛哭失聲。在那樣的情境裡，你在我懷裡睡覺，長長的睫毛、甜甜的呼吸。初生嬰兒的奶香和那歡呼與痛哭的人群，實在是奇異的經驗。

晚上靜下來時，我聽得見頭上的日光燈發出滋滋的聲音。

後來，人們就慢慢開始追究「罪與罰」的問題：人民逃亡，守圍牆的東德士兵開槍射擊，一百多人死在牆角，你說這些士兵本身有沒有罪？所有的罪，都在他們制訂決策的長官身上？還是每個個人都要為自己的個別行為負責？

東德共產黨的決策高層一直說，他們要求衛兵防止人民離境，但是從來就沒有對守城士兵發布過「逃亡者殺」的命令。於是很多法庭的判決，是判個別士兵有罪的。

你知道嗎，飛力普，一直到二〇〇七年，才在一個當年守城衛兵的資料袋裡找到一個軍方文件，文件寫的是：「面對逃亡者，使用武器不需猶豫，即使是面對婦孺，因為叛徒經常利用婦孺。」[1]

這個文件出現的時候，我的吃奶的小寶貝都已經滿十八歲了，很多士兵早被判了刑。

昨天在電話上跟你提到柯景星這個台籍監視員。他被判刑十年，罪行是他和其他十幾個台灣兵在日本已經知道要戰敗的最後幾個月裡，屠殺了四十六個英澳俘虜。那個下指令的日本隊長，在法庭上承認是他下令，一肩挑起罪責，但是那些奉命動手的台灣人，還是被判了重刑。

日本軍方，是不是和東德共產黨一樣，也說，我們從來就不曾發布

1 英國BBC報導，二〇〇八年十二月八日。

過「殺俘虜」的命令呢？

我在澳洲坎培拉戰爭紀念館的收藏裡找到了這麼一個文件，你看不懂，沒關係，我翻譯給你聽。

你知道，日本的投降，是在八月十一日就已經傳遍全世界了，這個文件是八月一日發出的，下達「非常手段」給各俘虜營的主管。翻譯出來，指令是這麼說的：在現狀之下，遇敵軍轟炸、火災等場合，若情況危急，必須立即疏散至附近的學校、倉庫等建築物時，俘虜應在現在位置進行壓縮監禁，並於最高警戒狀態下，準備進行最後處置。

處置的時機與方法如左：

時機

原則上依上級命令進行處置。然若有左列場合，得依個人判斷進行處置：

甲：群體暴動，且必須使用兵器才能鎮壓時。

乙：自所內逃脫成為敵方戰力時。

方法

甲：無論採各個擊破或集團處置的方式，皆依當時狀況判斷後，使用火藥兵器爆破、毒氣、毒物、溺殺、斬首等方法進行處置。

乙：無論在何種情形下，都要以不讓任何士兵脫逃、徹底殲滅，並不留下任何痕跡為原則。

這個文件真是讀來心驚肉跳。「非常手段」、「最後處置」、「徹底殲滅」，不就是殺人滅跡嗎？柯景星所接受到的命令，不就是這個嗎？直接下令的杉田鶴雄自殺，奉命動手的柯景星判刑十年，但是決策者的罪責要怎麼依比例原則來算呢？

我老想到那個喊救命反而被台灣兵用刺刀戳死的英國男孩——他會不會也跟比爾一樣，謊報十八歲，其實只有十五歲？

或者，和我的飛力普一樣，十九歲？

殺害他的責任，應該算在誰的頭上？

我跟你說過我找到了澳洲的比爾嗎？一九四五年從俘虜營回到家鄉以後，他變成一個專業木匠，幫人家設計家具，做門窗。他在俘虜營裡零零星星所做的素描，後來重新畫過。我說我想在書裡放幾張他的俘虜營素描，他開心得很。

我問他，「在山打根俘虜營裡飽受虐待的時候，你知不知道穿著日軍制服的監視員其實大多是日本殖民地的台灣兵？」

他說，「知道的，因為他們常被日本長官揍，刮耳光。老實說，日本人對待這些福爾摩沙監視員的態度跟監視員對待我們這些俘虜的態度，其實一樣地狠。」

「那麼，」我再追問，「如果我說，這些福爾摩沙監視員在某個意義上，也是一種『被害者』——被殖民制度和價值所操弄，因而扭曲變形，你會反對嗎？」

他馬上回了電郵：「教授，我當然不反對。他們同樣身不由己啊。」

我問他，對那些福爾摩沙監視員最深刻的印象是什麼。

他說，「有一次我跟兩個英國人從俘虜營逃跑被搜捕回來，我們都以為這回死定了，因為我們都看過俘虜被活活打死。而且，如果當場沒打死，傷口發炎，不給藥，潰爛沒幾天也一定死。可是奉命管教我們的是幾個福爾摩沙兵，他們年紀很輕，而且個子都比較小，抓那個很粗的藤條抓不太牢，所以打得比較輕。我們運氣還不錯。」

「有沒有可能，」我說，「是這幾個福爾摩沙監視員故意放你們一馬呢？」

「很難說，」他這麼回答：「操弄，就是把一根樹枝綁到一個特定的方向和位置，扭成某個形狀，但是我相信人性像你們東方的竹子，是有韌性的，你一鬆綁，它就會彈回來。但是呢，如果你剛好被壓在最底層的話，那可是怎麼掙扎都出不來的。」

63 那不知下落的卓領事

在山打根值勤的監視員柯景星和蔡新宗在事隔六十年之後，都還記得一個特別的俘虜，一個中國人。他們不知道他的來龍去脈，只知道他是「卓領事」，被日軍關進俘虜營，和英國軍官一起做奴工。他的年輕的妻子帶著一個四歲的女兒和一個四個月大還在吃奶的男嬰，分開來關。九十歲的柯景星對往事的記憶已經大半模糊，但是年輕的領事夫人的影像很清晰地在他心中。

「俘虜營裡有個女生——領事太太，有一天說，我的孩子養不大怎麼辦？後來我去買菸，再把買來的菸拿去隔壁的商店換了三、四十個雞蛋，我就把雞蛋拿給那個女生，那個女生就馬上跪下，我說如果你跪下我就不給你。她的小孩很可愛，嬰兒，這麼大。我說我還沒結婚，你孩子都這麼大了，你如果跟我跪下的話，我就不給你了。」

蔡新宗記得的，則是卓領事的堅定以及日本人在背後議論時對他的敬意。這個監視員眼中不知來歷的「卓領事」，只要答應轉態為汪精衛政府效力，他馬上就可以回到南京做官，他的妻子可以免於折磨，他年幼的兒女不需要冒營養不良致死的危險，他自己也不會被殺。然而，台灣的監視員親眼看見這個領事在日軍的恐嚇和利誘之下完全不為所動。

這究竟是哪裡的領事？他後來的命運又如何？對自己的命運都毫無掌握的監視員柯景星和蔡新宗，搖搖頭說，不，他們一無所知。

他們不知道，卓領事名叫還來，燕京大學的畢業生，後來到歐洲留學，取得巴黎大學政治學博士學位。抗戰爆發，他和許多留學生一樣熱血澎湃地回到中國，投入國家的命運洪流。太平洋戰爭爆發時，他是中華民國外交部駐英屬婆羅洲山打根的總領事。日軍在一九四二年二月登陸婆羅洲，卓還來還在領事館裡指揮著同仁緊急地銷毀文件，以免機密落進敵人手中。砲火轟隆聲中，不及撤退，一家人在刺刀的包圍下被送進俘虜營。

當他的妻子為了嬰兒的奶粉和雞蛋在對台籍監視員求情、感恩下跪的時候，卓還來本人在做苦力。山打根當地的華僑晚上偷偷給他送食物，白天往往從遠處望見僑社所尊敬的領事在監視員的驅使下做工。

卓領事和七、八位白人，從一哩半的工程局，每人推滾一桶四十四加侖的汽油桶，推到碼頭的油輪上，以做裝油之用。我看見卓領事身穿短衣、短褲，推得滿身大汗，而且汗流浹背。這是日軍進行羞辱性的勞動。[2]

在三年半的集中營內，卓還來大概每天入睡前都在等候那個時刻；那個時刻終於在一九四五年七月六日的凌晨三時到來。不管在哪個國家，這種事總是發生在黑夜中，走進人犯寢室裡的軍靴腳步聲總是颯颯作響，彷彿隔音室裡擴大了的活人心臟跳動。卓還來和其他四個英美官員被守衛叫起，一聲不響，被押進叢林隱密處。

幾個月後日本投降，俘虜營解放，人們在清查名單時，才發現卓還來失蹤，開始在叢林裡尋找隆起的黃土丘。兩個月後，果然在靜謐無聲的密林深處找到五個蟲蟻如麻的荒塚。荒塚中的骸骨，都沒有頭顱。那麼如何辨認卓還來？

一片還沒腐爛的布塊，是當地僑胞偷偷送給他的衣服，證明了這一堆是卓還來：乾髮一束、門牙三枚、膝蓋骨、指骨、肋骨各一。白骨凌亂，顯然林中野狗曾經扒食。

柯景星和蔡新宗到今天都不知道，那個因為堅定的政治信念而令俘虜營中的日本軍人肅然起敬的「卓領事」，早已被害。也不知道，在戰後的一九四七年七月七日，他的骸骨被國民政府專機迎回，隆重地葬於南京菊花台「九烈士墓」。

當「卓領事」的骸骨被迎回南京、白幡飄飄一片榮耀悲戚的時候，柯景星和蔡新宗已經淪為戰犯，監禁在新幾內亞的拉包爾俘虜營裡。柯景星和蔡新宗也不知道，殺害卓還來的日軍警長阿部木內中佐和芥川光谷中尉，都上了絞架。

2 卓以佳、楊新華，〈卓還來〉，參見家族網頁（上海，http://www.quzefang.cn/zhuohuanlai.htm），二〇〇九年八月。

有些人生，像交叉線，在一個點偶然交錯，然後分散沒入渺茫大化。

64 老虎橋

到南京，上一輛出租車，說要去「菊花台九烈士墓」，司機多半茫然，有雨花台，沒聽過菊花台。

卓還來安葬之後沒多久，南京的總統府大門插上了五星旗。此後，卓還來從集體的歷史記憶中，被刪除。在隨後幾十年的時光裡，他的子女不敢提及這個為中華民國犧牲了的父親，他的妻子不敢去上墳。烈士還是叛徒，榮耀還是恥辱，往往看城裡頭最高的那棟建築頂上插的是什麼旗子。[3]

或者，人們選擇記得什麼、忘記什麼。

和卓還來同代的「八百壯士」，人們至今記得那些壯士們是如何地臨危授命卻又視死如歸，一個一個都是英氣逼人的青年男子。蔣介石為了即將舉行的九國公約會議，讓國際看見中國抗戰的堅持，決定在

3 直到一九八五年，南京才有第一次的紀念活動。參見南京民盟網（http://www.njmm.gov.cn/cps/site/njmm/myfc-mb_cacw.com），二〇〇九年八月。

大撤軍的同時，在蘇州河北岸仍舊「派留一團死守」。這個團，其實就是一個自殺的隊伍。一九三七年十月二十七日，八十八師第五二四團團副謝晉元奉命留守閘北四行倉庫，孤軍悲壯抗敵的傳奇，就此開始。

人們記得，四行倉庫樓頂的那面在晨風中微微飄動的國旗，人們也記得，蘇州河對岸的鄉親父老們，發現了那面國旗時熱淚盈眶的激動。中華民國駐南非大使陸以正，那時是個十三歲的初中生；二〇〇九年我們坐在台北一家精緻的義大利餐館裡，眼看著物換星移，浪淘沙盡，他卻仍然記得四行倉庫的悲壯在他稚幼的心靈烙下如刀刻般的印記。

到今天，也還有人依稀記得那首歌：

中國不會亡，中國不會亡，
你看那民族英雄謝團長，
中國不會亡，中國不會亡，

你看那八百壯士孤軍奮守……

一九七六年台灣拍的《八百壯士》電影，結束的畫面是這些壯士們在天崩地裂的戰火中英勇撤出了三百五十八人，歌聲雄壯、國旗飄舞，然後國軍壯士們踩著整齊的步伐，帶著無比堅毅的眼神，往前方踏步而去。劇終。

前方一片模糊——他們無比堅毅地踏步到哪個「前方」去啊？

被集體記憶刪除了的是，這三百五十八個人，步伐整齊，走進了英租界，馬上被英軍繳械，關進了收容營，從此失去自由，成為孤軍；仍在中國的土地上，但是被英軍監禁，被日軍包圍。孤軍想在收容所中升旗，都會引來衛兵的侮辱和毆打。監禁四年之後，珍珠港被炸，一九四一年十二月十八日，日軍入侵租界，孤軍立刻成為戰俘，分送各地集中營，為日本的侵略戰爭做苦勞後勤。

「八百壯士」中的一百多人，被押到南京，進了老虎橋集中營。

老虎橋集中營在哪裡？

我到了南京，找到了老虎橋監獄的舊址，但是，什麼都看不見了。四邊是熱鬧的酒店商廈，中間圍著一個軍營，有衛兵站崗。

剛拿出相機，衛兵直衝過來，大聲吼著，「拍什麼拍什麼？這是軍事重地你拍什麼拍！」

我拍什麼？就是跟你說你也聽不懂！懶得理你。

我走到對街去，一回身對著他「喀嚓」一聲，乾脆把他也拍進去。

日軍在老虎橋監獄關了近千名國軍戰俘，每一百多人擠在一個大獄房裡，睡在稻草鋪的地上。每天戰俘由監視員帶到工地做苦役——建機場、挖防空洞、築防禦碉堡，是的，和婆羅洲或者拉包爾的英澳戰俘，做的是一樣的事。

老虎橋的很多監視員，是的，也來自福爾摩沙。

糧食不足，醫藥全無，大獄房裡的國軍戰俘不是死於飢餓就是死於疾病，每天早上都有很多具屍體要抬出去。有人深夜逃亡被捕，獄卒把逃亡國軍吊在木柱上施以酷刑，令人心驚肉跳的哀嚎呻吟之聲，傳遍集中營。

隸屬美國十四航空隊的飛行員陳炳靖在轟炸越南海防時被擊落遭捕，輾轉送進了南京集中營，他目睹國軍戰俘的狀態：

有一次，我親眼看到一批四十餘人的國軍入獄，他們棉服胸前兩側均有刺刀穿孔，且帶有血跡，經打聽之後，我才知道此批國軍戰俘在戰場上有數百人，日軍要他們全都趴在地上，開始用刺刀往上身刺，每人被猛刺兩刀，此批人是沒有當場被刺死的，才押送來此。[4]

南京戰俘營的「獄卒」中，有十五位台籍日本兵。陳炳靖提到其中有兩個人對國軍戰俘特別殘暴。他聽說，在戰後，這兩個福爾摩沙兵在台灣南部被殺——當年的受害國軍踏破鐵鞋，找到了他們。而陳炳靖自己，這麼多年來，也一直在找一個台籍日兵，為的卻是

4 陳炳靖，〈被囚在南京集中營的日子〉，轉引自十四航空隊中美空軍混合團CACW網頁（http://www.flyingtiger-cacw.com），二〇〇九年八月。

一個不同的理由。一九四四年，陳炳靖終日發高燒躺在床上，他萬念俱灰。每日的凌虐已經不堪負荷，俘虜生病，沒有醫藥，只能自生自滅，他一心想死。

在悲涼無助的深夜裡，一個黑影子悄悄出現在他床頭，是國軍俘虜中擔任護理的人，手裡拿著針筒，準備給他注射。陳炳靖全身火燙、神智幾乎不清，卻還覺得不可置信，問說，哪裡來的藥劑？

黑影子說，十五個台籍監視員之一，是學醫藥出身的。知道了陳炳靖的病情，從日軍那裡把藥偷了出來，交給他，要他來救陳炳靖，同時吩咐，絕不可外洩。否則身為監視員的台灣兵會被日軍槍斃。

終其一生，陳炳靖都在尋找這個台灣人。

關進南京老虎橋集中營的一百多個「八百壯士」，在一九四五年日本戰敗、集中營的大門被打開的時候，只剩下了三十幾個。

65 拉包爾之歌

小時候看過二戰的電影吧？《桂河大橋》啊、《六壯士》啊什麼的，都是美國片，所以英雄都是美國人。如果是演歐洲戰場的，那麼德國兵都像一敲就倒地的白癡；如果是演太平洋戰場的，日本兵每個都長得很醜很殘暴。

一九四二年六月激烈的中途島戰役之後，盟軍拚命轟炸，軍國日本的戰備工程突然加速轉動，吸進大量的苦力和兵力。太平洋戰場的新幾內亞，是一個漩渦的中心：台灣和朝鮮殖民地的軍夫軍屬、以武力擄來的各路國軍戰俘，以及從中國大陸、香港、印尼等地徵來騙來的民伕，一船一船送到了新幾內亞的拉包爾碼頭。

幾路人馬幾乎同時上了船，駛往赤道以南。

一九四二年十二月底，南京老虎橋集中營的國軍俘虜，在刺刀包圍下，被運到上海碼頭，上了船。

這些統稱「國軍」俘虜，其實成分很雜。有在不同戰役中被日軍俘虜的正規國軍部隊，包括衢州會戰中大量被俘的八十六軍，有敵後抗日的各種勢力，包括共產黨的新四軍和不同路數的挺進隊，包括國民黨戴笠創建的游擊隊，譬如忠義救國軍和地方的各形各色保安團及縱隊，也包括地下抗日志士，其中也有老師、學生、記者。

五十七位「八百壯士」，也被塞進了船艙，和其他一千五百多名國軍俘虜一併被日軍編成了「中國軍人勤勞團」，開往拉包爾。

這時候，蔡新宗和柯景星剛到婆羅洲才幾個月，還正在好奇地熟悉環境。在南投，住得離蔡新宗家很近的辜文品，被選進了第三回「特設勤勞團」，和南投埔里其他三十九個年輕人，正在做離鄉的準備。二十歲不到的男孩，在鄉間成長，對這個世界的理解還沒開始，只是在母親憂鬱的突然安靜裡覺得稍微有點不安。他們特別結伴去神社拜拜，然後接受了沿街群眾的致敬；群眾揮舞著日本國旗，人群裡頭也默默站立著自己的父親母親，或者，那心中思慕卻還來不及表白的人。埔里鄉親就這麼送走一批又一批自己的子弟，很多不捨的熱淚，也有悲壯的注視和堅毅的眼神。

高雄港的船艦很多，他們這一艘運輸艦，目的地是拉包爾。

辜文品後來也老了。六十年以後，他在埔里回想起自己在拉包爾的年少歲月，挖洞、埋屍、種菜、搶築碉堡，什麼都做了，難以忘懷的，還是那成千成千的屍體——炸死的、病死的、餓死的屍體，等著他去火化。因為太有經驗了，他成為專家，單憑「氣味」，年紀輕輕的他就能辨別燒到了人體的哪個部位。心臟，他說，最難燒，往往還要澆上汽油，才燒得乾淨。[5]

5〈歌聲漸稀：台籍日本兵的拉包爾之歌〉，《光華雜誌》，台灣，第八〇頁。

66 魂牽

我在看日本戰敗後，拉包爾戰俘營國軍的倖存者名單，一個名字一個名字看下來。

一千五百多人從中國被送到這個島，關進集中營，開始做奴工。一九四五年這個俘虜營被登陸的澳軍解放的時候，活著的國軍只剩下七百多個。從南京老虎橋送來的一千人中，活到一九四五年的，只有四百個。[6]

這些倖存者，欣喜若狂在碼頭每天注視著海港，等祖國派船來接他們回家。他們不知道的是，在遙遠的祖國，內戰，已經處處烽火。一個千瘡百孔、焦頭爛額的政府，你要他這時從幾千公里外的叢林島嶼接回自己的子弟，那絕不是第一優先，而且，也很困難——哪裡來的船呢？

他們就繼續在營區裡等待。戰後第一個國慶日到了，他們在俘虜營區四周插滿國旗，貼上標語，照樣升旗，唱國歌，對國父遺像行三鞠躬禮，慶祝中華民國國慶。

這一等，就是兩年。

看著一九四五年九月的倖存者名單，一個名字一個名字地看，這時，台北《聯合報》刊出了最新發現：在拉包爾幾乎整個被火山覆蓋的叢林裡，找到三座國軍的墳。

不只三座啊，我想，厚厚的火山灰燼下面應該有八百個國軍的骸骨。拉包爾啊，隨便哪裡一鍬挖下去，都是人的白骨。

在我心中揮之不去的思緒是，一九四三年從南京老虎橋集中營被運到這個有鱷魚的叢林島的那一千多名國軍，可都是像林精武、張拓蕪、柯景星、蔡新宗這個年齡的人啊。死在異鄉，即使是沒名沒姓的集體掩埋於亂葬崗，即使亂葬崗已經被爆發的火山熔岩深深埋滅，這些失鄉的亡魂——可都是有父有母的。如果說，當年，是國家讓他們過江過海來到這蠻荒的叢林，讓他們受盡傷害之後無助地倒下，然後

6 謝培屏編，《戰後遣送旅外華僑回國史料彙編》卷二，台北國史館，二〇〇七年，第四九頁。

任火山覆蓋他們的臉，那麼六十年以後，國家，也可以過江過海牽引他們回到故鄉吧？

我開始尋找倖存者。

67 尋找李維恂

二〇〇九年二月二十一日
台灣岡山空軍官校大榕樹下
李維恂：八十九歲

五十七個「八百壯士」，死了二十一個，剩下三十六個。八十六軍的、新四軍的、地下游擊隊的，一個一個名字歷歷在目。我心想：這些倖存者，終於在一九四八年回到了祖國，祖國卻在熾熱的內戰中，哀鴻遍野，然後是大分裂、大流離；他們之中，一定也有人輾轉到了台灣，而且，也可能還有人在世，只是，人海茫茫，我要怎麼找到這個人呢？

發出上天下海的「尋人令」之後兩天，接到電話，「李維恂先生找到了，真的在台灣。」

在港大的寫作室裡，我忍不住大叫。

什麼樣的時空啊，我在二〇〇九年的香港，越過山越過海，穿過雲穿過路，真的找到了一九四二年冬天從南京老虎橋集中營被日軍送到拉包爾戰俘營去做奴工的游擊隊長。

「他意識清晰嗎？語言能表達嗎？」我急急地問。

「很清楚，而且，」台北那一頭的聲音清脆地說，「我跟他一解釋是您在找他，李先生就說了一句話。」

「他怎麼說？」

「他說，我知道為什麼我的戰友都死在拉包爾，但我李維恂獨獨苟活到今天。我在等今天這個電話。」

「喔……。」

地獄船

龍：怎麼被送到拉包爾俘虜營去的？

李：一九三七年淞滬戰事爆發時，我十七歲，學校也停課了，我就加入了戴笠創建的忠義救國軍。那時候，國共兩黨在江南地區搶知識青年。

龍：您被編入混成隊，接受了什麼樣的訓練？

李：爆破、情報、縱火、暗殺。

龍：一九四二年，民國三十一年四月二十號，您在上海對日軍爆破而被捕？

李：我們沒有長槍，只有短槍，不能做長距離攻擊，只能夠去丟手榴彈，大概破壞了四、五個大的物料庫。我們第二天早上就被攻擊了。後來我潛入上海，當天晚上，日本憲兵就來了。

龍：談談在南京集中營的情形。

李：南京集中營就在老虎橋，第一監獄，就是汪精衛的夫人陳壁君、周佛海在戰後被關的地方。老虎橋第一監獄大概經常維持有一千五到二千人，日軍把俘虜每天派送到三個地方去做苦役，挖煤礦、建機場等等，非常苦的。集中營裡是俘虜自治的，我去的時候是「八百壯士」的上官志標當總隊長。

龍：上官志標來台灣以後在台南當兵役課長；後來呢？

李：跟我同日進去差不多有四百多人，當時我就編了個十六隊的隊長。基本上，我們就是南京集中營的苦力，像畜生一樣，兩百個苦力，等於兩百頭馬，兩百隻牛。

龍：怎麼去到拉包爾的？

李：一九四二年十二月二十五日出發，隔年一月二十四日到。上船的時候根本不知道去哪裡——人家把你當牲畜看，不會告訴牲畜要被送到哪裡。

出了集中營，我們就上了沒有窗的悶罐車，全部人都進去了，從外頭上鎖。第二天早上到了吳淞口，下車，這樣子就上船了。上船前幾個禮拜，還好。在那底層船艙裡，你想像，我們這些人已經被關了好幾個月，有的關了一年兩年的，多想念菸啊，餅乾、糖果都渴望。日本人那時候是最豐富、最高傲的時候，日本兵吃不完的糖果和菸，就往我們船底下丟，下面一擁而上搶奪的情形你可以想像。

龍：一千多個人都在船底？

李：沒有，一百多個人，因為他分很多條船。反正我那個艙底一百多個人。一下去，就發生搶菸搶糖的情況，難堪啊。我搞不清哪個是班長排長，可是我火大了，我說「不許搶！」那個時候的民族思想真的是非常濃厚的，一罵，都不搶了，我說收起來，班長來分。然後我就上去找日本人，語言不通，就拿筆談。我的意思是，你給糖果、給香菸是好意，我們很感謝，但你這樣丟是侮辱的。我們可以上來，你們好好地給我們。那個日本人懂了，他說好好好，就停止這個動作了。

龍：那條船一路就到了拉包爾嗎？

李：有一本書叫《地獄船》，你看過嗎？我不敢看。我們這一百多人，到了拉包爾前一站，最後一個禮拜，換船了。進入一個底艙，裡頭已經有三百多人。你想想，一個只能容一百人的船底，現在塞進了四百多人是什麼狀況？

龍：空氣不夠？

李：不通風的底艙，很熱。空氣不夠。悶到最後，我只能告訴你，四百個人，沒有一個人穿衣服的，內褲都沒有，頭上身上爬滿了蝨子。

龍：大小便怎麼辦？

李：你到哪裡上廁所啊？艙底兩側各有一個樓梯往上，但是在每一個樓梯口守著四把刺刀，他說，一次可以有五個人上去，那五個人下來之後，才能再放另外五個人上去。於是在樓梯底，就站滿了人。「先生啊！我要大便啊！」「先生啊！我要小便啊！」他們不理你，逼急了小便就流出來了，貼身擠在你身旁還有橫倒在你下面的人就罵。再逼急，大便就出來了。

龍：譬如大便，你自己怎麼處理？

李：我就撕被單。

龍：有東西吃嗎？

李：有東西吃，沒有水喝，不給水喝。有的人喝自己的尿，可是，因為缺水，所以連尿也沒有。那時候想自殺都很難，因為刺刀在那裡，你連樓梯都上不去。這樣子有一個禮拜。你想像一下：四百多個國軍，全身一絲不掛，大便小便流在身上，頭上滿是蝨子。那真的是一艘地獄船啊。

龍：你們到了拉包爾上岸的時候，很多人是抬著下來的囉？

李：誰抬誰啊，都走下來的。

龍：其他的船，說是那身體太弱的，一上碼頭就被日本兵槍殺了，您知不知道？

李：這個我倒沒聽說過，至少我們這船沒有。

沒有紅藥水

龍：這樣的地獄航程，沒人死？

李：體力統統搞光，人卻沒死，真的沒人死。死是什麼時候開始死？我告訴你，上了岸，十天以後開工，死，才真正開始。

龍：怎麼說？

李：我們被編成幾個大隊，就叫「支那特別勞務隊」，分頭出去做工。有一個五百多人的大隊最後死了三分之二，只剩下一百多人。他們的工作比我們苦。美軍來轟炸的時候，他們沒日沒夜地搶修機場，白天炸壞了，晚上就要去修，等到飛機撤了，沒事了，他們就要去開公路，有時候進入叢林，三天都見不到太陽。我這一隊，做的是碼頭裝卸。

龍：那麼整個在拉包爾的過程裡頭，有沒有見過台籍日本兵？

李：有，就是台灣軍夫，有幾個還談得來。

龍：你們這些中國俘虜，對於這些台灣兵的監視，感覺是什麼？你們之間的關係是什麼？

李：你說我們能講什麼，我們能去鼓勵他要有民族思想嗎？不能，大家彼此心照不宣吧。

我們第一天上工，晚上就有一個弟兄回來跟我說，大隊長，今天碰到好多台灣來的年輕人啊，也在做苦工。很快，我們就發現，拉包爾有好幾千個台灣來的年輕人在做工，還有一千多個廣東、香港來的壯丁。

龍：當時中華民國駐澳使館給外交部的文件說是有六千九百多個「台灣壯丁」在拉包爾，需要被遣返台灣。再包括一些老弱婦孺的話，總共可能有八千多個。

李：我跟你講，我們大使館是很差勁的，戰後台灣人並沒有經過大使館回來。是盟軍的船艦，把他們當日本兵一樣遣送回鄉的。

龍：李伯伯，你在拉包爾集中營，受到日本兵的虐待嚴重嗎？您剛剛說，到了拉包爾之後，死才真正開始？

李：這要說給你聽才懂。上岸十天後就出工，那個時候大家有氣無力，彼此也不太認識，沒有合作過。譬如抬一個箱子，一個人沒力氣扛起來，需要兩個人抬；兩個人抬起來沒事，放下去的時候，如果不同時放下，可能你的腳被碰破了，或手被劃到了，或者被釘子勾到了。你今天下午做工，只要見血，五天保證你死掉。

龍：是因為沒有醫療品？

李：他有醫療品，我們營隔壁就是衛生材料部，裡面什麼都有，就是不給。

龍：連紅藥水都不給？所以你們一個小傷口就會致命？

李：連紅藥水都不給。非常恐怖，今天你下午刮到了，小小一點傷口，沒有什麼，第二天早上這個地方就已經硬了。當然大家還是出去做一天工啊，第二天還可以做工；第三天早上起來，這個地方就潰爛了。第四天就生蛆了。

龍：生蛆了也沒有人來管？

李：有，日本人在。他在營區最上面設了一個「醫病連」。病人就被拖到那裡去躺著，等於是個「病牢房」。日本兵前一天帶著我們到外面挖了個大坑。第二天下午，他就到「病牢房」裡去看，第一次挑出二十九個他認為活不了的，抬出去，往坑裡一推，再補幾槍，土一蓋。

龍：那——不是活埋嗎？

李：等於活埋。第一次就這樣活埋了二十九個。

龍：這距離你上岸多少天以後？

李：大概十五天。接下來大概過了五天，又活埋了二十個，第三次大概有十幾個，總共我知道的大概有六十多個是這樣被殺害的……那個時候想，我只能活八十天了。因為，我帶領四百個人，每一天這樣子死好幾個，就算一天死五個人，八十天也輪到我啦。

龍：日軍還拿澳洲的士兵做人體實驗，這樣的情況在中國的俘虜營沒有發生？

李：我看到只有這一種：他在我們裡面挑了二十個體力最好的，挑出去了，實驗什麼呢？就是讓你每天只吃一斤蔬菜、兩斤地瓜啊什麼的，看可以把你餓到什麼程度你還能活。我記得有一個「八百壯士」叫徐有貴的，就是被抓去做實驗的。他有一天餓得受不了逃回來了，逃回來以後跟伙夫討飯吃。

68 一個叫田村的年輕人

墨爾本的康諾爸爸在公元兩千年過世了。年輕的康諾在整理爸爸遺物的時候，發現了一個紙已發黃的筆記本，裡頭是鋼筆手寫的日文，大概有一百六十多頁，顯然是個日記本子，因為有日期，從一九四三年四月到十二月。

康諾大概猜得到這本日記怎麼來的。康諾爸爸是在太平洋戰爭爆發那一年從軍的，一九四一年，他才十九歲。

一九四三年的冬天，康諾爸爸在新幾內亞澳軍的情報站工作，專門搜索日軍的情報動向。這本日記，顯然來自新幾內亞戰場。康諾複印了筆記本中的幾頁，交給了澳洲的戰爭紀念館，請他們鑑定內容。紀念館很快就確認，這是當時一位日本士兵的叢林日記。

日記的主人，高一米五八，重五十七公斤，胸圍八十四釐米。他的生日是四月二十七日，可能是二十三歲。他的家鄉，應該是東京北邊的宇都宮市，因為日記中有他寫給家人的、尚未發出的信。他的名字，由於是縮寫，無法百分之百確定，但可能是田村吉勝。

田村的部隊是日軍派駐新幾內亞的四十一師團二三九聯隊。四十一師團的兩萬人，搭乘幾十艘軍艦，從日本駛出，在青島停留了幾天之後，就撲向太平洋的驚險黑浪，直奔赤道以南的新幾內亞。田村的船艦，很可能和李維恂的戰俘運輸艦，在帛琉的海面上曾經比肩並進。二十二歲的田村、二十三歲的南京戰俘李維恂，和南投埔里那四十個年輕人，是在同一個時候，一九四三年的早春，到達新幾內亞的。

田村日記的首頁，大概寫在一九四三年的三月：

這裡的天堂鳥藏身在椰子樹林中。牠們的鳴聲，使我憶起日本的杜鵑鳥。我不知牠們在說什麼，聲音聽起來像「咕鼓——咕鼓——咕鼓」。

……一月末的日本報紙提到新幾內亞前線——誰會知道我竟然就在前線呢？

氣候像日本的八月。但是這裡有那麼多可怕的蟲螫。蚊子尤其凶悍。我們很多人都病倒了，戰鬥士氣很低落。[7]

四月，叢林的雨季到了。士兵們不能出去，就坐在潮濕的帳棚裡，一整天、一整夜，傾盆大雨，打在帳棚上。

每天晚上都下雨，不停歇地下，像女人的哭泣。帳棚頂離地面只有一米半高，濕氣逼人，即使生了火，還是難受。

當中國的「八百壯士」俘虜們像羅馬帝國的奴工一樣在拉包爾搶築機場的時候，田村的兩萬弟兄們在做一樣的事情。四十一軍在趕建的威瓦克機場在新幾內亞的本島上，距離拉包爾機場就隔著一個窄窄的俾斯麥海峽。田村有很濃的文藝氣質，晚上筋疲力盡倒在營帳裡時，他用詩來記錄自己的日子：

烈日曝曬，兵建機場，

大汗淋漓，無語。
工事日日進行，
長官天天巡察。
暫休海灘旁，汗水滿頭臉，
遠望海茫茫，只盼家書到……
秋蟬聲唱起，枯葉蕭蕭落……

機場以敢死隊的氣魄和速度鋪好，日本第六航空隊所擁有的三百二十四架戰鬥機和轟炸機，馬上降落在機坪上蓄勢待發。十萬重兵，百架戰機，新幾內亞的土著每天在轟轟震耳的戰爭聲音中掘土種菜，赤腳的孩子們像猴子一樣爬上椰子樹頂，遠遠地瞭望那巨大的機器，心中被一種模糊而神祕的力量所震撼。

沒有幾天，盟軍情報發現了這個飛機基地，地毯式的大轟炸開始。

7 田村吉勝相關資料來自Australia-Japan Research Project網頁（http://ajrp.awm.gov.au/AJRP/AJRP2.nsf/Web-Pages/TamuraDiary?OpenDocument），二〇〇九年八月。

來不及逃走的飛機，大概有一百多架，被炸得粉碎，機體爆裂，千百片碎鋼片殘骸四射，火光熊熊夾雜著不斷的爆炸，從拉包爾都看得見，濃煙怒捲沖天，使整個天空變黑。

二三九聯隊的一個戰友，在海灘上被飛機碎片擊中，當場死亡。田村拿起筆來抒發心裡的痛苦：

朋友在海邊被敵機炸死，
但是海水翻白浪，一樣寧靜。
武器殘骸隨波漂蕩，
岬上草木青翠依舊，
小船泊港一如舊時。
我心何其悲傷。

但是轟炸時，不能出工，反而是田村可以休息的時候。他坐在低矮的帳棚裡，靠著一根柱子，曲起腿，在微弱的光裡，給一個女孩子寫信：

誰會知道，在這南海邊疆，我會這樣地思慕著你呢？一年不見了。

你其實只是一個好友的小妹，我不懂為何竟忘不了你。

從不曾給你寫過信，也不敢對你有所表露。

孤獨時，我心傷痛，想家。

我不敢妄想得到你的心，但我情不自禁。

說不定你已結婚；那麼我嫉妒你的丈夫。

蒼天又何從知道我如何地盼你幸福。

日記的最後一則，寫在一九四三年十二月八日，字跡模糊，無法辨認。十二月八日以後，一片空白。他給思慕的女孩的信，沒有發出。

二三九聯隊從當年十月開始，就在新幾內亞東海岸做極盡艱難的運輸和防禦。糧食殆盡，叢林所有的熱病開始迅速擴散。走在荊棘密布的叢林裡，士兵一個一個倒下，倒下時，旁邊的弟兄沒有力氣扶他一把。田村倒下的地方，可能是新幾內亞東岸叫「馬當」的縣分。

沒有發出的信，連同他的叢林日記，在六十年後，澳洲戰爭紀念館親手放在他日本家人的手掌心裡。

69 誰丟了他的兵籍牌？

進入了一九四四年，太平洋海面完全籠罩在盟軍的轟炸範圍之內，新幾內亞外援補給徹底斷絕。兩年多前登陸新幾內亞總共有二十萬日軍，到一九四五年戰敗時，只剩下一萬個活著回家的人。

這一萬人，是否包括了和田村在叢林裡並肩作戰的、台灣原住民所編的高砂義勇車呢？

一九四二至四四年之間，日軍為了叢林作戰，在台灣徵召了幾千名高砂義勇軍，送進菲律賓、新幾內亞、印尼等熱帶雨林，為前線的日軍做後勤運輸。死在叢林裡的文藝青年田村吉勝來不及寫出二三九聯隊覆滅的經過，但是從倖存的高砂義勇軍口述中，田村所經歷的，歷歷在目。

為了避開美軍的轟炸，日軍夜間行軍。美澳聯軍已經登陸，遭遇時短兵相接，激烈血戰。日軍從馬當退避山區，一路上都是危險的流沙和沼澤，很多人在探路時被流沙吸入，穿過叢林時被毒蛇咬死，更多的人在涉過沼澤時被潛伏水草中的鱷魚吃掉。緊緊逼在後面的，是美澳聯軍的機關槍和低空的密集轟炸。

島嶼被孤立，運補被切斷，本來負責馱重登山的高砂義勇軍現在也沒有物資可馱了，他們被編為「猛虎挺身隊」、「佐藤工作隊」等等，在地獄般的戰場上繼續作戰。補給斷絕最嚴重的後果，就是糧食的短缺。開始時，新幾內亞的日軍吃香蕉、採木瓜、刨地瓜，這些都吃光了，就接著吃嫩草、樹皮、樹根。台灣的原住民懂得叢林的密碼，他們自己飢餓，卻仍然盡忠職守地為日軍去設陷阱獵山豬、抓大蜥蜴、捕蟒蛇。敵機轟炸後，他們就跳進海裡抓炸死而浮上來的魚。

他們也深諳植物的祕密：缺鹽，他們尋找鹽膚木——嫩葉可以吃，果核外皮含著薄鹽，刮下來可以保命。他們也會撈「水流苔」煮湯，能識別無毒的菌類，知道什麼藤心可以抽出來吸、什麼樹是可吃的肉桂、什麼樹根包著澱粉。軍中位階最低的台灣原住民在這時變成日軍的叢林救生員。但是他們畢竟不是電影裡的「泰山」，飢餓、瘧疾、傷寒、霍亂，或是單純的傷口潰爛，都是致命的。救生員照顧別人，但是沒有人照顧救生員。

高砂義勇軍有三分之二的人死在蠻荒的戰場上。

也就是在這個時候，拉包爾的中國戰俘營裡，勞力透支、營養不良的俘虜大量死亡。也就是在這個時候，台灣南投來的軍屬加速掩埋屍體。坑愈挖愈大，屍體愈來愈多，燃料不夠，只燒剁下來的一隻手，然後是手指。也就是在這個時候，離新幾內亞很近的帝汶島上，台灣特別志願兵陳千武發現，他所在的野戰醫院裡平均一天餓死六個人。

和田村一樣，台中一中畢業的陳千武，在滿伏殺機的漫漫黑夜裡，眼睛閃著思索的光，沉默不語，低頭寫詩：

野鹿的肩膀印有不可磨滅的小痣
和其他許多許多肩膀一樣
眼前相思樹的花蕾遍地黃黃
黃黃的黃昏逐漸接近了……
這已不是暫時的橫臥脆弱的野鹿抬頭仰望玉山

看看肩膀的小痣
小痣的創傷裂開一朵豔紅的牡丹了
血噴出來……[8]

陳千武記得無比清楚，新兵上船前，每人「各自剪一次手腳的指甲，裝入指定的紙袋裡，寫清楚部隊號碼和兵階、姓名，交給人事官。指甲是萬一死亡無法收拾骨灰時，當作骨灰交還遺族，或送去東京九段的靖國神社奉祀用的。」[9]

如果二三九聯隊的田村沒死在他日記停擺的那一天，而跟著部隊進入一九四四年的秋冬交接之際，他一定會在日記裡記下這人間的地獄；盟軍各國俘虜關在集中營裡，但是日軍本身所在的每一個島，已經是一個一個天然的俘虜島。補給斷絕，李維恂生病的隊友被推進大坑活埋，「八百壯士」的國軍被逮去做人體實驗，日軍的部隊已經開始人吃人。

第五回高砂義勇軍的隊員 Losing 這樣靜靜地說他的往事：

我的朋友，來自霞雲的泰雅族戰死了，我很傷心，我把他埋起來，埋在土裡面。後來我出去了一天，回來之後，我的朋友被挖起來，被日本人刮掉手臂和大腿的肉。那時大家都很瘦，只有這兩個地方有肉。那時候有命令下來說，美國人的肉可以吃，但是絕對不能吃自己日本人的肉，但都沒有效果，因為沒有東西可以吃，連自己日本人的肉都吃。[10]

美國人的肉可以吃？

8 陳千武，《活著回來：日治時期台灣特別志願兵的回憶》，台北晨星出版社，一九九九年，第三七四頁。

9 同前註，第八〇頁。

10 一九四二年至一九四三年，日本軍政府動員台灣原住民青年，組織「高砂義勇隊」投入太平洋戰線。前後八回，總計有四千多人開赴南洋作戰，多半魂斷異域。日本報導文學作家林榮代，以口述歷史方法出版三巨冊，分別是《台灣第五回高砂義勇隊──名簿、軍事儲金》、《台灣殖民地統治史》、《證言──台灣高砂義勇隊》。引文轉載自papalagi博客網頁（http://www.wretch.cc/blog/pisuysilan/4925852），二〇〇六年六月十八日。

是的，一九四四年九月二日，一架美國飛機在父島被日軍擊落，機上九名飛官墜入海裡，其中八個被日軍俘虜。俘虜中其中四個被斬首，另外四個美國飛行員，被日本軍官殺了，然後煮熟吃掉。

九人中唯一倖存的，來自麻州，剛剛滿二十歲，在海中危急漂流的時候，被美國潛艇浮上水面搶救。

這個死裡逃生的年輕人在六十五歲那年，當選為美國第四十一任總統，他的名字叫喬治．布希。[11]

二十四歲的史尼育唔和年輕的布希同一時間在太平洋的飢餓戰場上，命運卻那麼不同。史尼育唔是台東東河鄉長大的阿美族，一九四三年被送到印尼摩洛泰島做「高砂義勇軍」時，兒子才出生一個月。布希被救起後的第十三天，盟軍登陸摩洛泰島，和日軍短兵相接，日軍節節敗退，史尼育唔在混亂中愈走愈迷路，找不到自己的部隊，又害怕被敵軍發現，於是在叢林中愈走愈深。

一九七四年，有一天，摩洛泰島上居民向警察報案了：叢林裡有個幾乎全身赤裸的野人，嚇壞了女人和小孩。印尼警方動員了搜索隊，三十個小時後，找到了這個野人——野人正在劈柴。

史尼育唔被發現的時候，他身邊還有兩枝三八式步槍、十八發子彈、一頂鋼盔、一把軍刀、一個鋁鍋。他很驚恐地舉起乾枯黝黑的雙臂做出投降的姿勢——他以為，這回美軍終於找到他了。

史尼育唔是他阿美族的名字，但是從軍時，他是「中村輝夫」。一九七五年回到台灣家鄉以後，改叫漢名「李光輝」。到機場接他的，是他已經長大的兒子，他的妻，三十年前接到日軍通知丈夫陣亡，早已改嫁。

從叢林回到家鄉，五十六歲的李光輝，能做什麼謀生呢？人們在花蓮的阿美族「文化村」裡見到他，穿著叢林裡的騎馬布，做出「野人」的樣子，供日本觀光客拍照。

觀光客問他，是什麼支撐了他在叢林中三十一年？他詞不達意地

11 參見James Bradley, *Flyboys: A True Story of Courage*, Warner Books Inc., 2006.

說，「我……一定要回到故鄉。」

史尼育唔、李維恂、「八百壯士」、陳千武、柯景星、蔡新宗，喬治·布希，還有宇都宮市的田村吉勝，都是同一時代裡剛好二十歲上下的人，在同一個時間，被一種超過自己的力量，送到了同一個戰場。

二〇〇九年五月，台灣的影像藝術家蔡政良到了新幾內亞。他的祖父和史尼育唔是東河的同鄉，同一個隊伍梯次被送到南洋。他想走一遍祖父的足跡，拍成紀錄片。在新幾內亞，他發現，到處都是武器的殘骸碎片、生了鏽裹著泥巴的飛機螺旋槳，裸體的孩子們抱著未爆的砲彈，天真爛漫地讓觀光客拍照。

有人帶來一袋東西給他，打開一看，是一堆頭蓋骨。

有人帶來幾片金屬，翻開一看，是日本士兵的兵籍牌。上面寫了部隊番號。他把這些兵籍牌拍了照，放在網上，看看是否有死者的親人，冥冥之中因魂魄的牽引而尋找過來。

不知怎麼，我倒是看到了這只兵籍牌。

兵籍牌上，清晰地寫著：「步239」。

二三九？寫詩的田村吉勝，不就是步兵二三九聯隊的嗎？蔡政良得到兵籍牌和頭骨的地點，不就是田村吉勝寫下最後一篇日記時駐紮的馬當縣嗎？

70 十九歲的決定

我對十九歲的你實在好奇，飛力普。

徵兵令下來了，但是你不願意去服兵役，即使是只有九個月。

「這是什麼時代了，」那天越洋的電話，有點波聲，好像海浪，但我聽得清楚，你說，「德國還有義務徵兵制，好落後！」

「德國的兵制容許你拒絕服役嗎？」我問。

「當然，我把德國基本法第四條傳給你看。」

我收到了，還是第一次看德國的憲法呢。開宗明義第一章就是「基本權利」，第四條規範的是個人價值觀和信念的抉擇問題：

一、信仰與良心之自由及宗教與價值觀表達之自由不可侵犯。

二、宗教之實踐應保障其不受妨礙。

三、任何人不得被迫違背其良心，武裝從事戰爭勤務，其細則由聯邦法律定之。

我知道了，你覺得你可以援用這一條，拒服兵役。

但是，很多國家，包括德國，不是都已經把公民「拒服兵役」這種選項，納入法律規範了？不願意服兵役的年輕人，可以服「替代役」，在各種醫療或慈善機構做義務的奉獻。非常多的德國青年選擇到非洲和南亞的開發中地區去做國際志工來取代兵役。

你說，「對啊，我寧可到柬埔寨去做志工。」

飛力普，我們還從來不曾討論過這個題目。你堅定的態度，讓我有點訝異。請問，十九歲的你，已經是個「反戰主義者」了嗎？

「不是，我不是『反戰主義者』。『主義』，就是把它變為原則跟信條了，我覺得簡單的『反戰』，也沒道理。」

「怎麼說？」

「你的國家被侵略的時候，不去打仗行嗎？」你反問我。

喔，那你這一代人，還是有「國家」這個觀念的嘍？我其實沒想清楚這問題，它太複雜、太龐大了。但是，我記得一件事。

一九九〇年八月，伊拉克入侵科威特。十二月，聯合國給撒達姆・胡笙發出最後通牒：一月十五日之前，必須從科威特撤軍，否則聯合國將支持武力解決。二十八國的聯合部隊，已經聚集了七十二萬五千的兵力，情勢緊繃，戰事一觸即發。

我們家，距離法蘭克福的美國空軍基地那麼近。一月十五日的最後時刻到了，我那麼清晰地記得那個夜晚，盤據在大家心頭的是：真的會有戰爭嗎？熟睡中，我是被一種從來沒聽過的聲音驚醒的——巨無霸的機器低空飛行的轟轟聲音，震撼了整座房子，屋頂和地板，彷彿地震一樣，上下跳動；床鋪和書桌，被震得咯咯作響。一大群接著一大群的轟炸機，低低飛過我們熄了燈火的村鎮和冰雪覆蓋的田野。

在黑暗中看出窗戶，外面不太黑，雪光反射，我甚至能看見雪塊震得從松樹上噗噗往下墜。

後來才知道，那一晚天搖地動的聲音是怎麼回事：一個半月中，聯軍出動了十萬架次的轟炸機，在伊拉克和科威特擲下了近九萬噸的炸彈。

令我震驚的是接下來看到的畫面：為了反對德國參戰，有些德國的職業軍人第二天走出了軍營。他們在營房大門口，把槍放在地上，摘下頭盔，放在槍上，轉身離去。軍人，把槍放下，這是一個重大的宣示。

你知道我對德國文化裡的很多東西是懷有「偏見」的，譬如我覺得他們太拘泥形式、太好為人師、對小孩太不友善等等……

但是看著這些年輕人毅然決然地走出軍營，我感受到這個文化裡強大的自省力。因為上一代曾經給這個世界帶來戰爭的災難，他們的下一代，對戰爭特別地戒慎恐懼。

我不是說，走出或不走出軍營、主戰或反戰是對的或錯的。我想說的是，如果每一個十九歲的人，自己都能獨立思考，而且，在價值混淆不清、局勢動盪昏暗的關鍵時刻裡，還能夠看清自己的位置、分辨什麼是真正的價值，這個世界，會不會有一點不一樣呢？

只要你想透徹了，去當兵還是去柬埔寨做志工，親愛的，我都支持你。

每一個個人的決定，其實都會影響到他的同代人，每一代的決定，
都會影響到他的下一代。愛，從來少不了責任。

第八部

隱忍不言的傷

71 二十海里四十年

我沒辦法把故事說完。我沒辦法真的告訴你，「我們」，是由一群什麼樣的人組成。

譬如，我還沒來得及跟你說，一九四九年新中國創立以後，有很多很多十七、八歲的馬來西亞年輕人——那時還叫馬來亞，很多高中生，帶著對祖國的熱愛和憧憬，不願意在馬來西亞為英國人服兵役，成群地「離家出走」，投奔了中國。

六十年後，我在吉隆坡見到他們的老師們。說起這些學生，白髮蒼蒼的老師們有無限的心疼。在四九年以後持續數十年不曾斷過的政治狂暴裡，這些大孩子們頭上插著「華僑」的標籤，死的死、關的關，受盡摧殘。有辦法逃走的，很多歷盡艱辛輾轉到了香港。馬來西亞在一九五七年獨立建國，這些當年為了愛另一個「國」而出走的人，變成沒有公民身分的人，無法回家。

在繁華的香港街頭，你其實可以看到他們：那個排隊領政府救濟的老人，那個在醫院排隊領藥的老人，那個獨自在維多利亞公園走路、然後挑了一張長椅緩緩坐下的老人……

他默默無聲隱沒在人潮裡，你經過他謙卑的身影，絕對猜不到他十八歲時曾經做過怎樣的抉擇，命運又怎樣對待了他。

我還沒來得及跟你說，一九四九年兩岸割離之後，台灣人的故事並不全然是馬祖人、金門人和烏坵人的故事，雖然馬祖、金門、烏坵，屬於中華民國的領土。

馬祖、金門、烏坵，都是緊貼著大陸福建海岸線的島嶼，乾脆地說，這三個屬於台灣的島嶼群，離大陸很近，離台灣很遠！如果你對這些島嶼的位置還是沒概念，那麼這樣說吧，馬祖在福州對面，金門在廈門對面，而烏坵，用力跳過去你就到了湄州島，媽祖的家鄉。金、馬和烏坵人與對岸大陸居民的關係，就如同香港和九龍，如同淡水和八里，是同一個生活圈裡的鄉親，中間的水，就是他們穿梭來往的大馬路。

從前，我聽說，在金馬，有人跳上小舢舨，媽媽要他去買一打醬油，他上午過去，下午就回不來了，五十年後才得以回來，到媽媽墳頭上香。

我以為是誇大其詞，一直到我見到了呂愛治。

從金門搭船，一小時就到了廈門。我在一個廈門的老安養院裡找到呂愛治。愛治坐在床上和我說話，一直張大嘴露出天真的笑容。一九四九年之前，她和丈夫已經有兩個成年的兒子，三個男人上船打魚，愛治就用一根扁擔挑著兩簍金門的海帶和小魚，每天過海到廈門去賣。有一天——她說不出是哪一天，她真的上午出門，下午就回不來了。

「你那時幾歲？」我問她。

她掐著手指，算不出來。旁邊的看護替她答覆：「愛治是一九〇三年出生的。」那麼一九四九年，她已經四十六歲。今年，她一百零六歲。

「愛治，你回去過金門嗎？」

九十六歲那年，她回去過，但是，兩個兒子失散不知下落；丈夫早已過世。原來的家，還在原來的地基上，垮成一堆廢墟，她只認得門前兩塊大石頭。

她咯咯笑了起來，很開心的樣子：「那兩塊石頭沒人要拿。」

離開愛治的房間，經過安養院的長廊，看見牆壁上貼著住院老人的個人資料。愛治的那一張，就在正中間，我湊近一點看仔細，吃了一驚——愛治被送到這個安養院的時間，是一九五四年，那麼她已經孤孤單單地在這老人院裡，滯留了五十五年。

我也來不及告訴你許媽媽的故事了。從馬祖坐船到對岸的黃岐，只要半小時。走在黃岐的老街上，有時空錯亂的感覺：這個台灣人從小就認為是可怕的「匪區」的地方，不就和小時候台灣的漁村一模一樣？

在老街上見到了許媽媽。他們說，許媽媽是基隆的小姐，一九四八年嫁給了一個福州人，跟著新婚丈夫回黃岐見一下公婆，卻從此就回不了家。六十年了，不曾回過台灣。

許媽媽一口福州話，閩南語已經不太會說。我問她，「那你還會唱什麼台灣歌嗎？」

基隆的姑娘點點頭。

她有點害羞地開口唱。

我側耳聽——她唱的，竟然是日語。

問她這是什麼歌，她說，是台灣歌呀，就是學校裡教的「國歌」。

我明白了。她唱的是蔡新宗、柯景星那一代孩子每天早上唱的日本國歌〈君之代〉。對她而言，這就是「台灣歌」。

我更沒法讓你好好認識烏坵的林文彩了。

阿彩是福建莆田的漁家子弟，很多親人在湄州島。一九五一年，十三歲的阿彩跟著家人一共五艘船，運大蒜到廈門去的途中，被台灣的「反共救國軍」機帆船包圍，五條船連人帶貨搶了過來。

你說，啊，「反共救國軍」是什麼？就是一九四九年的內戰混亂中，國共一路打到閩浙沿海，然後英雄和草寇就走到一路來了：有志氣的游擊隊、失散了的正規軍、不服輸的情報員、無處可去的流氓、鋌而走險的海盜，全部匯聚到反共的大旗下，以這些沿海島嶼為根據地，組成了游擊隊，突襲對岸。

在收編為正規的「反共救國軍」之前，這些游擊隊沒有薪餉，所有的補給必須靠陸上突襲和海上搶劫。「什麼都搶，外國的也搶。」林文彩說。

一艘英國貨輪經過台灣海峽，游擊隊劫船，就像電影裡的海盜鏡頭一樣，機帆船偷偷靠近，矯健的隊員攀爬上甲板、潛入船長室，手槍對著船長的太陽穴，這條船就被劫持了。貨輪押到馬祖，卸下所有的貨物後，放行。

「好多吃的東西，船上還有很多架飛力浦牌的腳踏車。」

林文彩不好意思說的是，搶了那一票以後，很多金門的部隊都分配到一輛嶄新的腳踏車！

阿彩家族五艘船上的人被分類處置：太老的，給一條船送回去。年輕力壯的，押到金門馬上當兵。太小的，譬如林文彩，就留在烏坵，當游擊隊。

游擊隊裡官比兵多。你可以自己給自己任命為大、中、小隊長——

反正，你能到對岸抓多少「兵」，你就是多大的「官」。

「十三歲就被抓來啦？」

「對，」林文彩說，「到烏坵，連個遮風遮雨的地方都沒有，吃的也不夠，每天都很餓，又想家，每天哭一直哭。」

「然後，」我問他，「那——你是不是哭完了，一轉身，就到對岸去抓別的小孩呢？」

「那當然。」他說。

「可是，」我一邊設想那狀況，一邊問，「對岸就是你的家人和親戚；你等於是回家去抓你親戚和鄰居的小孩？」

「對啊，」七十三歲的阿彩直率地看著我，「吃誰的飯，就當誰的兵嘛。你十三歲你能怎樣！」

游擊隊經常突襲。有時候，因為需要醫療，會把對岸村子裡整個診所搶回來，除了藥品和設備之外，醫師和護士，一併帶回。

阿彩的游擊隊在突襲對岸的時候，也正是幾千個年輕人從香港被送到塞班島去接受空投訓練的時候。美國中情局在馬祖建了據點之後，游擊隊成為正式的反共救國軍，由美國支援。一九五五年，這些游擊隊開始有了正式的編制，有了薪餉，停止了海盜掠奪。

在上千次的突襲中，犧牲的游擊隊員不計其數。「反共救國軍特別勇敢。有一次，一百零五個人出去，」林文彩回憶說，「死一百零五個人。」

當年穿個短褲、腰間插把刀就敢游泳去冒死犯難的反共救國軍，在時光的流轉中，大多已凋零，還在的，也都步履蹣跚了。十幾年來，老人家們一直在陳情、上訴，他們說，犧牲了那麼多人，也罷了，我們只要求國家依照規定償還從一九四九到一九五五年之間欠我們的薪餉。

這是一筆一九四九的債，沒有人理會，因為人們多半不了解他們的歷史，凡不了解的，就不在乎。

林文彩在十三歲那年被綁到烏坵變成游擊隊以後，第一次回家，已經是一九八九年。父親被鬥死，兄弟已亡故，剩下一個老媽媽，見到阿彩，哭倒在地上。

那二十海里外的湄州島，天氣好的時候，肉眼看得到。但是林文彩一九八九年，從烏坵要回到湄州，不是個簡單的旅程。

首先，他必須搭船到高雄；船，一個月才有一班。

從高雄，他搭火車到桃園機場。火車行程，大概四小時。

從桃園機場，他飛到香港。

從香港機場，他飛往福州。

到了福州以後，他叫了車，開兩個多小時，到莆田。從莆田到湄州島，他還要走陸路和水路，再加兩個小時。

每一個轉站都需要等候的時間，換算下來，從烏坵到湄州大概是二十四個小時。林文彩如果從烏坵直接跳上舢舨噗突噗突開到湄州，只需要半個小時，但是他這麼做，是要觸犯國家安全法的。如果運氣不好他沒趕上烏坵到高雄的船，他需要花的時間就是一個月再加二十四小時。

這麼算也不對，事實上，阿彩走這二十海里回家的路，花了整整四十年。

烏坵，到二〇〇九年的今天，還是台灣的「前線」。每十天，才有一班船。在台灣海峽的洶湧大浪中，我踏上烏坵的岩石。整個島，挖空了，地底下全是戰壕。地面上，舉目所及，盡是碉堡，滿山都是防傘兵降落的裝置，連觀音廟和媽祖廟都塗上了陸戰隊的草綠迷彩，被重重鐵絲網圍繞。

粉紅金紫的夕陽從大陸那邊下沉，可以看見對岸的漁船點點，在黃昏的海面淒迷如畫。但是，不要被那美麗所騙。這一邊，所有的大砲都對著漁船的方向。對面的海岸線，有上千枚的飛彈，對準這邊。

因為是戰地，烏坵沒有燈火。夜來臨的時候，滿天星斗如醉。在徹底無光的荒野上行走，你的眼睛，反而很快就清澈了，看見山色朦朧、海水如鏡。

但是我沒走多遠就被追了回來；照顧我的士兵擔心，黑夜中站哨的衛兵跟我要「口令」，答不出來時，後果嚴重。

72 木麻黃樹下

槐生來到台灣之後，離開了憲兵隊，變成港警所的警察，所以我的家，在高雄碼頭上。

看著碼頭旁邊那天底下最大的倉庫，不明白為什麼那些人那樣地倉皇無助；那個坐在門邊兩眼無光、心神分離的老婆婆，又為什麼看起來那樣孤單、那樣憂愁？

我也不明白自己。

每天沿著七賢三路，從高雄碼頭走到鹽埕國小，下午又從鹽埕國小走回碼頭，但是同行的小朋友總是在碼頭外面就回頭走了，他們不能進來。我知道我住在一個管制區裡面，碼頭是管制區。為何管制？我不明白。

我站在碼頭上，背著書包，看軍艦。軍艦是灰色的，船身上寫著巨大的號碼。穿著海軍制服的兵，從碼頭一一走上舷梯，不一會兒軍艦甲板上就滿滿是官兵，船，要啟航了。發出的汽笛聲，既優美又有點哀愁，好像整個天和地之間就是它的音箱。

有一次，一個常常從軍艦上帶一整桶冰淇淋來給我們的海軍叔叔很久沒出現，當我們追問冰淇淋的時候，父親說，他「犧牲」了。

我不明白什麼叫「犧牲」。

但是我知道我和別人不一樣。一班六十個孩子裡，我是那唯一的「外省囝仔」，那五十九個人叫做「台灣人」。我們之間的差別很簡單：台灣人就是自己有房子的人。不管是大馬路上的香鋪、雜貨店，或是鄉下田陌中竹林圍繞的農舍，那些房子都屬於他們。你看，房子裡面的牆壁上，一定有一幅又一幅的老人畫像，祖父祖母的、曾祖高祖的。院子裡不是玉蘭，就是含笑，反正都開著奶白色的花朵，有包不住的香。

他們從不搬家。

我並不知道，這些東西，在美君的淳安老家裡，都有。我只知道，沒有誰和我一樣，住在「公家宿舍」裡。公家宿舍，就是別人的房子，前面的人搬走了，你們搬進去，心裡知道，很快又得搬走。前任可能是夫妻兩個，你們卻可能有兄弟姊妹四五六七個。臥房反正只有一間，所以你看著辦吧。那被現實培訓得非常能幹的美君，很快就搭出一個克難間，走廊裡再添一張雙層床，也能住下。

台灣人，就是那清明節有墓可掃的人。水光盈盈的稻田邊，就是墳場。孩子們幫著大人抱著紙錢，提著食籃，氣喘喘走在窄窄的田埂上，整個田野都是忙碌的人影，拔草、掃墓、焚香、跪拜、燒紙……一剎那，千百道青煙像仙女的絲帶一樣柔柔飄向天空，然後散開在水光和淡淡天色之間。

墳場外，沿著公路有一排木麻黃。一個十歲小女孩倚著樹幹，遠遠看著煙霧繚繞中的人們。更遠的地方，有一條藍色的線，就是大海。

我也是永遠的插班生，全家人跟著槐生的公職走。每到一個地方，換一個宿舍，又被老師帶到一班五十九個孩子面前，說，「歡迎新同學。」當你不再是新同學，有玩伴可以膩在一起的時候，卻又是走的時候了。

美術老師說，「今天你們隨便畫。」很多孩子就畫三合院，短短的紅磚牆圍著屋簷微微翹起的老屋，後面是竹林，前面有水塘，細長腳的白鷺鷥畫得太肥，像隻大白鵝，停在稻田上。

我畫的，往往是船，正要經過一個碼頭。畫得不好，海的藍色忽重忽輕，碼頭好像浮在水裡，船的方向，看不出是離港還是進港。

那種和別人不一樣的孤單感，我多年以後才明白，它來自流離。如果不是一九四九，我就會在湖南衡山龍家院的泥土上，或者淳安新安江畔的老宅裡，長大。我會和我羨慕的台灣孩子一樣，帶著一種天生的篤定，在美術課裡畫池塘裡的大白鵝，而不是大海裡一隻小船，尋找靠岸的碼頭。

73 兩個小男孩

認識了王曉波和鄭宏銘以後，我發現，找不到碼頭的，可能不只十歲的我。事情不那麼簡單。

曉波，從十歲起，就知道自己和別人不一樣。

他生在一九四三年，跟著憲兵營長的父親，一家人在一九四九年從江西來到台中。有一天，爸爸沒有回家，媽媽也不見了，家中一片恐怖的凌亂。外婆哭著跟曉波解釋：深夜裡，憲兵來抄家，把媽媽帶走了。媽媽正在餵奶，於是抱著吃奶的嬰兒，一起進了監牢。

曉波記得母親在押解台北之前，跟外婆辭別，哭著說，就當她車禍死亡，請媽媽將四個幼兒帶大。

這個二十九歲的年輕女性，在一九五三年八月十八日執行槍決。曉波再見到媽媽，只是一罈骨灰。營長父親因為「知匪不報」，判處七年徒刑。

十歲的男孩王曉波，在一九四九年以後的台灣，突然成為孤兒。他帶著弟妹每天到菜市場去撿人家丟棄的菜葉子回家吃。有一次外婆一個人到番薯田裡去找剩下的番薯頭，被人家一腳踢翻在田裡。

讀書的整個過程裡，除了挨餓之外，這男孩要小心翼翼地不讓同學發現他的「匪諜」身世，但是，老師們都知道。一犯錯，老師很容易一面打，一面就脫口而出，「王曉波站起來，你這個匪諜的兒子！」

王曉波後來在台大哲學系任教時，自己成為整肅對象。被警總約談時，偵訊員直截了當地說，「你不要像你母親一樣，子彈穿進胸膛的滋味是不好受的。」[1]

說起這些往事，他笑得爽朗。所有的孤獨、受傷，被他轉化為與底層「人民」站在一起的「我群感」。他很自豪地說，「我來自貧窮，亦將回到貧窮。」我一邊戲謔他是「偏執左派」，一邊不禁想到，十歲的王曉波，也一定曾經一個人在木麻黃下面站著吧？

1 台大哲學系事件發生於一九七三年，由於政治力的介入，台大哲學系的部分教師及學生被指為「為匪宣傳」或「叛亂」，包括陳鼓應、王曉波等教師被迫離職。台大校務會議在一九九五年分別給予受害者平反及復職、金錢補償等。

我約了鄭宏銘，跟我一起去新竹北埔的濟化宮，那是一個山裡的廟，聽說供奉了三萬三百零四個牌位。有人從日本的靖國神社，把所有陣亡的台籍日本兵的名字，一個一個用手抄下來，帶回新竹，一個一個寫在牌位上，為他們燃起一炷香。

我想到山中親自走一趟，看看這些年輕人的名字。他們是陳千武、蔡新宗、柯景星、彭明敏、李登輝的同齡少年，只是這三萬多人，沒有機會變老。

和王曉波同樣在一九四三年出生的淡水孩子鄭宏銘，一歲時，開診所的醫生父親被徵召到南洋，上了那條神靖丸。戰爭末期，幾乎每一條曾在太平洋水域行駛的日本船艦，都冒著被炸沉的危險。神靖丸從高雄港出發，一九四五年一月十二日，被美軍炸沉。

即使知道要戰敗了，戰爭的機器一旦轉動，是很難叫停的，日本仍舊把台灣的菁英，一批批送往南洋。

肅靜的大堂裡，三萬多個牌位整齊地排列，一個緊挨著一個，狹窄的行與行之間只容單人行走，像圖書館中的書庫。有一個身影，正跪在兩行之間，用原住民族語祈禱。鄭宏銘屏著氣，一行一行慢慢地行走，連腳步聲都輕得聽不見。

他在找自己父親鄭子昌醫師的牌位。

宏銘從小就知道自己和別人不一樣。有一天，鎮公所來一個通知，要他們去領父親的骨灰。領到的盒子打開一看，沒有骨灰，只有一張紙。

他不明白，但是察覺到，族人對他特別溫柔、特別禮遇。跟著母親走訪親戚時，雞腿一定留給他。那特別的溫柔，是以父親的喪生換來的。

因為沒有爸爸，母親必須外出打工，宏銘也變成永遠的插班生，跟著母親的工作，從一個學校到另一個學校。因為沒有爸爸，繫鞋帶、打領帶、刮鬍子，這種爸爸可能教兒子的生活技能，宏銘全部自己在孤獨中摸索；他不敢問，因為問了，人家就可能發現他的「身世」。一九四五年再度改朝換代以後，為日本戰死，不是光榮，而是說不出口的內傷。

鄭宏銘的母親找父親的骨灰，找了很多年，到八〇年代才聽說，隨著神靖丸沉到海底的骸骨，被安置在靖國神社裡。母親就奔往靖國神社。

「靖國神社」這四個字，在他們所處的周遭環境裡，是一個塞滿火藥、一點即爆的歷史黑盒。對鄭宏銘母子，卻只是「父親你在哪裡」的切切尋找。靖國神社裡並沒有神靖丸喪生者的骨灰，於是鄭宏銘開始認真起來，母親沒有找到的，他想為她完成。

和鄭宏銘在三萬多個靈位中行走，這裡靜得出奇——三萬多個年輕人最後落腳的地方，除了少數家屬，沒有任何人會來到這裡。站到歷史錯的一方去了，你要受得起寂寞。

寺廟外賣紙錢和汽水的婦人說，「起風的時候，暗時，會聽到哭聲從廟裡頭傳出來……」一個本來坐在柱子邊用斗笠遮著臉打盹的男人，突然拿下斗笠，說，「還有人聽見百萬戰馬在跑的聲音……」

在新竹那一天，鄭宏銘沒有找到父親的牌位。走出寺廟，他看來真的有點落寞。

鄭宏銘到今天都還覺得想不透：父親錯在哪裡？診所荒廢了，家裡有年輕的妻，一個一歲大的愛哭愛笑的孩子，醫學院畢業的父親，難道想去戰場赴死嗎？生下來就是日本的國民，難道是他自由的選擇嗎？

王曉波和鄭宏銘，互不相識，但是他們在同一個島上長大，同一年，考進台灣大學。

都是台灣人，但是他們心裡隱忍不言的傷，痛在完全不同的地方。

他是我兄弟

尋人啟事

即使是內戰六十年之後，海峽對岸的尋人啓事從來沒有間斷過。

2009-05-06

尋找哥哥劉長龍

我想找我哥哥，他是陝西省安康市吉河鎮單嘉場人。一九四八年被國民黨抓壯丁，現在可能有八十歲，以前在鼓樓街學鐵匠。曾經來過一封家信，說在雲南打仗。我叫劉長記，希望你們幫我找找，感激不盡。

2009-05-31

尋找單德明、單德義

兩兄弟在四八年被抓去了台灣，老家是河南開封。德明被抓時已娶妻單譚氏（當時單譚氏已懷孕，六個月後生一女，取名單秀英，現年六十歲）。

2005-03-31

尋找丈夫趙宗楠

重慶市的陳樹芳，尋找在台灣的丈夫趙宗楠，現年七十八歲。老家住重慶永川市，宗楠民國三十年考進國軍中央軍校，三十三年在國軍第八十三師任連長。一九四九年從重慶去了台灣。請幫我找他。

一則尋人啓事不能超過三十個字，平均每一個字，秤秤看，包含的思念有多重？以六十年做一個單位，算算看，人的一生，可以錯過幾次？

在濛濛的光陰隧道裡，妻子仍在尋找丈夫，女兒仍在尋找父親，兄弟仍在尋找兄弟。那被尋找的，是天地無情中一堆破碎的骸骨呢，還是茫茫人海中一個瘦弱的、失憶的老人？

如果鄭宏銘的母親可以寫一則啓事，尋找太平洋裡丈夫的遺骨？

如果王曉波可以寫一則啓事，尋找他年輕的母親和所有他本來該有的親吻和擁抱？

如果蔡新宗可以寫一則啓事，尋找他在戰俘營裡失落的十年？

如果管管可以寫一則啓事，尋找重新為父母砍柴生火的一天？

如果林精武可以寫一則啓事，尋找戰死的同袍黃石的家人？

如果河南的母親們可以寫一則共同的啓事，尋找十萬大山中失蹤的孩子？

如果瘂弦可以寫一則啓事，尋找那一個離家的時刻，讓他補一個回頭，深深看母親一眼？

如果吳阿吉和陳清山，可以寫一則啓事，尋找那一艘泊在高雄港的軍艦，讓他們時光倒帶，從船上倒退走向碼頭、回到卑南鄉？

如果美君可以寫一則啓事，尋找沉在千洣河深的上直街九十六號？

如果槐生可以寫一則啓事，尋找一次，一次就好，跟母親解釋的機會？

太多的債務，沒有理清；太多的恩情，沒有回報；太多的傷口，沒有癒合；太多的虧欠，沒有補償……

太多、太多的不公平，六十年來，沒有一聲「對不起」。

我不管你是哪一個戰場，我不管你是誰的國家，我不管你對誰效忠、對誰背叛，我不管你是勝利者還是失敗者，我不管你對正義或不正義怎麼詮釋，我可不可以說，所有被時代踐踏、汙辱、傷害的人，都是我的兄弟、我的姊妹？

後記

我的山洞，我的燭光

佛學裡有「加持」一詞，來自梵文，意思是把超乎尋常的力量附加在軟弱者的身上，使軟弱者得到勇氣和毅力，扛起重擔、度過難關。寫《大江大海一九四九》的四百天之中，我所得到的「加持」，不可思議。

為了給我一個安定的寫作環境，同時又給我最大的時間自由，香港大學爭取到孔梁巧玲女士的慨然支持，前所未有地創造了一個「傑出人文學者」的教授席位，容許我專心一致地閉關寫作一整年。

港大的「龍應台寫作室」在柏立基學院，開門見山，推窗是海。山那邊，有杜鵑啼叫、雨打棕櫚，海那邊，有麻鷹迴旋、松鼠奔竄。這裡正是當年朱光潛散步、張愛玲聽雨、胡適之發現香港夜景璀璨驚人的同一個地點。

我清早上山，進入寫作室。牆上貼滿了地圖，桌上堆滿了書籍，地上攤開各式各樣的真跡筆記、老照片、舊報紙、絕版雜誌。我是歷史的小學生，面對「林深不知處」的浩瀚史料，有如小紅帽踏進大興安嶺採花，看到每一條幽深小徑，都有衝動一頭栽入，但是到每一個分岔口，都很痛苦：兩條路，我都想走，都想知道：路有沒有盡頭？盡頭有什麼樣的風景？

我覺得時間不夠用，我覺得，我必須以秒為單位來計時，仍舊不夠用。

卡夫卡被問到，寫作時他需要什麼。他說，只要一個山洞，一盞蠟燭。柏立基寫作室在二〇〇九年，就是我的山洞、我的蠟燭。每到黃昏，人聲漸杳，山景憂鬱，維多利亞海港上的天空，逐漸被黑暗籠罩。這時，淒涼、孤寂的感覺，從四面八方，像濕濕的霧一樣，滲入寫作室。

我已經長時間「六親不認」，朋友們邀約午餐，得到的標準答覆都是，「閉關中，請原諒，明年出關再聚」。

但是，當淒涼和孤寂以霧的腳步入侵寫作室的時候，會有朋友把熱飯熱菜，一盒一盒裝好，送到寫作室來。有時候，一張紙條都不留。夜半三更，仍在燈下讀卷，手機突然「叮」一聲，哪個多情的朋友傳來簡訊，只有一句話：「該去睡了。」

有時候，一天埋首案頭十八個小時，不吃飯、不走動、不出門，這時肩膀僵硬、腰痠背痛，坐著小腿浮腫，站起來頭暈眼眩。然後，可能隔天就會收到台灣快遞郵包，打開一看，是一罐一罐的各式維他命，加上按摩精油、美容面膜。字條上有娟秀的字：「再偉大，也不可犧牲女人的『美貌』！」

披星戴月、大江南北去採訪的時候，紀錄片團隊跟拍外景。所有能夠想像的交通工具都用上了：火車、汽車、巴士、吉普車、大渡輪、小汽艇、直升機。在上山下海感覺最疲憊、最憔悴的時候，我看見工作夥伴全神貫注，然後用一種篤定的、充滿信任的聲音說，「一定會很好。」

最後的兩個月把所有資料搬到台北，對文字作最後精確的琢磨。朋友們知道我每天睡在辦公室的沙發上，自動形成了一個「補給大隊」：筆記電腦寫作太辛苦？第二天，新的桌上電腦已經送到、裝好。沒法放鬆？第二天，全新的音響設備送到。颱風、淹水？「來，來我的飯店寫。房間已經準備好。」冰箱空了？鮮奶、水果，礦泉水，馬上送過來。

因為寫作，連定期探看的母親，都被我「擱置」了。但是夜半寫作時，我會突然自己嚇到自己：如果「出關」時，母親都不在了——你這一切又是為了什麼呢？第二天，焦慮地打電話給屏東的兄弟們探問，他們就在電話裡說，「媽媽我們照顧著，你專心寫書就好。」

萬籟俱寂的時刻，孤獨守在「山洞」裡，燭光如豆，往往覺得心慌、害怕，信心動搖，懷疑自己根本不該走進這看不見底的森林裡來。這時電話響起，那頭的聲音，帶著深深的情感和溫暖，說，「今天有吃飯嗎？」

第一稿完成時，每天日理萬機的朋友，丟下了公司，和妻子跑來作書稿校對。十五萬字，一個字一個字檢閱，從早上做到晚上，十二個小時高度聚焦不間斷。離去時，滿眼血絲。

我身邊的助理，是年輕一輩的人了，距離一九四九，比我更遠，但是他們以巨大的熱情投入。每個人其實手中都有很多其他的工作，但是在這四百天中，他們把這本書的工作當作一種理想的實踐、社會的奉獻，幾乎以一種「義工」的情操在燃燒。

所有的機構，從香港大學、胡佛研究院、總統府、國防部、空軍、海軍司令部到縣政府和地方文獻會，傾全力給了我支持。

所有的個人，從身邊的好朋友到台灣中南部鄉下的台籍國軍和台籍日兵，從總統、副總統、國防部長到退輔會的公務員，從香港調景嶺出身的耆老、徐蚌會戰浴血作戰的老兵到東北長春的圍城倖存者，還有澳洲、英國、美國的戰俘親身經歷者，都慷慨地坐下來跟我談話，提供自己一輩子珍藏的資料和照片，那種無私的信任，令我驚詫、令我感動。

我對很多、很多人做了口述，每一次口述都長達幾個小時，但是最後真正寫入書中的，只有一半都不到——我可能需要一百五十萬字才能「比較」完整地呈現那個時代，但是我只有能力寫十五萬字。他們跟我說的每一個字，他們回憶自己人生時的每一個動作和眼神，雖然沒有直接進入書中，卻成為整本書最重要最關鍵的養分、我心中不可或缺的定位座標。

我認識到，過程中每一個和我說過話的，都是我的導師。

寫作到最後一個禮拜，體力嚴重地透支，幾度接近暈眩，弟弟將我「架」到醫院去做體檢。有一天晚上，在連續工作二十個小時後，下樓梯一腳踏空，摔到地上，扭傷了腳踝。

這時，一個香港的朋友來看我；好友專程而來，情深義重，我一下子崩潰，抱頭痛哭。累積了四百天的眼淚量，三分鐘之內暴流。

累積的，不僅只是體力的長期疲累，也不僅只是精神上的無以言說的孤獨，還有這四百天裡每天沉浸其中的歷史長河中的哀傷和荒涼。那麼慟的生離死別，那麼重的不公不義，那麼深的傷害，那麼久的遺忘，那麼沉默的痛苦。然而，只要我還陷在那種種情感中，我就無法抽離，我就沒有餘地把情感昇華為文字。

所以我得忍住自己的情感、淘洗自己的情緒，把空間騰出來，讓文字去醞釀自己的張力。我冷下來，文字才有熱的機會。

三分鐘讓眼淚清洗自己的鬱積時，我同時想到《大江大海》的研究和寫作過程裡，我受到多少人的認真呵護。我知道自己並不特別值得他們的愛，他們是在對一個「軟弱者」慷慨地給予「加持」，因為他們看見這個「軟弱者」在做一件超過她能力的事情，而這件事情所承載的歷史重量，在他們心中最柔軟、最脆弱的地方，也有一個不離不棄的位置。

有幸能和我的同代人這樣攜手相惜，一起為我們的上一代——在他們一一轉身、默默離去之前，寫下《大江大海一九四九》，向他們致敬。我的山洞不黑暗，我的燭光不昏晦，我只感覺到湧動的感恩和無盡的謙卑。

二〇〇九年八月十七日，台北金華街

感謝

香港大學
新竹國立清華大學
中華民國國防部
海軍陸戰隊烏坵守備大隊
國史館台灣文獻館
國軍歷史文物館
台北市二二八紀念館
連江縣政府（馬祖）
香港中國文化協會
廈門金門同鄉會
台北亞都麗緻大飯店
天下雜誌
U.S. Navy veterans of the LST-847

史丹佛大學胡佛研究院
中華民國總統府
中華民國國防部海軍司令部
國史館
國民黨黨史館
行政院國軍退除役官兵輔導委員會
金門縣政府
連江縣政府（黃岐）
浙江省文化廳
中華救助總會
台中文華道會館
Australian War Memorial

上宮百成
于祺元
孔桂儀
孔梁巧玲
心道法師
王　冰

王小棣
王木榮
王立禎
王克先
王世全
王建華

王秋桂
王榮文
王曉波
王應文
白先勇
向　陽

曲靖和
曲曉範
朱　強
朱建華
朱經武
朱學勤

江雨潔
余　國
余年春
吳阿吉
吳增棟
呂芳上

宋曉薇
李應平
李文中
李炷烽
李玉玲
李佛生

李克汀
李展平
李能慧
李乾朗
李維恂
李錫奇

李龍鑣
李鏡芬
沈　悅
阮大仁
周　洛
周國洪

周夢蝶
周肇平
周陽山
周振元
季　季
林文彩

林全信
林百里
林於豹
林阿壽
林青霞
林秦葦

林桶法
林煒舒
林精武
林懷民
林正士
林貴芳

初安民
金淳平
金惟純
封德平
柯文昌
柯沛如

柯景星
洪小偉
洪敏玲
胡為真
唐　飛
徐　璐

徐立之
徐宗懋
徐榮璋
徐詠璇
桑品載
殷允芃

秦厚修
馬英九
高希均
高丹華
張　生
張世傑

張玉法　張鴻渠　許式英　郭庭瑋　陳育虹　陳履安　陶恆生　程介明　黃春明　楊　澤　楊綏生　管　管　劉潤南　鄭宏銘　錢　鋼

張作錦　張永霖　郭岱君　陳　浩　陳啟蓓　陳履碚　章本汶　程幼民　黃黎明　楊天嘯　葉紹麒　蒙民偉　蔣　震　鄧美寶　駱雅雯

張拓蕪　莊鎮忠　郭玉茹　陳千武　陳清山　陳麾東　傅建中　程祖鉞　黃月妙　楊文炳　董　橋　齊　湘　蔣　勳　盧雪芳　應樹芳

張登傑　曹瑞芳　郭冠麟　陳文澈　陳雪生　陳婉瑩　傅培琦　粟明鮮　黃紹容　楊雨亭　董延齡　齊家貞　蔡政良　盧瑋鑾　謝英從

張貽智　梁安妮　郭芳贄　陳君天　陳道茂　陸以正　彭明敏　賀理民　楚崧秋　楊建新　董陽孜　劉永寧　蔡貞停　蕭萬長　鍾肇騰

張雲程　梁振英　郭冠英　陳志剛　陳肇敏　陶英惠　游筑鈞　馮瑋華　楊　蓁　楊景龍　廖學輝　劉敏瑛　蔡新宗　賴其萬　鍾存柔

鞠　靖　韓家寰　簡昭惠　顏崑陽　瘂　弦　羅恩惠

嚴長壽　龍應揚　龍應達　龍佛衛　龍應騰　K. Boos

Michael V. Grobbel

The family of Robert C. Grobbel

Richard Sousa

Bill Young

圖片提供／Getty

龍應台作品集 04

INK PUBLISHING

大江大海一九四九

作　　者　龍應台
總 編 輯　初安民
責任編輯　江秉憲
美術編輯　林麗華
校　　對　吳美滿　謝惠鈴　江秉憲

發 行 人　張書銘
出　　版　INK印刻文學生活雜誌出版有限公司
新北市中和區建一路249號8樓
電話：02-22281626
傳眞：02-22281598
e-mail：ink.book@msa.hinet.net
網　　址　舒讀網http://www.sudu.cc

法律顧問　巨鼎博達法律事務所
施竣中律師
總 經 銷　時報文化出版企業股份有限公司
電話：02-23066842（代表號）
地址：桃園市龜山區萬壽路二段351號
印　　刷　海王印刷事業股份有限公司

出版日期　2015年 5 月　初版
ISBN　978-986-387-029-6
定價　399元

國家圖書館出版品預行編目資料

大江大海一九四九／龍應台 著：
--初版，--新北市中和區：INK印刻文學，
2015.05 面；公分.（龍應台作品集：04）
978-986-387-029-6（精裝）

855　　104005143